DE PEUR QUE PERSONNE NE VIVE

DÉTECTIVE LIZ MOORLAND
TOME 4

PHILLIPA NEFRI CLARK

UNE PETITE NOTE

Les livres de la détective Liz Moorland se déroulent en Australie et sont écrits en anglais australien pour une expérience authentique.

Certains termes et usages peuvent être spécifiques à l'Australie.

SÉRIE DÉTECTIVE LIZ MOORLAND

Par peur de pardonner

De peur que les ponts ne brûlent

De peur que les marées ne changent

De peur que personne ne vive

DE PEUR QUE PERSONNE NE VIVE

PROLOGUE

L'air nocturne empestait la mort. Trois corps gisaient quelque part derrière Liz Moorland, leur vie éteinte avant qu'ils n'aient eu le temps d'offrir une prière, s'ils avaient une puissance supérieure, ou même de voir leur assassin. Des vies gâchées.

Elle se tenait immobile sous un arbre. Ses sens scrutaient l'obscurité, cherchant désespérément un indice, n'importe quel indice, sur l'emplacement de l'homme qu'elle traquait. La vue ne lui donnait rien, même pas avec des jumelles infrarouges. L'odorat était trop concentré sur ce qui se trouvait derrière elle pour être utile. Et l'ouïe ? Même les branches au-dessus ne bougeaient pas et les oiseaux nocturnes ne chantaient pas. Mais son intuition était en éveil. Sa colonne vertébrale frissonnait et les poils de ses bras étaient dressés.

Où es-tu, papa ?

Elle avait le choix de la direction. Continuer le long des arbres qui bordaient la longue allée de briques, ou traverser à découvert jusqu'au bâtiment. Aucune option n'était sûre. Rien n'était sûr.

Son téléphone vibra dans sa poche, et Liz l'ignora, se contentant de le couvrir d'une main dans l'espoir d'étouffer son léger bourdonnement. Elle devait bouger avant que quelqu'un d'autre ne soit blessé... ou pire. Pendant une seconde, elle jeta un regard en arrière, le cœur lourd de chagrin mais ayant besoin de compartimenter la douleur pour l'instant. Si elle voulait survivre à cette nuit, elle devait tout mettre de côté.

Au loin, un drone volait bas et lentement. Il cherchait son père, et probablement Liz aussi. Elle aurait aimé qu'ils s'éloignent un peu, ne doutant pas qu'il y avait des tireurs d'élite sur la vaste propriété qui n'hésiteraient pas à abattre les seuls yeux qui l'aidaient.

Elle devait entrer dans le manoir. D'une manière ou d'une autre.

Ce qui était caché à l'intérieur était la clé de tout. Les réponses à un million de questions soulevées au fil des ans sur l'homme derrière une organisation secrète et meurtrière.

Au-dessus d'elle, les nuages se dissipèrent brusquement, et le clair de lune se déversa sur le terrain découvert. Il n'y avait toujours aucun signe de vie et Liz fit son choix. Observant le ciel, elle attendit que la nuit soit à nouveau plongée dans l'obscurité, puis traversa en volant les vingt mètres environ jusqu'au côté du manoir abandonné, se jetant contre le mur.

Elle était vivante. Pas abattue. Pas poursuivie.

Qu'attend-il ?

Son téléphone vibra de nouveau. Elle ne pouvait pas l'éteindre car il indiquait sa position aux seules personnes qui pourraient la sauver, si son père ou ses sbires obtenaient ce qu'ils voulaient. Liz entre leurs griffes. Rapidement, elle le sortit de sa poche et lut le dernier de nombreux messages.

Repliez-vous ! Attendez les renforts. C'est un ordre de Ben. Confirmez, Liz.

> *Bientôt. Je suis en sécurité pour l'instant.*

Sachant que cette réponse ne serait pas bien reçue, Liz coupa le son et enfouit le téléphone dans une poche plus profonde. À moins qu'elle n'accomplisse sa mission, les derniers mois n'auraient servi à rien. Non seulement Kyle s'échapperait, encore, mais aussi la meilleure chance qu'ils aient jamais eue d'obtenir des renseignements de qualité sur la branche australienne d'une terrible organisation.

Des gens étaient morts ce soir à cause de lui. Des gens mouraient depuis longtemps.

Liz longea le mur. Construit il y a des décennies, ce manoir résonnait autrefois de musique et de rires. Maintenant, c'était une parodie fantomatique d'un passé plus heureux.

À la porte, elle hésita. Cela n'était pas censé se produire... elle était venue ici avec un plan et d'autres membres d'Opération Nobody. Pourtant, elle était seule et c'était à elle de finir le travail. Liz ne pouvait pas permettre que la dernière demi-heure de choc, de trahison et de morts soit l'obstacle final.

Je vous vengerai.

Le cœur battant, elle tourna lentement la poignée et entra.

UN

Deux semaines plus tôt

L'appartement du docteur Candace Carroll était une surprise. C'était un penthouse qui occupait tout l'étage supérieur d'un magnifique vieil immeuble près de la rivière Yarra. Depuis qu'elle connaissait la psychiatre, c'était la première fois que Liz était invitée à lui rendre visite, et dire qu'elle était impressionnée relevait de l'euphémisme. Pour une raison quelconque, elle avait imaginé Candace vivant dans une maison mitoyenne à Port Melbourne ou dans une résidence le long de la baie à Black Rock ou Chelsea.

— N'hésite pas à visiter, dit Candace en tendant un verre de vin blanc à Liz. Seul mon bureau est fermé à clé à cause des dossiers des patients. Question de sécurité et tout ça. Ou je peux te faire visiter plus tard.

— Le dîner sent merveilleusement bon. Je peux t'aider en quelque chose ?

— Pas du tout. Les autres sont sur le balcon si tu veux profiter de la vue. Vas-y. Je suis dans mon élément quand je cuisine.

D'une certaine façon, cela ne ressemblait pas du tout à la femme que Liz connaissait... sans vraiment la connaître.

Cette soirée était importante. C'était la première occasion pour le groupe principal d'Opération Nobody de discuter des événements récents et de leurs conséquences, plus précisément, de savoir si un membre de l'équipe secrète était lié au père de Liz, le criminel Kyle Moorland. Liz sirota son vin. La conversation allait être difficile car personne ne voulait d'une taupe parmi eux.

Candace fredonnait en retournant dans la cuisine, qui était immense et entourée du plus beau comptoir en marbre.

Suivant son conseil, Liz franchit les portes-fenêtres ouvertes vers un large balcon qui semblait entourer le penthouse. La table et les sièges étaient vides. Les autres invités s'appuyaient contre la rambarde ornée.

— Salut.

— Oh, Liz ! Bonjour ! L'analyste légiste Meg Mackie vint l'étreindre. Elle avait les cheveux détachés, ce qui était inouï, et elle avait changé leur couleur pour un brun foncé avec des pointes arc-en-ciel. Tu peux croire cette vue ?

— Viens nous rejoindre. C'était Pete McNamara, bière à la main, dos à la rambarde, qui souriait. Il avait été son partenaire par intermittence pendant des années quand elle était détective à la Criminelle.

Ben Rossi complétait ce petit groupe, responsable d'*Opération Nobody* et homme pour qui Liz avait un énorme respect. C'était Ben qui lui avait demandé de faire partie de l'équipe secrète et elle le connaissait depuis l'époque où il dirigeait le service des Personnes disparues.

Meg avait raison à propos de la vue.

La rivière Yarra était un ruban s'assombrissant, éclairé de chaque côté par des réverbères et des bâtiments. Alors que la nuit tombait, elle reflétait les dernières lueurs du coucher de soleil.

— C'est un tableau en perpétuel changement. Candace sortit sur le balcon. J'ai acheté l'appartement pour ça et je passe autant de temps que possible ici... particulièrement pendant les périodes difficiles. Il y a une certaine tranquillité à être suffisamment en hauteur pour éviter le pire des bruits de la circulation, tout en pouvant presque tendre la main et toucher l'eau.

Pendant un moment, ils contemplèrent tous la rivière. Candace avait une façon de s'exprimer qui touchait l'imagination de Liz. Elle n'avait pas de domicile permanent mais vivait dans un appartement Airbnb loué au mois. Un penthouse était superflu mais peut-être un appartement normal à un étage inférieur qui donnerait dans cette direction ?

— J'ai une entrée à servir si vous voulez bien venir à l'intérieur ?

Elle conduisit tout le monde vers une salle à manger avec une table assez grande pour accueillir une douzaine d'invités, mais ce soir, elle était dressée à une extrémité.

— Asseyez-vous où vous voulez. Si quelqu'un pouvait ouvrir les vins et servir ? Candace retourna à la cuisine. Il y avait un passe-plat entre la cuisine et la salle à manger, dont les portes étaient ouvertes.

— Quelqu'un conduit ? Meg s'en chargea. J'ai peur de laisser Pete faire ça parce qu'il remplira chaque verre à ras bord.

— Et qu'est-ce qui ne va pas avec ça ? Les verres de bière sont remplis à ras bord.

— Et l'eau aussi. Je t'en sers un à la place ? Meg maintint le vin qu'elle venait de servir hors de la portée de Pete.

— Je ne conduis pas. Je rentre tout juste de chez moi alors j'irai à mon hôtel, qui est juste là-bas. Ben pointa du doigt.

Ces fenêtres donnaient aussi sur la rivière.

— Uber pour moi, dit Pete. Je ne te laisserai ni pourboire ni commentaire si je n'ai pas de vin.

Meg passa le verre à Ben.

— Tu as intérêt à mettre cinq étoiles, mon pote.

Liz rit. C'était le meilleur aspect de faire partie de l'équipe. Le groupe se connaissait et ne craignait pas de se taquiner et de s'amuser, et Pete était à la fois celui qui en faisait le plus et qui en recevait le plus.

— Tu as besoin d'aide, Candace ? demanda Ben.

Le visage de Candace apparut un instant par le passe-plat.

— En fait, oui. Je vais mettre quelques assiettes ici si tu veux bien les disposer au milieu de la table.

Une fois que tout le monde eut une tarte au fromage de chèvre et aux tomates, les plaisanteries cessèrent. La nourriture était délicieuse et Liz était impressionnée. Elle savait cuisiner mais ne se souvenait pas de la dernière fois où elle avait reçu quelqu'un pour un repas. Ce devait être quand sa nièce, maintenant dans la vingtaine, était enfant et que sa sœur et son beau-frère venaient lui rendre visite.

Ça ne pouvait pas être il y a si longtemps.

Trop longtemps. Beaucoup trop longtemps.

Une fois la dernière assiette débarrassée, le petit groupe s'installa dans le salon, mais pas avant que Meg n'ait parcouru l'espace avec un détecteur portatif.

— Ils auraient dû s'introduire chez moi pour en placer, dit Candace. Vous avez vu à quel point ma sécurité est bonne. Et aucun autre membre de l'équipe n'est jamais venu ici.

— Je sais, mais nous avons réussi à manquer des caméras dans la maison de Lyndall après son enlèvement. Grâce aux contacts de Reuben, j'ai un appareil encore plus sophistiqué qui m'indique que cette pièce est bien exempte de vilains mouchards.

Très récemment seulement, Opération Nobody avait eu sa première affaire, la disparition de la voisine et amie de Vince Carter, le premier partenaire de Liz dans la police. Lyndall était une femme remarquable avec un passé sombre, et pendant les recherches pour la retrouver, des soupçons avaient surgi concernant une possible faille de sécurité au sein de l'équipe. Personne ici ne voulait que ces soupçons mènent à l'un des leurs.

— Avant de commencer, je tiens à te remercier, Candace, pour ce merveilleux dîner.

Ben leva son verre vers elle et tout le monde l'imita. Elle écarta le compliment d'un geste comme si ce n'était pas grand-chose, mais elle souriait.

— Passons à la raison plus sérieuse de notre réunion. Je tiens à l'avis de chacun d'entre vous et je sais que vous avez vos propres réflexions sur la façon de procéder. Ben posa son verre sur une table basse et s'installa dans son fauteuil. Si vous pouviez chacun exposer les préoccupations, s'il y en a, que vous avez concernant notre première affaire par rapport aux autres membres de l'équipe. Tout ce que vous avez observé. Même juste des intuitions.

— Je dois dire que dans l'ensemble, chaque personne a fait un travail remarquable et toute méfiance que j'avais envers Hamish a disparu. Meg avait fini de ranger son détecteur d'appareils. Il est parfois pénible et a un terrible sens de ce qui est approprié, mais je ne trouve aucune preuve qu'il ait enfreint le protocole. Je n'ai trouvé aucune empreinte numérique liée à l'opération qui n'appartienne pas à l'un de nous.

— Et son mystérieux appel téléphonique sur le quai ? demanda Pete. Il était au téléphone et prétendait parler à Reuben, mais ce n'était pas vrai.

— Tu en es certain ?

— Hamish m'a dit que Reuben allait amener Tony Shaw pour l'interroger, dit Liz. Il y avait clairement l'implication qu'il l'avait entendu directement. Mais une minute plus tard, Reuben m'a appelée et a été surpris que Hamish le sache. Liz avait des sentiments contradictoires concernant Hamish et était mal à l'aise face à ce processus, mais l'intégrité de l'équipe était plus importante que ses réticences.

— Avons-nous une explication pour cela ? Ben regarda autour de lui et tout le monde secoua la tête. Quoi d'autre ?

— J'ai dit à Liz il y a longtemps qu'il minimise son intelligence. Il se donne cette façade odieuse d'un homme à femmes façon Bond qui, en fait, tient efficacement les gens à distance. Et il a mentionné le vrai nom de Lyndall alors qu'il n'avait jamais été prononcé devant lui. Pete croisa les bras.

Liz savait qu'il n'avait jamais aimé Hamish.

— Il y a des explications cependant, dit Candace. Je suis d'accord sur le fait qu'il sous-estime son intelligence. Mon évaluation initiale a révélé cela ainsi que plusieurs autres traits qui, combinés, font de lui un être humain intéressant.

Pete émit un bruit moqueur qu'il couvrit rapidement lorsque Candace le regarda.

— Eh, Pete, dit Liz. Tout le monde a quelque chose à cacher.

— Pas moi.

— Tu es sûr ? N'importe qui peut paraître suspect. Au début de la dernière affaire, tu m'as dit que tu étais allé chez Lyndall plusieurs fois mais pas pourquoi.

Il y eut soudain un intérêt de la part des autres personnes dans la pièce. Pete gémit.

— Tu as dit que tu y étais allé pour des dîners. Au pluriel. Mais pas avec Vince et Melanie.

La bouche de Meg s'était ouverte. Candace souriait légèrement. Ben se pencha en avant.

— Vous voulez vraiment savoir ? Pete leva les yeux au ciel quand tout le monde hocha la tête. D'accord. Mais si vous riez, je quitterai l'équipe. Sérieusement.

— Nous ne rirons pas. Liz espérait qu'ils ne le feraient pas.

— Elle me donnait des cours d'art. J'ai toujours voulu peindre et elle m'apprenait. Elle le fait toujours, si vous voulez savoir. Heureux ?

Quel idiot de l'avoir gardé secret. C'est merveilleux.

— Oh... j'adorerais faire ça ! Bravo d'avoir suivi un rêve, mon pote. Meg rayonnait. Avec soutien. Elle ne se moquait pas de lui. L'étendue de ma créativité est entièrement basée sur des logiciels.

— Ce que tu fais mieux que quiconque. Pete se détendit. J'aurais dû le dire plus tôt.

— Revenons aux premières informations de Hamish sur

Lyndall et les différents aspects de l'opération. Y a-t-il une réponse logique ? demanda Ben.

C'est ici que ça devenait un peu compliqué pour Liz.

— Il m'a dit qu'Annette lui avait donné le vrai nom de Lyndall, ainsi que des liens entre les différentes relations comme le mari et l'enfant. C'était juste avant qu'il n'aille avec Reuben chercher Marcus Bonner, et Hamish était mortellement sérieux. Je n'avais jamais vu cette facette de lui alors que nous parlions stratégie et qu'il abandonnait la façade.

Candace prit son verre de vin, les yeux fixés sur Liz.

— As-tu demandé à Annette si elle lui avait dit ?

— Non. Trop de choses se sont produites trop rapidement, mais...

Tous les autres la regardèrent. Quelle que soit la façon dont elle le dirait, cela semblerait étrange.

— J'ai demandé à Hamish si Annette lui avait parlé d'être allée à la galerie Bonner durant ses années d'école, parce qu'elle avait fait un commentaire en passant qu'elle l'avait informé. Mais il a dit non et était clairement perplexe.

— Elle a disparu à plusieurs reprises quand j'avais besoin d'elle le dernier jour de l'enquête, dit Meg. Elle a laissé Phoebe gérer leurs deux postes pendant qu'elle montait sur le toit pour fumer. Mais ensuite, elle a travaillé d'arrache-pied jusqu'à ce que nous ayons sécurisé Lyndall et a été brillante quand nous avons capturé Tony Shaw sur le quai.

— Le truc, c'est, dit Pete, que tout le monde a des jours difficiles. Les gens disent ou font des choses qui paraissent suspectes, alors qu'il y a une raison parfaitement valable. Comme moi. Et Lyndall.

Ben rit doucement, mais Candace leva un sourcil et il inclina la tête vers elle en signe d'interrogation.

— Je suis d'accord avec Pete...

— Je le savais !

Pete se tut sous le regard sévère qu'elle lui lança.

— Nous n'avons pas une image complète. Il y a plusieurs

personnes impliquées et les conversations peuvent se perdre parmi d'autres souvenirs. Annette *peut* avoir dit à Hamish qu'elle était passée par la galerie adolescente, et il l'a peut-être oublié ou n'écoutait pas. Ou bien il a menti. Alternativement, elle ne lui a *peut-être pas* dit mais avait l'intention de le faire, a oublié qu'elle ne l'avait pas fait et sa mémoire, sous pression, était défaillante.

— Ou elle a menti. Meg était grave. C'est difficile.

— Oui, cependant il existe des moyens de recueillir de meilleures informations. Je recommande que nous rédigions un questionnaire de débriefing pour chaque membre de l'équipe. Si nous sommes judicieux dans notre formulation et notre approche, nous ne contrarierons personne, ni n'alerterons une personne aux motifs douteux.

Liz et Ben se penchèrent en même temps. C'était bien. Les plans étaient toujours bons.

— Si vous me donnez tous la permission de le faire, je créerai un document qui, en surface, est simplement un moyen de recueillir des informations sur l'expérience de chaque personne pendant l'affaire. En outre, j'aimerais offrir la possibilité aux répondants d'ajouter un contenu anonyme sur leurs observations.

— Ce qui ne sera pas anonyme parce que je pourrai identifier la personne, dit Meg. Comme je l'ai dit, c'est difficile. Comment pouvons-nous créer une équipe cohésive sans être transparents ?

Le petit groupe se mit d'accord sur une ligne de conduite et, cela étant réglé, commença à se disperser. Meg partit la première, embrassant tout le monde. Puis Pete et Ben ensemble.

— Dois-tu partir tout de suite ? demanda Candace à Liz. C'est agréable de s'asseoir dehors avec un verre de quelque chose de décent, si tu veux bien te joindre à moi.

— Je veux bien, merci. Mais es-tu en train d'insinuer que les boissons que tu as servies jusqu'à maintenant étaient moins que correctes ? Liz ne put s'empêcher de la taquiner doucement. J'ai vraiment adoré le vin blanc.

— Vraiment ? Ma tante possède un vignoble qui fournit des raisins à cette cave, alors je le lui dirai que tu l'as apprécié. Tant de gens adorent les vins de la Barossa ou de Hunter mais j'aime vraiment ceux des Macedon Ranges, où elle se trouve.

Liz rejoignit Candace à un bar bien aménagé. Elle connaissait la psychiatre depuis quelques mois, mais cette soirée lui révélait davantage sur cette femme que les moments où elles avaient travaillé ensemble sur une affaire. Les gens montrent plus d'eux-mêmes quand ils sont sous pression extrême ou détendus.

— Pourquoi ce regard ? demanda Candace. Tu m'analyses ?

— Ha. Non. Oui. Peut-être. Je pensais à quel point c'est agréable de te voir te détendre un peu.

— Toi aussi. Maintenant, j'ai presque tous les types d'alcools sous le soleil, alors as-tu une préférence ?

— Très honnêtement, je n'ai pas un large répertoire de boissons.

— Que dirais-tu d'un cognac ?

— En fait, oui, s'il te plaît.

Assise dehors dans l'air du début d'automne, sa main réchauffant légèrement son verre à cognac, Liz fut submergée par un sentiment de paix, quelque chose qu'elle ressentait rarement. Les bruits de la circulation étaient moins présents ici que dans son appartement, et les lumières de Melbourne scintillaient comme pour l'encourager à rester un moment.

— Dis-moi quelque chose sur toi, Liz. Quelque chose que je ne sais pas.

Liz sourit à Candace.

— Y a-t-il quelque chose ?

— Bien sûr.

— J'aime manger du chili au petit-déjeuner.

Candace rit.

— Oh, c'est bien ! À l'université, je réchauffais des restes de pizza pour le petit-déjeuner, mais le chili, ça semble délicieux.

— À ton tour.

Pendant un moment, Candace fit tournoyer le cognac.

— J'ai vu une panthère noire en rendant visite à ma tante. J'avais dix ans.

— Pas la tante qui cultive des raisins ?

— Celle-là même.

— Dans les Macedon Ranges en Australie... une panthère noire ?

Es-tu devenue psychologue pour comprendre pourquoi tu avais des hallucinations à l'époque ?

— C'est un peu une légende là-bas près du Mont. Je n'avais jamais entendu une telle chose, mais l'histoire raconte que certaines se sont échappées d'un zoo privé il y a de nombreuses années. Tu devrais demander à Vince Carter car on en a vu également dans sa région.

Candace était sérieuse.

— Alors où était-elle ? Celle que tu as vue ?

— Elle se promenait entre deux rangées de vignes au crépuscule. Je cueillais des roses sur la plante à une extrémité et nous nous sommes soudainement remarquées l'une l'autre, elle m'a regardée comme si elle m'évaluait, puis a fait demi-tour et s'est éloignée d'un trot fluide. Un tournant dans ma vie car c'était le premier secret que j'ai jamais gardé.

— Tu ne l'as pas dit à ta tante ?

— Elle avait un fusil de chasse. Ce moment que la panthère a partagé avec moi était magique et, d'une manière ou d'une autre, je savais qu'elle n'était pas là pour causer du mal. Candace but enfin une gorgée de son cognac.

— Et tu as choisi une vie où non seulement tu aides... mais tu ne fais pas de mal.

Un silence confortable s'installa entre elles. Le cognac fut apprécié. La brise se leva, plus fraîche qu'avant.

— Je devrais rentrer, dit Liz. Elle aurait tout aussi bien pu passer une heure de plus ici, mais Candace voudrait dormir un peu.

— Quand vas-tu trouver un vrai foyer ? Candace se leva, prenant leur verre. Tu sembles assez à l'aise.

— Oh, je le suis. Liz se mit debout et suivit Candace à l'intérieur. C'est un bâtiment magnifique qui me donne envie de trouver quelque chose de similaire. Pas aussi grand, mais j'aime la tranquillité.

— Je suis presque sûre qu'un des appartements est à vendre. Tu veux que je me renseigne ?

— Dans cet immeuble ? Oui. Tant que ça ne te dérange pas que j'y habite.

Posant les verres sur le côté de l'évier, Candace fit un bruit de reniflement.

— J'adorerais t'avoir ici, Liz. Je suis assez solitaire et toi aussi, mais ça me manque d'avoir des gens que j'apprécie près de moi.

Et quelle est ton histoire ? Il y a de la douleur derrière tes mots.

À la porte d'entrée, Candace serra soudain Liz dans ses bras.

— J'ai apprécié cette soirée. Je devrais te donner des restes pour le petit-déjeuner ?

— Pas à moins qu'il y ait du chili.

Elles rirent, et pour la première fois depuis longtemps, il y avait un sourire dans le cœur de Liz.

DEUX

À peine avant six heures le lendemain matin, Liz n'était toujours pas la première à arriver dans la série de bureaux et de salles cachés au fond d'un vieux bâtiment en briques sans prétention, dans un quartier rarement fréquenté d'une banlieue proche de Melbourne.

Le riche arôme des grains de café fraîchement moulus était un accueil agréable. La plupart des membres de l'équipe avaient pris une courte pause après leur difficile première mission. En tant que toute nouvelle unité, ils avaient été jetés dans la mêlée, insuffisamment préparés.

La salle principale était dans l'obscurité, mais la lumière de la cuisine était allumée, et Reuben sifflotait en préparant son petit-déjeuner.

Pendant un moment, Liz l'observa se déplacer entre le réfrigérateur, le plan de travail et les placards. Elle aimait bien Reuben. Il avait une assurance qui n'était pas écrasante, un esprit vif et un cœur généreux qui faisaient de lui une personne intéressante, particulièrement parce qu'il avait travaillé dans le renseignement pendant des années. Il y avait tant à apprendre sur chaque membre de l'équipe... bien que les trois jours passés à rechercher une amie enlevée avaient grandement contribué à cerner leurs forces et leurs faiblesses. Il possédait les premières en abondance et aucune des secondes. Du moins, Liz n'en avait pas remarqué.

— Café ? demanda-t-il sans lever les yeux en allumant la cuisinière. Des pancakes ?

— Vraiment, tu prépares des pancakes ?

— Viens voir. Reuben fit tournoyer une poêle, souriant à Liz alors qu'elle entrait dans la cuisine. J'en ai déjà fait une douzaine qui sont gardés au chaud dans le four, et je me suis dit qu'une autre douzaine rendrait tout le monde heureux.

— Es-tu parent avec Candace ?

— Euh... non. Pourquoi ?

— Elle adore cuisiner.

— Meilleure thérapie qui soit, et parfois tu as la chance de faire plaisir à quelqu'un. Ça coche pas mal de cases. La machine à café est presque prête si ça ne te dérange pas de faire le tien.

— Un pour toi aussi ?

— Merci.

Au moment où Liz préparait les cafés, Reuben avait d'autres pancakes sur le feu et coupait des fruits sur une planche. Il avait ajouté du sirop d'érable dans une bouteille en verre.

— Est-ce que tu penses que je devrais ajouter du beurre et de la ricotta sur le plateau ?

— Tu n'es pas végétalien ?

— Je le suis. Sauf erreur de ma part, le reste de l'équipe ne l'est pas. Et cuisiner, c'est partager l'abondance et profiter ensemble de la nourriture.

Où étais-tu pendant toute ma vie ?

— Dans ce cas, beurre et ricotta, ça sonne bien. Je vais allumer toutes les lumières et je reviendrai mettre la table.

À sept heures, toute l'équipe était rassemblée autour de la grande table dans la deuxième salle. Cette pièce était en partie une salle de conférence et en partie un espace de détente, avec un billard, quelques flippers et un bar. Jusqu'à présent, la seule partie qui avait été utilisée était la table, que Candace avait réquisitionnée durant la dernière affaire.

— J'ai déjà pris mon petit-déj, dit Pete. Cela ne l'empêcha pas de s'emparer d'un pancake et de l'empiler avec un peu de tout ce qui se trouvait sur le plateau. Un dessert. J'adore l'idée. Un dessert après un vrai petit-déjeuner australien de pain grillé à la vegemite.

— Ceux-ci sont *végétaliens* ? Hamish piqua le sien avec une fourchette comme s'il s'attendait à une réponse du grand pancake moelleux.

— Ils le sont. Les fruits aussi. Et le sirop d'érable est pur, donc également végétalien. Reuben n'était pas perturbé. N'hésite pas à me le passer si ça ne correspond pas à tes attentes, mon pote. Il y a toujours de la place sur mon assiette pour un de plus.

Phoebe Renshaw, la plus jeune membre de l'équipe et habituellement la plus silencieuse, fixa Hamish.

— Ou moi. Je ne me souviens pas avoir jamais goûté un pancake aussi délicieux.

— Merci, Pheebs, dit tranquillement Reuben.

— Est-ce une nouvelle tradition ? Des petits-déjeuners conférences au début de chaque nouvelle affaire ? Annette Benski leva sa tasse. Plutôt bonne idée, je trouve. On prend des tours de rôle ? On fait un planning ? Je cuisine des French toasts d'enfer.

Les yeux de Ben croisèrent ceux de Liz de l'autre côté de la table. Il était amusé, mais elle le connaissait assez bien pour voir une ombre d'inquiétude. Le groupe présent au dîner hier soir prendrait note des interactions, aussi simples ou innocentes soient-elles. S'il y avait quelqu'un ici qui travaillait pour le mauvais camp, il était crucial de le trouver. Il hocha légèrement la tête comme s'il lisait dans ses pensées, puis repoussa un peu son assiette maintenant vide.

— Continuez à manger. Je voudrais passer en revue quelques points si ça ne vous dérange pas.

— Chef, tu interfères avec mon plaisir, dit Pete. Il lorgnait un deuxième pancake et Hamish poussa le plateau plus près de lui.

— Désolé, Pete. Pas désolé. Une fois que nous aurons tous mangé, nous nous réunirons dans le hub pour une réunion stratégique sur notre prochaine affaire.

— Partir à la chasse aux méchants. Reuben sembla satisfait de cette perspective.

— Plus tard aujourd'hui, chacun d'entre nous recevra un questionnaire de débriefing de Candace. Il doit être complété dans les trois prochains jours, s'il vous plaît. À l'avenir, nous l'affinerons pour l'utiliser immédiatement après chaque affaire, mais comme c'est notre première, merci de nous accorder un peu de temps pour déterminer quelles questions sont pertinentes ou moins importantes. Certaines peuvent sembler sans rapport avec notre sauvetage de Lyndall Smith, mais aideront Candace à construire un meilleur système.

— C'est en ligne ? demanda Annette.

— Oui. Candace lui sourit. Et complètement anonyme, sauf si vous souhaitez être identifié. Il y a un second lien que vous recevrez pour m'envoyer toutes pensées, opinions, retours de toute sorte sur vos expériences jusqu'à présent en tant que membre de l'équipe, et celui-là nécessitera votre nom, mais ne sera vu que par moi et Ben.

— Cool. Je peux me plaindre du manque de pancakes. Pete mangeait toujours et fit un clin d'œil à Reuben.

Ben poursuivit.

— Chacun d'entre vous a fait un travail extraordinaire dans ce qui était une affaire difficile, tant mentalement que physiquement. Le résultat est un retour sain et sauf à la maison pour Lyndall, probablement de longues peines de prison pour plusieurs personnes impliquées dans son enlèvement, et l'élimination d'un criminel très violent et malfaisant grâce aux compétences de tireur d'élite de Hamish.

— Depuis un hélicoptère en mouvement, rien que ça. Liz savait qu'elle était trop silencieuse et elle était sincèrement impressionnée par la façon dont Hamish s'était comporté cette nuit-là.

À moins que cela n'ait été fait pour faire taire Marcus sur les ordres de mon père.

— Merci, Lizzie-beth.

— Liz. C'est toujours Liz, Hamish.

Un rire parcourut l'équipe.

— D'accord, terminez et on se retrouve dans le hub dans quinze minutes.

Liz était toujours impressionnée par cette partie centrale du bâtiment qu'ils appelaient le « hub ». De longs postes de travail avec de multiples ordinateurs et autres appareils formaient un demi-cercle approximatif. Vers le milieu de la pièce se trouvait une table de la taille de celle utilisée pour le billard, mais celle-ci était loin d'être un support de jeu. Surmontée d'un épais panneau de verre, au toucher des panneaux à chaque extrémité, un écran apparaissait, deux en fait. Le premier était vertical et parfait pour afficher des cartes et des systèmes de navigation avec une clarté exceptionnelle. Le second était horizontal et d'un style assez science-fiction pour Liz. Meg avait expliqué que cela fonctionnait grâce à de minuscules caméras créant une barrière visible. Celle-ci pouvait être opaque ou transparente, et les images, textes et diagrammes et autres pouvaient être placés ou déplacés en les touchant et en appuyant dessus... un peu comme sur l'écran d'un téléphone.

Son tout premier jour en tant que membre d'Opération Nobody s'était transformé en une course frénétique contre la montre pour localiser Lyndall, laissant peu de chance de s'installer et de faire connaissance avec ses nouveaux coéquipiers dans des circonstances normales. Mais aujourd'hui, ils repartaient à zéro avec une affaire en attente et l'intention de retrouver également son père.

Alors que l'équipe se rassemblait autour de la table, Liz prit un bloc-notes et un stylo. Elle préférait encore prendre des notes à la main. Plusieurs années en tant que policière de terrain et travaillant avec Vince, qui était aussi traditionnel qu'on puisse l'être, avaient formé des habitudes qu'elle suivait toujours.

Tout le monde fixait l'écran horizontal.

Sur celui-ci, on voyait l'image d'une propriété, une série de photographies et quelques articles de journaux.

— Bienvenue sur notre nouvelle affaire, dit Ben. C'était censé être notre première affaire mais comme vous le savez tous, la vie de Lyndall était la priorité et celle-ci est très certainement une affaire non résolue. Il pointa le doigt vers les photographies, qui étaient des portraits individuels de trois personnes. Voici Ilona et Joseph Baxter. Des immigrants allemands arrivés au début des années 1950 avec le nom de famille original Berger, changé probablement pour plaire à ses employeurs qui étaient des banquiers d'affaires à Sydney.

— Et pour les protéger des préjugés basés sur la peur contre tout ce qui était allemand à cette époque, ajouta Candace.

La photo de Joseph montrait un homme d'une quarantaine d'années à l'expression plutôt sévère.

— Joseph était un homme extrêmement intelligent en matière d'argent et était très apprécié par ses clients. Il est rapidement devenu directeur principal et a finalement déménagé à Melbourne pour ouvrir une nouvelle succursale, avant de créer sa propre société d'investissement. Ilona n'était pas du genre à rester inactive et a créé une ligne de chaussures et de sacs à main pour femmes qui étaient populaires parmi les ultra-riches. Au moment de leur retraite, leur portefeuille de richesses comprenait des propriétés, des actions et des liquidités, ce qui les rendait extrêmement aisés.

Ilona semblait presque aussi sévère que son mari.

Annette fit un geste vers la troisième image.

— Et voici notre ancien Commissaire Divisionnaire Ronald Baxter.

— Il aurait été avant ton époque, Annette, indiqua Liz. Je

crois que Vince Carter le connaissait de loin, non pas que les policiers de terrain aient tendance à se mêler aux gradés, mais le commissaire a pris sa retraite quand j'étais adolescente.

— Donc c'est vraiment une affaire non résolue. Son propre carnet à la main, Phoebe regardait les images. J'ai lu le dossier, mais je ne comprends pas bien pourquoi nous enquêtons sur ce qui s'est passé.

Ben hocha la tête.

— Question légitime. Pour un bref contexte... le commissaire était l'enfant unique des Baxter et ils formaient une famille très unie. Le meurtre de ses parents une nuit ne l'a pas seulement dévasté, mais l'a envoyé sur un chemin dont il ne s'est jamais écarté. C'était un policier d'un genre particulier, dont on s'attendait à ce qu'il aille encore plus loin, peut-être même vers la politique au plus haut niveau, mais il a tout perdu avec son obsession de résoudre ce crime.

Et il a besoin de nous pour terminer ce qu'il n'a pas pu faire.

— Comme c'est terrible d'avoir toute une force de police à ton commandement et de ne pas trouver les meurtriers de tes propres parents. Par où commençons-nous ? Hamish regarda Ben. Et comment apporter justice à ce pauvre homme et à sa famille ?

Pete fixait Hamish, les yeux mi-clos. Il faisait ça quand il n'était pas sûr. Quand il fermait tout sauf ce qui retenait son attention. Liz eut l'impression qu'il était tout aussi partagé qu'elle au sujet de Hamish.

— La justice pourrait ne pas se produire et je veux que chacun d'entre vous comprenne que cette affaire pourrait n'avoir aucune résolution... certainement pas en termes d'arrestations. Les meurtres se sont produits il y a plus de trente ans, donc même trouver les tueurs pourrait ne pas suffire à mener à des poursuites.

— Il s'agit de mettre fin à un terrible chapitre. De prouver que le commissaire aurait dû être soutenu et cru plutôt que poussé à une retraite anticipée. Reuben secoua la tête avec frustration. Il avait besoin d'aide, pas de dédain pour ne pas avoir rebondi et surmonté ces décès. Si un tueur avait été trouvé, je suis certain qu'il aurait vécu une vie bien différente.

Un murmure d'approbation parcourut la table.

Ben augmenta la taille de l'image de la propriété sur l'écran. C'était une vue aérienne d'une maison et de dépendances sur une parcelle de terre. Voici Heberden House. Un nom chic pour une propriété chic. La maison... manoir si vous préférez... était déjà ancienne quand les Baxter l'ont achetée, et ils l'ont complètement rénovée. Les jardins sont aussi anciens que la maison et jusqu'à la mort de Ronald Baxter, ils étaient entretenus. Dans le passé, les jardins étaient ouverts deux fois par an pour que les visiteurs puissent en profiter.

Il jeta un coup d'œil à Meg.

— Il n'y a pas beaucoup d'images de cette époque, dit-elle. Utilisant sa tablette, elle projeta sur l'écran une photographie d'une demeure majestueuse de nuit, toutes lumières allumées. Celle-ci a été prise une semaine avant les meurtres par la presse locale alors que les Baxter recevaient des dignitaires. Et celle-ci a été prise il y a quelques semaines. Délaissée et inhabitée depuis des décennies.

La détérioration était triste. Négligée, la maison montrait des signes de délabrement et les jardins étaient envahis par la végétation à certains endroits et déserts à d'autres.

— Pourquoi est-elle vide ? Phoebe semblait prête à pleurer. Elle devrait sûrement être vendue ou louée et retrouver sa beauté d'antan ?

Candace observait la jeune femme avec une légère inclinaison de la tête mais ne dit rien.

— Il y a une fiducie mise en place par Ronald Baxter, dit Ben. Les taxes et l'assurance sont payées et apparemment des personnes passent quatre fois par an pour vérifier que l'endroit est sécurisé et que les terrains répondent aux réglementations du conseil local. Mais la fiducie a pour instruction de ne pas vendre tant que la vérité sur la mort de ses parents n'est pas révélée.

— Alors nous ferions mieux de les trouver. Qu'attends-tu de moi ? Phoebe releva le menton, les yeux brillants. Comment mon équipe peut-elle aider ?

TROIS

— Les photos paraissaient meilleures. Pete n'avait même pas quitté la voiture qu'il s'était déjà fait une opinion. Il faudrait un bulldozer, pas une enquête pour meurtre. Si c'était bien un meurtre.

Meg et Reuben se tenaient déjà sur l'allée pavée et Liz s'empressa de les rejoindre. Pete avait émis des hypothèses pendant tout le trajet et elle avait besoin d'une pause, même courte.

Malgré des prévisions de chaleur, l'air était vif à l'altitude plus élevée des Dandenong Ranges. Un calme régnait tout autour... jusqu'à ce que Pete sorte de la voiture.

— Par où commence-t-on ?

Par être moins agaçant ?

Liz aimait Pete à sa façon. Ils avaient travaillé ensemble par intermittence pendant des années et partageaient un respect et une compréhension mutuels qu'elle n'avait connus qu'avec Vince Carter. Beaucoup de gens jugeaient mal Pete, et il ne pouvait s'en prendre qu'à lui-même. Mais elle savait que ses années d'infiltration l'avaient façonné et qu'il fallait creuser profondément sous cette carapace rugueuse pour trouver son bon cœur.

— Je veux dire, on ne sait même pas si c'était un meurtre.

D'un autre côté...

Reuben se tenait derrière Pete et sourit à Liz.

— Mec, et si on faisait le tour du terrain ?

— Marcher, c'est surfait, mais si tu as besoin que je te tienne la main, alors d'accord. Pete adorait remuer le couteau dans la plaie. Une autre raison pour laquelle il n'avait pas été populaire aux crimes majeurs. Qu'est-ce qu'on cherche ?

— Sais pas. On verra bien quand on le trouvera.

Avec seulement leur tablette, les deux hommes choisirent une direction le long d'une clôture.

La voiture était garée derrière des grilles en fer forgé. Elles étaient fermées par une lourde chaîne et un cadenas, mais Ben était au courant et avait fourni une clé, ainsi que plusieurs autres pour accéder à l'intérieur.

Meg sortit des sacs du coffre et les mit sur ses épaules.

— On a vraiment besoin de tout ça ?

— Pas sûr, mais à moins qu'on ne conduise jusqu'à la maison, je préfère tout porter en une fois plutôt que de faire des allers-retours. On aura besoin de cette mallette-là.

Liz prit docilement la mallette.

— Ce n'est pas un drone ?

— Nan. Un nouveau poste de travail portable très ingénieux.

— Ça pèse une tonne.

— Ça pèse six kilos. Tu veux que je le prenne ? Meg avait un sourire narquois en poussant des lunettes de soleil noires sur son nez.

Glissant sa main dans la poignée, Liz fit semblant de peiner.

— Je me fais vieille, tu sais.

— Pauvre chérie.

— Tant de compassion.

— N'est-ce pas ? Meg rit et commença à marcher vers la maison.

Liz la rattrapa après avoir récupéré sa tablette dans la voiture. C'était sa décision de parcourir la centaine de mètres à pied pour avoir leurs premières observations. L'allée était large et faite de briques pavées, certaines en mauvais état. De chaque côté s'étendaient des espaces de pelouse, ponctués de parterres de fleurs abandonnés et de rangées d'arbres.

— Ce sont tous des chênes ?

Meg jeta un coup d'œil.

— Je crois. Il y a des eucalyptus le long d'une clôture et je pense que ce sont des pins derrière la maison. C'est dommage que les jardins n'aient pas été entretenus parce que les photos de l'époque des Baxter étaient magnifiques.

Il semblait à la fois ridicule et triste qu'un domaine comme celui-ci soit pratiquement laissé à l'abandon, mais Liz comprenait aussi la détermination de Ronald Baxter à maintenir l'intérêt pour la vie, et la mort, de ses parents bien-aimés. Quel dommage qu'il ait succombé au cancer avant de voir la justice rendue. Eh bien, elle allait la lui apporter, d'une façon ou d'une autre.

— J'aime bien Pete mais qu'est-ce qu'il peut être insensible, dit Meg. Tout indique un meurtre.

— Oui... mais non. Il voit d'abord les choses en surface. Et le manque d'intérêt et de soutien de la police était continuellement justifié par la conviction qu'il s'agissait d'un cambriolage raté. Un meurtre a généralement un mobile solide et ça ne colle tout simplement pas. Le couple était apprécié et n'avait aucun historique de relations qui puisse attirer les mauvaises personnes.

Plus elles s'approchaient de la maison, plus Liz se sentait mal à l'aise. Elle chassa ce sentiment. Ce n'était qu'un vieux bâtiment. Il n'y avait personne qui se cachait dans l'ombre. Pas de corps enterrés dans le sous-sol... du moins, l'enquête initiale avait écarté de telles possibilités.

— J'habiterais bien ici, dit Meg. Du moins si c'était plus près de la mer.

— Où est-ce que tu habites ?

Meg lui lança un regard incrédule.

— Je crois que je dois organiser la prochaine soirée. Je suis à St Kilda, en face de la plage et avec vue sur la jetée. Tu trouvais que Candace avait une vue à tomber par terre.

— Je m'impressionne facilement parce que presque tout est

mieux que mon ancien appartement, mais maintenant je veux savoir où tout le monde vit. À part Pete parce que je sais déjà.

— Il n'a pas d'autre vue que celle des magasins autour de chez lui, et pourtant il s'y plaît.

Le téléphone de Liz vibra.

— Est-ce qu'il nous a entendues parler de lui ? Elle répondit en haut-parleur. Vous vous êtes perdus ?

— J'aimerais bien. On a trouvé un puits.

— Est-ce que ça en fait un puits à *souhaits* ? demanda Meg.

— Hilarant. Une fois qu'on aura fini de vérifier le périmètre, on prendra du matériel dans la voiture pour y jeter un coup d'œil. À moins que vous n'ayez besoin de nous à la maison.

— Finissez votre promenade dans le jardin, puis venez nous retrouver et on pourra décider des prochaines étapes.

Avant que Pete ne puisse argumenter, Liz mit fin à l'appel. Officieusement, elle était la seconde de Ben et ne voyait pas d'inconvénient à assumer ce rôle. Candace était en dehors de la chaîne de commandement habituelle en tant que consultante, mais Liz s'en remettrait à elle pour tout sauf les décisions opérationnelles. Et Pete était habitué à ce qu'on lui dise quoi faire... plus ou moins.

Les femmes s'arrêtèrent au bas d'une douzaine de marches menant à l'entrée de la maison. C'était un design éclectique avec des murs incurvés et des fenêtres en hublot ainsi que beaucoup de lignes droites. Les marches étaient sur un côté, s'élevant en courbe vers un espace carrelé ouvert d'environ dix mètres carrés. Les rampes étaient en pierre blanche, assorties à la majorité de l'extérieur de la maison, à l'exception des garnitures gris foncé et du toit.

— Tu imagines cet endroit tout illuminé pour un dîner de gala ? Meg regarda autour d'elle. Cette zone carrelée serait parfaite pour que les serveurs distribuent des boissons de bienvenue et que les invités se mêlent avant d'entrer.

La zone carrelée s'étendait autour d'une pièce vitrée en saillie et d'un côté, des doubles portes menaient à l'intérieur.

Liz parcourut les clés pour trouver celle avec une étiquette indiquant « entrée ». Elle déverrouilla les portes vitrées, les poussa et entra. Meg était juste derrière elle et elles s'arrêtèrent en admiration après quelques pas de plus.

La pièce semi-circulaire vitrée était un grand hall d'entrée ouvert sur une mezzanine. Un large escalier tournant menait à l'étage avec des marches en marbre et des rampes en bois poli. Le plus grand lustre que Liz ait jamais vu pendait d'une longue chaîne, et des appliques murales étaient disposées au-dessus d'une demi-douzaine de petites tables, qui constituaient le seul mobilier dans ce vaste espace.

— Pourquoi ai-je pensé que ce serait resté intact ? Liz regarda autour d'elle. Pas vraiment de meubles ni de touches personnelles.

— Parce que ça fait des décennies. L'inspecteur Baxter ne voyait probablement pas l'intérêt de tout garder. Il ne pouvait pas savoir que la technologie médico-légale progresserait autant, mais devine quoi ? C'est le cas. Meg tendit la main. Puis-je avoir la mallette ? Je ne veux pas poser mon équipement avant d'avoir vérifié le sol.

Elles firent un échange, Meg empilant ses sacs sur Liz et prenant la mallette. Elle n'eut d'autre choix que de la poser au sol pour l'ouvrir et choisit un endroit le long d'un mur. En quelques minutes, elle avait monté une table étroite, un peu comme une table de jeu mais sur des pieds fins et réglables, avec un dessus qui se séparait comme une table de salle à manger extensible. D'une longueur d'environ un mètre, elle permettait à Meg de déballer facilement ses sacs dessus.

— C'est ingénieux.

— J'ai pensé que ça aurait de nombreuses utilités et que c'est mieux que de contaminer une table ou un plan de travail. Je veux d'abord faire un balayage rapide du sol et des murs ici, mais tant que tu ne touches à rien, vas-y, regarde autour de toi.

Liz laissa Meg installer l'appareil portatif qu'elle utilisait pour détecter le sang et autres substances, qui ressemblait un peu à un détecteur de métaux mais avec un analyseur et une caméra intégrés. Elle était peut-être analyste médico-légale par sa description, mais Meg possédait plusieurs diplômes et ne cessait d'ajouter à ses outils de métier. L'équipe avait une chance incroyable de l'avoir.

Elle fut attirée par l'escalier et le suivit jusqu'à la mezzanine. Il était facile d'observer Meg travailler de là et pendant une minute, elle eut l'étrange envie de s'asseoir par terre et de regarder à travers la balustrade... comme le ferait un enfant lors d'une soirée pour adultes. Il y aurait un quatuor à cordes jouant et des gens parlant en petits groupes, des serveurs en chemise blanche offrant des boissons et des plateaux avec de minuscules bouchées délicieuses de nourriture pour adultes.

Et je serais si silencieuse que personne ne me remarquerait.

Dans un sursaut, Liz recula. Son cœur battait la chamade et elle prit une longue respiration.

Il n'y avait que Meg en bas. Pas de musique ni de serveurs. Qu'est-ce qui lui prenait ?

— Tu te reposes déjà ? Meg sourit d'en bas.

— Euh... j'admire ton travail.

Dès que Meg retourna à sa tâche, Liz pivota, courant presque vers la pièce la plus proche.

— Je ne pense pas que tu devrais avoir à gérer mon poids en montant et descendant dans le puits, dit Pete. Mieux vaut que tu y ailles et je prendrai le relais ici.

Reuben renifla mais ne prit pas la peine de répondre. Pete ne lui en voulait pas. Il s'était beaucoup plaint ce matin et commençait à s'agacer lui-même. Quelque chose le dérangeait et il n'arrivait pas à décider si c'était l'affaire non résolue, le terrain vague qu'ils parcouraient, ou les problèmes potentiels au sein de l'équipe elle-même. Il n'était pas du genre à avoir besoin de sécurité ou de protection, mais il valorisait la loyauté. Bon sang, même certains des chefs du milieu qu'il avait côtoyés en tant que policier infiltré faisaient preuve de loyauté. Ils pouvaient vous tuer, mais ils auraient une bonne raison, et sinon ils vous défendraient jusqu'à la mort.

Ils avaient suivi la limite de la propriété le long de l'avant, d'un côté, et de l'arrière, et se dirigeaient maintenant vers la voiture. À part le puits, il y avait peu de choses intéressantes. Une poignée de dépendances fermées à clé. Des plates-bandes négligées. Une serre tellement envahie par la végétation qu'il était impossible d'ouvrir les portes.

— Il suffit d'un peu d'amour, dit Reuben.

— Qui ?

— Pas qui. Cette propriété. Ce serait un endroit merveilleux pour une école privée. Arts, cuisine, ce genre de choses. De jeunes adultes peut-être, qui ont besoin d'un coup de main pour démarrer.

— Donc ils apprendraient à cultiver leurs produits et à les cuisiner ? Devenir chefs ?

— Ouais. Ou dessiner, jouer, ou faire des films.

— Tu es un idéaliste. Liz aimerait ça. Moi ? Je suis réaliste.

— Raser tout et construire un supermarché ?

— Avec un grand immeuble d'appartements au-dessus.

En réalité, Pete était d'accord avec les idées de Reuben mais préférait garder son côté plus humanitaire pour lui. Son côté plus *humain*. Mieux valait éviter que les gens ne s'approchent trop.

Ils atteignirent la grille d'entrée et ouvrirent une glacière près de la voiture pour prendre des bouteilles d'eau. La journée était inhabituellement chaude et humide, et de lourds nuages s'amoncelaient au loin. Tous deux vérifièrent leur téléphone et tandis que Reuben tapotait dessus pendant une minute ou deux, les yeux de Pete errèrent sur la grille fermée derrière eux. Elle était en fer forgé et haute, avec des pointes acérées au sommet. Il n'avait aucune idée du vrai nom de ces éléments et, en y regardant de plus près, il remarqua qu'ils étaient en forme de flèches. Un danger pour quiconque tenterait de l'escalader.

Toute la propriété était entourée de murs de pierre de trois mètres de haut aux côtés lisses. Le seul moyen régulier d'entrer et de sortir était par cette grille, et le cambrioleur moyen serait intimidé par ces obstacles. Tous les rapports indiquaient que la grille était verrouillée cette nuit-là.

Ce n'était pas un vol qui avait mal tourné.

— Meg vient de dire qu'elle a trouvé quelque chose et d'apporter son sac d'appareils photo.

En montant vers la maison, ils aperçurent facilement Liz à une fenêtre de l'étage supérieur. Elle ne regardait pas dans leur direction mais vers les jardins sur sa droite. Pete suivit sa ligne de mire mais des arbustes l'empêchaient de voir.

— Regarde ces mosaïques. Absolument magnifiques.

Reuben était fasciné par les vieilles tuiles d'une grande zone en haut des escaliers. Il se dirigea vers le coin le plus éloigné, les yeux sur le motif.

— Ouais. Super.

Pete le rejoignit, levant les yeux pour chercher Liz. Elle était toujours à la fenêtre, sa position inchangée. De ce point de vue, il pouvait voir au-delà des arbustes.

Liz fixait la direction du puits.

QUATRE

Entendant Pete et Reuben parler avec Meg, Liz dévala les escaliers. Les trois autres se trouvaient dans l'une des pièces donnant sur le hall d'entrée et ils se retournèrent quand elle entra.

— Oh parfait. Meg, une fois qu'on aura terminé ici, pourrais-tu apporter ton outil dans la dernière chambre à l'étage ?

— Tu me traites d'outil ? demanda Pete.

Ça ne valait même pas la peine de répondre, même s'il s'agissait d'une tentative d'humour peu convaincante. Il était de mauvaise humeur et mieux valait le laisser se calmer tout seul.

— J'irai là-haut ensuite, Liz. Merci d'avoir apporté le sac de l'appareil photo, Reuben. Pourrais-tu prendre beaucoup de photos pour moi ? Meg désigna un mur vide. Il y a des projections de sang sur le papier peint. L'appareil a plusieurs réglages, dont l'ultraviolet, alors prends-en plein avec ça, ainsi qu'en infra-rouge et en vue normale.

— Ici ? Liz examina le mur qui ne présentait aucune tache visible. Les corps ont été retrouvés à l'étage.

— Et rien n'indiquait qu'ils avaient été déplacés. M. Baxter était allongé sur le sol au pied de leur lit, vêtu d'une robe de chambre. Mme Baxter était dans le lit. La théorie était que les cambrioleurs sont entrés dans la chambre et que Baxter les a poursuivis, mais il n'est pas allé plus loin que l'endroit où il a été abattu. Reuben ouvrit le sac de l'appareil photo. Trois décennies, c'est long pour que des traces subsistent comme ça. Y a-t-il une chance de les identifier ?

— Heureusement que nous avons accès à un laboratoire ultramoderne et que mon ami là-bas a connu un succès considérable en faisant ce qui semble impossible. Meg tendit à Pete un scalpel et plusieurs petits sachets de preuves. Tu as les mains stables, alors quand Reuben aura fini de photographier, pourrais-tu prélever une dizaine d'échantillons à des endroits aléatoires, un pour chaque sachet ? Je les ai déjà étiquetés comme provenant d'ici, qui était, je suppose, un salon.

Pete s'illumina visiblement.

— On sera à l'étage, dit Liz. Tu as besoin d'apporter autre chose ?

— Ça dépend. Allons d'abord jeter un coup d'œil.

Liz évita cette fois de regarder vers le hall d'entrée, marchant rapidement le long d'un couloir large et long qui formait un angle droit avec le plan du rez-de-chaussée. Des pièces s'ouvraient des deux côtés : chambres, salles de bains et un autre salon. Tout au bout se trouvaient des doubles portes ouvertes.

— C'était la chambre principale, d'après les informations que nous avons. Liz ouvrit la marche. Il y a une immense salle de bains par là et un dressing assez grand pour une douzaine de personnes de ce côté. D'après les mesures entre les marques dans la moquette, le lit était de grande taille.

Il y avait des marques dans l'épaisse moquette, même après tout ce temps, pas seulement celles du lit mais aussi d'autres meubles lourds.

— J'ai lu les rapports sur la scène du meurtre... ou peu importe comment ceux qui étaient en charge ont décidé de l'appeler, et ça ne colle pas.

— Oh ma belle, un tas de choses ne collent pas, rien qu'en trouvant du sang sur le mur. Les photos et l'analyse des relevés de mon petit outil ingénieux montreront davantage, mais on dirait exactement que quelqu'un a été abattu debout, à environ un mètre du mur. Alors, à quoi penses-tu, Liz ?

Près de la fenêtre où elle s'était retrouvée plus tôt, Liz désigna différents points en parlant.

— La personne qui a découvert la scène a déclaré que les doubles portes étaient fermées. Elle se souvient avoir frappé plusieurs fois et s'être inquiétée parce que le couple se levait tôt. Je pense que c'était leur gouvernante, que nous devrons peut-être retrouver. Mais le point est que si tu venais juste d'entrer dans une pièce en tant que voleur, que tu tombais par surprise sur deux personnes et que tu les abattais, prendrais-tu le temps de fermer la porte, sans parler du risque de laisser des traces ? D'après le rapport, il y avait du sang dans la moquette et dans le lit qui correspondait à celui du mari et de la femme, mais aucune autre trace n'a été trouvée ailleurs.

— Si elle a été abattue dans son lit, endormie, il est probable que du sang se retrouverait dans et sous le lit, dit Meg. Mais M. Baxter était en mouvement selon les rapports. S'il avait entendu des intrus, il se serait levé, aurait mis sa robe de chambre, et se dirigerait vers la porte. Je ne sais pas s'il avait une arme dans la chambre ?

Liz prit note sur sa tablette.

— Nous allons nous renseigner.

— Quoi qu'il en soit, il aurait été abattu au pied du lit et retrouvé sur le côté, face à la porte. Il y aurait une quantité considérable de sang imbibé dans et sous la moquette.

— Mais la moquette est intacte, Meg. Personne ne l'a découpée ni soulevée. J'ai bien regardé, sans toucher.

Meg sourit. Gentille fille. Je t'ai bien formée. Elle redevint sérieuse.

— J'aurais aimé que l'inspecteur Baxter soit vivant pour lui parler. D'après mes recherches, toute cette affaire a été mal gérée et je devrais peut-être demander à mon ami médecin légiste de venir jeter un coup d'œil. Ce n'est pas un problème ?

— Pas de problème pour moi. J'en parlerai à Ben et j'arrangerai ça. Nous avons un gros travail devant nous.

Un grondement de tonnerre fit trembler les vitres.

— Je ne l'ai pas vu venir ! Les garçons ne seront pas contents parce que le puits devra attendre. Pas de travail à l'extérieur aujourd'hui.

Ce n'est probablement même pas sûr d'essayer d'y descendre.

Le sentiment de malaise dans son ventre était de retour. Elle n'était jamais descendue dans un puits d'aucune sorte, mais avait lu suffisamment de thrillers pour s'en dégoûter à vie. Connaissant Pete, il mourait d'envie d'y descendre. Il adorait les endroits sombres, moisis et dangereux.

Après un bref orage, la pluie s'installa pour l'après-midi, régulière et persistante. Reuben était descendu en courant chercher la voiture qui se trouvait maintenant sur le côté de la maison. L'air était toujours humide mais un peu plus frais, et la maison elle-même n'était pas chaude au départ, ce qui rendait supportable de continuer à travailler.

Meg continuait à chercher du sang et d'autres traces, tandis que Pete et Reuben prenaient plus de photos et commençaient à constituer un dossier de résultats. Liz n'était pas nécessaire pour ces tâches et continuait à fouiller la maison, utilisant ses compétences d'observation et son expérience pour inclure ou exclure des pièces de l'attention de Meg. Du moins pour l'instant, car le moment pourrait venir où ils devraient faire un second balayage, encore plus minutieux.

La maison était immense avec huit chambres à l'étage, y compris l'impressionnante chambre principale. Elle demanda à Meg d'examiner le long couloir qui avait autrefois été orné d'un tapis importé, selon les registres de la police. Ce qui manquait dans la maison l'intriguait. Le tapis, qui pourrait contenir du sang et éventuellement des traces des intrus. Le lit principal, et les meubles du salon du rez-de-chaussée. En soi, ils constituaient des éléments clés de l'enquête, mais à un moment donné après la clôture de l'affaire, ils avaient été déplacés, voire même détruits.

Liz prenait des notes en déambulant. Ce soir, elle mettrait ses réflexions en forme et parlerait à Ben des prochaines étapes. Au quartier général, les autres membres de l'équipe étaient tout aussi occupés à examiner d'anciens dossiers de la police et à jeter un filet plus large dans la communauté de l'époque.

Mais qu'en est-il de Papa ?

Elle s'arrêta dans la cuisine. Quand Ben avait d'abord approché Liz pour rejoindre la nouvelle équipe, il lui avait assuré qu'il était déterminé à trouver l'homme qui non seulement avait enlevé au moins deux enfants dans le passé, mais était également responsable du meurtre de plusieurs personnes, y compris l'ancien patron de Liz.

Et qui était sûrement derrière l'enlèvement de Lyndall.

C'était une partie d'un puzzle vaste et déroutant.

Kyle Moorland avait sorti Lyndall de la mer dans la baie de Port Phillip et l'avait remise à Liz... non pas qu'elle l'ait reconnu derrière un déguisement astucieux. Pourtant, beaucoup d'éléments indiquaient que son père était le cerveau derrière l'enlèvement de Lyndall de sa chambre sécurisée. La sauver et s'en attribuer le mérite plus tard était l'une de ses astuces cruelles pour essayer de manipuler Liz.

Il y avait tant d'éléments mouvants en ce moment, pourtant, au fond d'elle-même, Liz croyait que plus de choses étaient interconnectées qu'elle ne l'avait jamais envisagé.

— Était-ce aussi une partie de son œuvre ? Elle parla à voix haute puis jeta un coup d'œil autour d'elle. Heureusement, elle était seule.

L'idée que Kyle soit impliqué dans les meurtres des parents de l'inspecteur était scandaleuse à bien des égards. Pourtant, il avait prouvé sa méchanceté et sa capacité à former et contrôler des relations humaines dans les endroits les moins attendus. Pendant des années, elle avait vécu sans le savoir dans un immeuble avec deux de ces relations. Puis l'enlèvement de

Lyndall. Essayer de démêler comment il s'intégrait dans les opérations de Marcus Bonner, et combien il avait à voir avec la mort de l'homme, faisait toujours l'objet d'une enquête.

Elle secoua la tête pour éclaircir ses pensées. Cela n'aidait pas à faire le travail.

La cuisine était une véritable cuisine de campagne avec un sol à carreaux noirs et blancs, deux énormes fours indépendants avec des cuisinières à gaz, et un large comptoir en bois. Portant des gants, elle fouilla chaque tiroir et placard, s'attendant à ce qu'ils soient vides. Au lieu de cela, il y avait des couverts et de la vaisselle, pour la plupart d'apparence coûteuse, ainsi que des ustensiles de cuisine. Rien ne se trouvait dans le grand garde-manger cependant, et le réfrigérateur et le congélateur rouillaient lentement.

Liz prit quelques notes et des photos.

Partout où elle allait, c'était un résultat similaire. Meubles manquants. Objets personnels disparus. Mais comme les articles dans la cuisine, elle trouva quelques autres signes que le travail n'avait pas été achevé. Dans la buanderie, elle ouvrit une machine à laver et la referma rapidement. L'odeur de tissu pourri était épouvantable et elle ouvrit une fenêtre à proximité. Si c'était trente ans ou plus de linge sale... ou même propre mais pas étendu... quelles étaient les chances que le contenu soit important ?

Elle envoya un message à Meg pour qu'elle vienne ensuite à la buanderie. La fouille de la police avait-elle manqué cela ? Ou était-ce quelque chose fait bien plus tard ?

— On a définitivement besoin de masques pour ça. Même de vêtements de protection. Meg portait les deux après un rapide voyage à la voiture. Elle avait le couvercle de la machine à laver ouvert et Liz tenait un grand sac à preuves ouvert d'aussi loin qu'elle pouvait tout en étant suffisamment proche pour être utile.

Son propre masque n'aidait pas à empêcher l'odeur de lui retourner l'estomac.

— Un sac pour chaque pièce. Prends ton temps, Liz. C'est dégoûtant. Respire par la bouche.

— C'est pour ça que tu es officiellement analyste numérique ?

— Oh oui. Les ordinateurs sont beaucoup plus faciles à gérer, mais d'un autre côté, avoir la possibilité d'utiliser d'autres compétences dans ce travail est sympa.

— Sauf maintenant.

Meg plaça soigneusement avec des pinces ce qui avait pu être des chaussettes dans le sac ouvert. Sauf maintenant.

Quelques minutes plus tard, Liz avait une pile de sacs scellés et Meg écouvillonnait la machine à laver. Quiconque a fouillé cette maison après les meurtres devrait être viré.

— Y a-t-il une chance qu'ils aient été mis ici plus tard ?

— Je suppose. Mais pourquoi ? Tout ce que j'ai sorti était juste du linge normal des deux sexes. Si l'inspecteur faisait sa propre lessive pour une raison quelconque, ce serait des vêtements de garçon, sûrement. Non, ce n'est pas une lessive occasionnelle qui a été oubliée.

— C'est quoi cette odeur ? Pete se tenait dramatiquement le nez entre le pouce et l'index en regardant par la porte. Si j'avais su qu'on faisait la lessive, j'aurais apporté mon panier.

Liz regarda autour d'elle. La buanderie était grande avec un grand sèche-linge, plusieurs placards, des étagères et un banc. Il y avait une planche à repasser et quelques fers, quelques serviettes pliées, et un séchoir ouvert, probablement pour suspendre les vêtements. Mais pas de panier à linge.

— Quelqu'un a-t-il trouvé un panier à linge ?

Reuben était maintenant aussi à la porte et tous secouèrent la tête.

— Je vais en avoir pour un moment ici, les gars, dit Meg. Vous pourriez aussi bien vérifier la pièce pour d'autres traces. Liz, peux-tu amener les vêtements à la voiture pour moi, s'il te plaît ? Ou laisse-les à la porte d'entrée et nous pourrons les porter dehors quand nous partirons.

Pete entra et ramassa tous les sacs.

— C'était à l'intérieur de la machine à laver ? Je vais les mettre près de la porte.

Liz le suivit mais resta dans le couloir.

— Meg, tu as besoin de quelque chose d'autre de notre part ?

— Pas pour l'instant. Bien que, elle leva les yeux de l'écouvillonnage de la machine à laver, je crains que nous ne négligions des indices importants à cause du manque de meubles. Ce qui n'a même pas l'air logique quand je le dis.

Reuben hocha la tête.

— Si, ça l'est. Une maison meublée a un système en place pour les flics. Nous travaillons méthodiquement pour fouiller de bout en bout, pièce par pièce, du plafond au sol. Ici, nous avons un espace ouvert sans structure. Nous entrons dans une pièce qui a des lumières et des rideaux, et soit de la moquette, soit un plancher en bois. Pas grand-chose d'autre. Trop facile de manquer quelque chose.

— Dans ce cas, toi et moi, on recommence et on verbalise ce qu'on voit ? demanda Liz.

Chaque paire d'yeux comptait et depuis bien trop longtemps, cette affaire avait glissé entre les doigts de ceux qui enquêtaient. Eh bien, plus maintenant.

CINQ

Pete récupéra la voiture et partit à la recherche de nourriture pour tout le monde. Le temps était agaçant car il avait hâte de descendre dans ce puits. Quelque chose piquait sa curiosité et bien qu'il ait dit qu'il valait mieux que Reuben y aille, il ne le pensait pas vraiment. Les endroits sombres l'intriguaient et leurs lampes de poche n'avaient pas atteint le fond de la structure en pierre. Il pourrait y avoir des ossements, ou un passage secret.

Les magasins les plus proches étaient à quelques kilomètres, ce qui lui donna l'occasion d'évaluer les environs. Sans doute y avait-il de nouvelles maisons construites ces trente dernières années autour de Heberden House, mais à l'époque des décès, il y avait surtout de petites parcelles ou des terrains vides.

Ce qui rendait la propriété désirable pour ses propriétaires était une combinaison d'isolement, leur permettant de profiter d'un mode de vie paisible et d'un haut degré d'intimité, ainsi que son accès relativement facile à Melbourne. Le trajet prenait environ une heure et bien que l'endroit eût une ambiance rurale, il n'était qu'à quelques minutes d'un grand centre commercial. Si le domaine était mis en vente, il rapporterait beaucoup d'argent, mais selon le testament de l'inspecteur, rien ne pourrait se produire tant que l'affaire ne serait pas résolue et officiellement close.

Pete se gara devant un supermarché et prit un panier en entrant. Il adorait faire les courses. Il aimait préparer des repas pour les autres, mais pas tellement cuisiner à fond. Sa spécialité, c'était les plats qu'il pouvait réchauffer ou assembler à partir de plusieurs sources. Une fois qu'ils auraient débusqué et éliminé la taupe, ou prouvé qu'il n'y en avait pas, il organiserait une grande fête et inviterait toute l'équipe.

Il choisit soigneusement, tenant compte des préférences alimentaires des personnes dans la maison. Il était important de traiter les autres avec respect... s'ils le méritaient. Liz, Meg et Ben le méritaient, c'était certain. Reuben ? Pete n'avait pas encore décidé mais penchait vers la confiance, et maintenant tout le monde devait bénéficier du doute.

De retour dans la voiture, il prit un itinéraire différent. La pluie était toujours régulière mais au loin, un ciel bleu faisait des efforts pour apparaître.

Son chemin le conduisit derrière Heberden House et à un moment donné, il se retrouva plus haut que la propriété et aperçut des bouts de son toit. Pete s'arrêta sur le côté et recula un peu à pied, son équipement de pluie suffisant pour le garder au sec. Cette route était étroite avec des allées partant de chaque côté tous les cent mètres environ. Il prit quelques photos et nota sa position en utilisant l'application sur son téléphone. Meg avait créé quelque chose de brillant et il lui suffisait d'ouvrir la navigation pour se situer avec une précision et des données meilleures que n'importe quelle carte en ligne ordinaire. Il l'envoya à son e-mail pour plus tard.

D'ici, il voyait par-dessus une maison, qui était en retrait de la route et plus basse que là où il se tenait. Derrière elle se trouvait le mur de pierre appartenant au domaine et il y avait peu à voir au-delà, à part le dessus du toit. Regardant autour de lui, il ne voyait pas comment il pourrait y avoir un meilleur point d'observation, alors il se déplaça vers le portail de la maison voisine.

Il était contrôlé par un panneau et il n'était pas question de déranger les résidents, mais il examina attentivement la maison qui était partiellement cachée derrière une longue haie. Elle semblait moderne. Il recula suffisamment pour prendre une photo du numéro de la propriété. Si c'était un pré à l'époque des meurtres, les malfaiteurs auraient pu trouver un moyen de passer par-dessus le mur. Il admettait qu'ils auraient eu besoin d'équipement, mais n'était pas prêt à écarter l'hypothèse d'un vol qui avait mal tourné. Pas encore.

Plus que quiconque dans l'équipe, à part Liz, il voulait découvrir si son père était impliqué. Pour la plupart des autres, c'était une affaire sur laquelle enquêter, comme la recherche de Kyle Moorland. Mais il connaissait mieux que quiconque le tribut que cet homme avait imposé à sa fille. Ses filles. Et sa petite-fille. Au moins, il n'avait pas connaissance d'un arrière-petit-fils et ignorerait ce côté de sa famille dans sa poursuite de Liz. Kyle était un sociopathe hautement fonctionnel et un narcissique, sans compter la centaine d'autres choses que Candace était mieux placée pour diagnostiquer. Pete avait le fort sentiment que cet homme était impliqué d'une façon ou d'une autre dans le meurtre des parents de l'inspecteur, et il avait bien l'intention de le prouver.

Liz méritait de trouver la paix.

— Cette pièce contient des fantômes.

Reuben se tenait juste derrière la porte de la chambre principale. Ses yeux parcouraient lentement l'espace, s'arrêtant sur Liz, qui était de retour à la fenêtre, le regardant.

— Des fantômes ?

— Des ombres d'existence. Des vestiges de vie. De rires. De larmes. De passion. De colère.

— Tu ressens tout cela ? Ici ?

Son visage était hanté par quelque chose. Creusé. Liz ressentit une étrange impulsion de combler la distance entre eux et de lui offrir... quoi ? Une étreinte ?

— Quand j'étais ici avec Pete, nous étions tous deux occupés, mais maintenant que je reviens pour regarder de plus près, c'est assez évident. Je dois te sembler fou.

— Non. La pièce est étrange et je ne voudrais pas y passer la nuit.

Reuben rejoignit Liz à la fenêtre.

— Je t'ai remarquée ici plus tôt. Avant qu'il ne pleuve.

— J'ai vu le puits. Elle pointa du doigt.

— À travers ces deux chênes.

— Pete est déçu à cause du temps. Il a suggéré que je descende dans le puits, mais j'ai eu l'impression qu'il prendrait rapidement le relais.

Liz rit.

— Je suis curieux de savoir ce qu'il y a là-dedans, dit Reuben. Nous n'avons trouvé aucun signe d'utilisation, pas d'éolienne ni de pompes.

— Nous reviendrons voir. D'ailleurs, j'aimerais que tu utilises un drone à un moment où il ne pleut pas pour nous donner une meilleure vue de la propriété telle qu'elle est aujourd'hui. Même les cartes en ligne ne sont pas à jour. Elle s'arracha à la fenêtre et fit le tour des murs. Qu'est-ce qui nous échappe ici ? Que devons-nous approfondir ?

— Selon les dossiers de la police, les meurtres ont eu lieu entre vingt-et-une heures et vingt-deux heures. C'était l'été. Cela semble tôt pour être endormi s'il s'agit d'un couple qui aimait recevoir et était connu pour ses fêtes somptueuses. Le personnel était parti pour la nuit. Je dois vérifier les conditions météorologiques.

— Oui, et leurs mouvements à ce moment-là. Venaient-ils juste d'arriver à la maison ce jour-là ?

Reuben secoua la tête.

— J'ai lu qu'ils étaient ici pour une pause plus longue. Leur autre maison était plus utilisée en hiver.

— Je me demande... même si tous deux étaient officiellement retraités de leur carrière respective, Ilona supervisait encore son entreprise. Nous pourrions voir s'il existait un agenda ou un calendrier d'événements. Des traces de son implication au cas où cela mènerait à quelqu'un d'intéressant.

— Et chercher où se trouve aujourd'hui le personnel. Bien que la plupart seraient âgés maintenant. Il prenait des notes sur sa tablette. J'aime l'approche consistant à explorer leur vie quotidienne car cela en dit plus que n'importe quelle interview de témoins. Peut-être même mieux que la criminalistique.

— Ne dis pas ça devant Meg.

Il leva les yeux avec un sourire et Liz retint son souffle. Il y avait quelque chose chez cet homme qui l'attirait. Pas seulement son apparence mais son intellect, sa pensée critique et sa gentillesse.

— Pourquoi ce regard ?

Reuben serra la tablette contre sa poitrine et réduisit la distance entre eux. La pièce sembla plus petite quand il s'arrêta à quelques mètres, son expression curieuse.

— Meg. Elle disséquera de façon médico-légale quiconque place l'enquête à l'ancienne au-dessus de sa technologie de pointe.

Il va croire ça. Je le croirais.

— J'ai le plus grand respect pour Meg et son travail. Encore plus pour toi, Liz. Et en tant qu'équipe cohésive, il y a peu de choses que nous ne puissions accomplir.

Un coup de tonnerre fit trembler les fenêtres et ils firent chacun un pas en arrière en riant.

Ils s'arrêtèrent le temps de manger. Pete était beaucoup de choses, mais au fond, c'était une personne avec une force morale et une décence qu'il minimisait. Son comportement par défaut était celui du bouffon ou du sale type. Les repas pouvaient être un choix éclectique du supermarché à mélanger et assortir sans chauffage, mais ils prenaient en compte les préférences qu'il avait remarquées au fil du temps. Il y avait amplement de quoi manger pour Reuben et peu de gens se donnaient la peine de prévoir pour un végétalien comme allant de soi.

Une fois le repas consommé, la recherche continua. Avec Pete de retour, lui et Reuben poursuivirent l'évaluation pièce par pièce et Liz fut libérée pour faire le point avec Meg qui était dans la cuisine.

— La buanderie est un endroit fantastique. Meg sourit et tourna son ordinateur portable pour montrer à Liz une longue liste sur un tableur. Il y a près de cinquante groupes d'échantillons et c'est avant que les vêtements ne soient testés. Je ne suis pas pour la spéculation plutôt que la science, mais un schéma se dessine et je pense que quelqu'un a mis des vêtements ensanglantés dans cette machine à laver.

— Nous la ramènerons au labo.

— J'espérais que tu dirais ça. Selon ce que je trouve avec des tests supplémentaires, nous pourrions avoir besoin d'examiner la plomberie pour toute trace de sang. Quelle est la suite ?

— Les gars continuent de vérifier chaque pièce. Jusqu'à présent, rien ne requiert ton attention, alors y a-t-il quelque chose que tu veux faire ou que tu veux que je fasse ?

— Absolument. Je veux chercher des passages secrets.

Liz sourit, pensant que Meg plaisantait, mais l'expression sérieuse sur le visage de l'autre femme indiquait le contraire.

— Tu as toute mon attention.

Meg glissa son ordinateur portable dans le sac qu'elle avait habituellement en bandoulière.

— Pouvons-nous faire une promenade ? Elle n'attendit pas, quittant immédiatement la pièce.

Le temps que Liz la rattrape, Meg était au bout d'un long

couloir, ayant dépassé la buanderie et quelques portes qui étaient d'anciens quartiers du personnel. Elle avait une main sur le mur.

— Ici.

— On dirait un mur. Plâtré.

— Exactement ! Dix points, Liz.

Cela incita Liz à regarder de plus près. Le couloir était tapissé de papier peint, mais pas le bout.

— Ils en ont manqué ?

Meg tapa sur le plâtre.

— Ce n'est pas creux. Ça devrait l'être ?

Liz vérifia quelques-uns des murs du couloir qui sonnaient creux.

— La maison est en double brique ?

— Non. Et j'ai récupéré les seuls plans que nous avons qui montrent ceci comme un escalier descendant vers une cave.

— La cave n'est-elle pas à l'autre bout de la maison ?

— Si. Maintenant, soit quelqu'un s'est trompé dans les plans ou dans la construction, soit des rénovations ont été faites. C'est normal de fermer un escalier vers une zone inutilisée, mais le murer ? Je dois regarder derrière ici.

Liz se tenait à quelques mètres, les yeux parcourant le plâtre.

— Est-ce que c'est juste moi ou le travail est-il plutôt affreux ? Je veux dire, regarde le coin et comment ce n'est pas parfaitement scellé. Et... elle s'agenouilla et se pencha. Il y a un espace. On pourrait ouvrir ça maintenant, Meg. Qu'en penses-tu ? Ou devrions-nous en discuter avec Ben ? Obtenir plus d'informations.

— J'ai vraiment envie de voter pour maintenant, mais il faudrait peut-être d'autres équipements. Mon détecteur de métal, comme tu l'appelles, n'a que certaines utilisations et je préférerais que nous ouvrions ceci une fois que j'aurai les outils pour capturer toutes les anomalies.

Eh bien, c'est décevant.

— D'accord. Tu peux organiser ce dont tu as besoin pour le faire, et ensuite nous terminerons pour la journée. Nous avons une tonne d'informations à analyser et si Ben est d'accord, nous pourrons revenir demain avec plus de membres de l'équipe et un plan solide.

SIX

Ben était dans son bureau avec Hamish assis en face de lui. Le questionnaire de l'autre homme était le premier à avoir été retourné à Candace et, disposant d'une demi-heure libre, Ben voulait discuter. Ils avaient parlé de la météo et il était clair que Hamish était nerveux car, bien qu'il fût assis une cheville posée sur l'autre genou et les bras derrière la tête, le léger tressautement de son pied relevé était constant.

— Candace m'a fait savoir que vous étiez d'accord pour partager vos réflexions issues du questionnaire. J'aimerais le confirmer avant d'aller plus loin.

— Bien sûr. Il est inutile de travailler en équipe sans être un vrai coéquipier.

Pourtant vous faites tout pour irriter ceux qui vous entourent.

— J'apprécie ce sentiment. Et je suppose que votre expérience dans une unité de renseignement impliquait de faire confiance à vos collègues. Y a-t-il quelqu'un à Opération Nobody à qui vous faites autant confiance que vos anciens collègues ?

C'était une question risquée. Candace avait fourni à Ben une liste de sujets et de questions basés non seulement sur les réponses de Hamish, mais aussi sur sa propre méthode pour déjouer les mensonges et repérer les faiblesses ou les domaines nécessitant plus de formation. Hamish était celui que Ben connaissait le moins, mais il possédait des compétences et des références exceptionnelles. Pendant la dernière affaire, la première que l'équipe avait traitée, il s'était bien comporté sous une pression extrême. Plus que bien. Il avait arrêté un meurtrier et kidnappeur en fuite d'un seul tir au-dessus de l'eau, depuis un hélicoptère, de nuit. Ce n'était pas à la portée d'un policier ordinaire.

— La confiance se construit avec le temps, d'après mon expérience, dit Hamish. Dans l'ensemble, l'équipe a un potentiel incroyable.

— Donc c'est non ?

Hamish sourit légèrement.

— Si ma vie était en jeu ? Je vous fais confiance. Et à Liz. Et à Pete.

Pardon, quoi ? Pete ?

— Et vous auriez raison de nous faire confiance. Quelqu'un d'autre ?

— Puis-je parler en toute confidentialité ?

— Je vous en prie.

— J'apprécie Reuben mais c'est vraiment quelqu'un de direct. Il observe les gens et porte des jugements silencieux, et si c'est un atout majeur avec les délinquants, c'est déstabilisant pour les collègues.

— Déstabilisant ?

— Difficile à expliquer. Je me surprends à surveiller ce que je dis de peur qu'il interprète mal mes intentions.

C'était intéressant. Hamish ressemblait un peu à Pete dans sa façon de dire ce qu'il pensait ou de ne pas filtrer ses propos, mais Pete se souciait généralement peu de l'opinion des autres. Manifestement, Hamish s'en souciait. Il avait certainement atténué sa manière excessive de s'exprimer depuis la récente affaire.

— Et vous tenez à être perçu de manière exacte.

Hamish hocha la tête.

— Certainement. Je suis fier de mon image professionnelle et je serais mortifié d'être vu sous un mauvais jour.

Alors il faut continuer à travailler sur votre façon d'interagir avec l'équipe.

Ben nota mentalement d'en discuter avec Candace.

— Les autres membres de l'équipe ?

Comme s'il se détendait enfin, Hamish baissa les bras.

— Meg est la personne la plus intelligente que j'aie jamais rencontrée. Candace est... eh bien, c'est Candace. Je l'apprécie beaucoup.

— Phoebe ?

— Pheebs est d'une intelligence particulière. Elle semble avoir des ramifications dans le monde entier grâce à son podcast et son équipe.

— Et Annette ?

Quelque chose traversa le visage de l'autre homme. L'ombre d'une réaction qui disparut immédiatement. Hamish haussa les épaules.

— Elle fume trop.

Ben n'était pas prêt à pousser Hamish plus loin. Il aurait pu lui demander s'il voulait dire qu'elle utilisait le fait de fumer comme moyen de se défiler, mais le but n'était pas de dresser les gens les uns contre les autres. Il jeta un coup d'œil à ses notes.

— Avez-vous des questions pour moi ? Ou des commentaires ?

— J'aimerais en faire plus. Prenez aujourd'hui par exemple. Annette et moi avons épluché des cartons de vieux dossiers de police pour les classer dans un système plus logique. Phoebe n'est pas là aujourd'hui, donc nous nous en sommes occupés seuls. Pendant que les autres explorent la propriété et mènent une véritable enquête, je reste en arrière à manipuler des papiers.

À aucun moment Hamish n'avait changé le ton décontracté de sa voix, mais ses paroles transmettaient un message que Ben ne pouvait ignorer. L'autre homme se sentait exclu.

— Et vous préféreriez agir de façon plus physique.

— En effet. Il sourit maintenant, de façon asymétrique. J'ai l'air capricieux.

— Le travail de police n'est pas toujours de l'action. Vous le savez. Et j'ai vu à quel point vous êtes efficace sous pression et dans des situations de danger intense. Mais il y avait une raison pour laquelle je voulais que vous travailliez sur les anciens dossiers.

Hamish se pencha en avant, intéressé.

— D'après le peu que nous savons, ces morts ont été pratiquement balayées sous un tapis métaphorique. Une seule personne croyait qu'il s'agissait de meurtres, pourtant il existe des preuves à l'appui de cette théorie qui ont été écartées, et je dois savoir pourquoi.

— Donc, non seulement le cheminement qui a mené à la décision de classer l'affaire, mais aussi ce qui s'est passé autour. Lire entre les lignes. Je vois.

— L'autre chose, Hamish ? Parallèlement à cette affaire, j'ai l'intention de commencer à enquêter sur Kyle Moorland et j'ai besoin que vous m'aidiez et que vous puissiez repérer d'éventuelles connexions entre les deux.

— Je peux faire ça. S'il n'y a rien d'autre, je vais aller rédiger mon compte rendu pour plus tard.

— Merci. Et croyez-moi... vous aurez beaucoup d'action à l'avenir. J'essaie simplement de donner à chaque membre de l'équipe l'opportunité de travailler selon ses points forts, un à la fois.

Après le départ de Hamish, Candace entra et prit le même siège.

— Il avait l'air plus heureux en sortant qu'en entrant.

— J'ai peut-être trouvé l'un de ses déclencheurs positifs. Es-tu disponible pour le prochain briefing ?

— Pas de dîner à préparer ce soir. Elle sourit. Liz et compagnie viennent de quitter le manoir.

Ben vérifia l'heure.

— Pourrais-tu demander à Annette de rédiger son compte

rendu ? Je veux faire le mémo de ma conversation avec Hamish pour toi pendant que c'est encore frais dans ma mémoire. Et je vais commander des pizzas et demander à Pete de s'arrêter pour les récupérer en chemin.

Liz rédigea son rapport en cours de route. Tous le faisaient, sauf Pete qui conduisait. Il s'était plaint suffisamment pour qu'elle lui propose de dicter sur son téléphone et l'aide à le configurer. Dieu merci, il y avait des écouteurs à réduction de bruit dans l'unité. Ils s'arrêtèrent juste le temps de récupérer les pizzas commandées par le patron à leur endroit préféré, Reuben courant pour les chercher. Le véhicule sentait la pizza quand ils se garèrent enfin sous le bâtiment.

— Vous deux, pouvez-vous prendre la nourriture pendant que Pete et moi nous occupons de la machine à laver ? demanda Reuben.

— Il y a un chariot. Pas besoin de porter.

— Il faut d'abord la sortir, mon pote, et je préfère partager la charge.

— La charge de la lessive ? plaisanta Pete.

Tout le monde gémit.

L'après-midi avait été long, la faim et la fatigue s'installaient. Liz voulait rentrer chez elle. La nuit dernière, après le dîner chez Candace, elle avait cherché des appartements à acheter et avait établi une liste qu'elle avait hâte de reconsulter. Et obtenir un sommeil bien mérité.

Une fois à l'étage, Hamish prit les boîtes et disposa tout sur la table ronde dans la salle de conférence. Phoebe venait d'arriver après avoir travaillé à domicile pour la journée et Annette se précipita aux toilettes, probablement pour se rafraîchir après avoir été sur le toit pour fumer. Elle était la seule fumeuse de l'équipe, bien que Hamish acceptât une cigarette si on lui en offrait. Liz n'avait jamais compris l'attrait, mais elle savait que les effets du stress dans un métier comme le leur étaient gérés différemment selon les personnes. L'alcool était populaire. Liz, elle, préférait courir.

Le briefing se déroula pendant le dîner.

— Qui veut commencer ? Ben se servit de pizzas de différentes saveurs dans trois boîtes, les empilant sur une assiette avant de s'asseoir.

— Puis-je ? C'était Candace. Je n'ai rien à offrir à part remercier tous ceux qui ont déjà complété et retourné le questionnaire de débriefing. Je n'en attends plus que deux maintenant. Et je tiens à rappeler à chaque membre de l'équipe que je suis là non seulement comme profileuse pour les affaires, mais aussi comme une oreille confidentielle si quelqu'un souhaite discuter.

— Je le savais, dit Pete.

Tous les regards se tournèrent vers lui.

— Dès que j'envoie mon questionnaire, voilà l'offre de psychanalyse. J'ai probablement mal rempli le formulaire.

Un petit rire parcourut la salle.

— Et ma porte est particulièrement ouverte pour toi, Pete.

— Merci. Pete sourit à Candace.

Annette s'éclaircit la gorge.

— Hamish et moi avons fait d'excellents progrès sur les anciens dossiers, mais je n'arrivais pas à croire l'état déplorable de la plupart des boîtes. Ce n'est pas ainsi que j'aurais géré les preuves !

Liz avait longtemps admiré l'éthique de travail d'Annette. Elle avait été un solide agent de patrouille, puis en tant qu'agent principal, elle était devenue experte dans la supervision des pratiques de gestion des preuves avant de passer brièvement à la direction des salles d'entretien et d'interrogatoire dans les crimes majeurs de Melbourne. Son approche méticuleuse et sans fioritures de la précision avait attiré l'attention de Ben lorsqu'il recrutait pour l'équipe.

— Quoi qu'il en soit, nous avons organisé les dossiers dans une séquence logique et avons trouvé des choses très intéressantes.

— Plus précisément, ajouta Hamish, des exclusions inté-ressantes.

— Oui, c'est une meilleure description. Pour vous expliquer, il y a des lacunes à la fois dans le temps et dans l'information.

— Nous pensons que des dossiers manquent, n'est-ce pas ? demanda Hamish.

— En effet.

Ben essayait de manger tout en prenant des notes et finit par perdre la moitié de la garniture. Il soupira et posa le reste de sa part pour continuer à écrire.

— J'enverrai un email pour voir si quelque chose a été laissé derrière.

— Sauf que c'est à l'intérieur des boîtes, dit Annette. Presque chaque boîte présente le même problème : soit un dossier complet manque, soit les rapports sont incomplets. Si c'était la façon typique de faire de la police il y a une trentaine d'années, pas étonnant qu'ils n'aient pas pu résoudre un meurtre !

C'était bon de voir Annette s'énerver à propos des procédures. Elle avait été irrégulière durant la dernière affaire, dispa-raissant pour fumer ou pour organiser la garde d'enfant qu'elle aurait dû avoir déjà mise en place, puis offrant un soutien exceptionnel sur le terrain. Cette première affaire avait été confiée à une équipe qui n'avait même pas un jour d'existence, pas étonnant que certains membres aient connu un début difficile.

Les difficultés liées au développement sont plus logiques que d'avoir quelqu'un infiltré pour nous surveiller.

Reuben était assis à côté de Liz et lui offrit une part de la boîte de pizza que la plupart des gens lui laissaient. Elle accepta avec plaisir. Les autres pensaient peut-être qu'ils devaient lui laisser une pizza végétalienne entière, mais Reuben ne proposait que s'il le pensait vraiment. Et elle aimait ses goûts plus épicés.

— Excellent travail Annette et Hamish. J'ai vu vos rapports arriver et je les examinerai plus tard. Bien, qui veut parler pour l'équipe de terrain ? Ben utilisa ses doigts pour remettre la garniture sur sa part puis chercha une serviette. Candace lui en fit glisser une.

— À moins que quelqu'un d'autre ne veuille le faire, je m'en charge. Meg, qui n'avait pas touché à la pizza, n'attendit pas l'approbation. Cette affaire a été grossièrement mal gérée du début à la fin. Je ne suis pas surprise que des dossiers manquent. Celui qui a dirigé l'enquête devrait être viré. Enfin, j'imagine qu'il n'est plus dans les forces maintenant, mais vous voyez ce que je veux dire. Demain, j'aurai un rapport complet pour chacun d'entre nous, mais ce soir, je vais trier un milliard d'échantillons et analyser les données de ce que Liz appelle mon détecteur de métaux.

— Eh bien, quel est son vrai nom ?

— Je ne sais pas vraiment, Liz.

— Devrions-nous demander à tout le monde de faire des suggestions ? Ben était amusé. Et pour ta table de données futuriste intelligente ?

— Bien sûr. Envoyez les suggestions par e-mail et nous ferons un tirage au sort ou un vote. Quoi qu'il en soit, les éléments importants sont qu'il y a d'importantes projections de sang dans la pièce du rez-de-chaussée de la maison. La chambre, qui était censée être l'endroit où le couple est mort, n'est qu'une scène secondaire. Et... quelqu'un a mis une machine à laver en marche soit avant, soit pendant, soit après les meurtres, et la police chargée de l'enquête ne l'a pas trouvée.

Comme si elle était satisfaite de son évaluation, Meg se servit enfin de nourriture et la fourra immédiatement dans sa bouche.

Pour la première fois, Phoebe prit la parole. C'était une femme discrète qui observait plus qu'elle ne participait aux conversations. Son expertise était unique. Elle dirigeait un podcast consacré aux affaires criminelles réelles énormément suivi et une équipe de collaborateurs de confiance avec un vaste réseau à travers le monde. Comme Candace, elle n'était pas officier de police mais une civile avec des compétences inhabituelles.

— C'est une dissimulation. Ce qu'Annette et Hamish ont trouvé indiquait cette possibilité, mais les découvertes scientifiques de Meg le confirment.

— Nous t'écoutons, Phoebe, dit Ben.

Elle hocha légèrement la tête.

— Une fois que j'aurai plus d'informations, je pourrai créer un podcast. Mes auditeurs adorent les affaires non résolues, plus elles sont anciennes, mieux c'est. Pour la dernière affaire, nous nous sommes concentrés sur l'Europe avec les marchands d'art et les scandales artistiques, mais celle-ci fera appel aux souvenirs des gens concernant des événements ici, dans l'État de Victoria.

Ben croisa le regard de Liz. Elle était impressionnée par la diversité d'Opération Nobody. Il avait fait un travail exceptionnel. Si une équipe secrète pouvait résoudre cette affaire non résolue, c'était bien la leur.

SEPT

La rivière Yarra était magnifique en toute saison, mais Liz l'appréciait particulièrement juste avant les premières lueurs du jour. Elle avait couru l'un de ses parcours préférés autour des Docklands, puis le long des eaux lentes de cet emblème de Melbourne, suivant au plus près les pistes et sentiers avant de traverser de l'autre côté par le pont de St Kilda Road. Pendant une minute ou deux, elle avait bu de l'eau et repris son souffle près de Hamer Hall, puis continué le long de la Southbank Promenade.

Elle avait quitté son appartement dans l'obscurité et maintenant le ciel d'avant l'aube jetait une lueur sur les ondulations de l'eau.

Le long de cette promenade se trouvaient des restaurants, des bars à vin et des boîtes de nuit qui attiraient aussi bien les locaux que les visiteurs. L'immense complexe du Casino Crown s'étendait sur plusieurs pâtés de maisons et abritait des restaurants célèbres comme Rockpool, Nobu et Bistro Guillaume.

Au-delà s'étendaient des passerelles et un espace plus ouvert pour flâner, et c'est là que Liz ralentit pour finalement se mettre à marcher. Elle dépassa la passerelle qui traversait à nouveau la Yarra et, prenant le chemin sous un passage souterrain, elle atteignit sa destination. De l'autre côté se trouvait une petite marina presque privée où elle trouva un endroit pour s'étirer tout en observant le changement de couleurs parmi les yachts.

C'était un endroit calme de la rivière.

Un couple d'immeubles d'appartements assez récents dominait plusieurs rangées de bateaux de plaisance. Il n'y avait pas grand-chose d'autre ici que des boutiques vendant des appartements et des bateaux, et un ou deux cafés. Tous fermés si tôt dans la journée. Quelques appartements étaient éclairés, mais la plupart restaient dans l'obscurité. Liz se souvenait avoir entendu dire que beaucoup de propriétaires ne venaient que lorsqu'ils souhaitaient utiliser leur bateau, et l'endroit semblait effectivement à peine habité. C'était une autre zone qu'elle envisageait comme résidence permanente.

Le ciel était gris tandis que la lumière du jour remplaçait l'obscurité. Avec une soudaine baisse de température, quelques gouttes de pluie tombèrent sur les bras de Liz et elle se remit en route. En s'approchant du passage souterrain, une sensation des plus étranges fit se dresser les poils de ses bras et elle s'arrêta pour regarder en arrière.

Personne aux alentours. Personne promenant son chien, à vélo ou en train de faire du jogging. Pas même un bateau de passage. Ses yeux scrutèrent les immeubles d'appartements, mais tout était calme.

Alors pourquoi ai-je l'impression d'être observée ?

Elle savait qu'il fallait faire confiance à son instinct et ouvrit son téléphone, le mettant en mode vidéo. De longs balayages de la zone pourraient ne rien révéler à l'œil nu, mais une fois sur grand écran et avec quelques améliorations, il y aurait plus de chances de découvrir qui rôdait dans les parages.

Ou tu pourrais arrêter de sursauter au moindre mouvement.

Liz fourra le téléphone dans sa poche et se mit à courir, suivant le chemin jusqu'à la passerelle et mettant de la distance entre elle et la marina.

De l'autre côté de la rivière, elle ne put s'empêcher de

regarder à travers l'étendue d'eau vers l'endroit où elle se trouvait quelques minutes plus tôt.

Juste au bord de l'eau se tenait une silhouette. Qui la fixait.

— Je vais voir quelles images aériennes ont pu être prises à ce moment-là, mais la couverture nuageuse ne va pas aider. Laisse-moi passer un peu de temps de qualité avec ça ?

Meg avait branché le téléphone de Liz sur un ordinateur portable.

— Merci. Et désolée. Je sais à quel point tu es débordée en ce moment.

— C'est à ça que sert une assiette. À empiler des trucs dessus. Du café, s'il te plaît.

Liz n'eut aucun problème à se faire dire de préparer du café. Elle n'était passée chez elle que le temps de se changer avant de venir et n'avait rien pris d'autre qu'une autre bouteille d'eau. Trouver Meg ici était un soulagement et elle lui avait tout raconté d'un trait.

Elle prépara la machine à café pour la journée, utilisant cette tâche familière pour calmer ses nerfs stupides et son imagination surexcitée. Ben et Pete arrivèrent alors qu'elle préparait la première tasse et elle leur cria par-dessus le demi-mur séparant les pièces qu'elle en ferait davantage. Portant deux tasses dans chaque main, elle s'arrêta avec eux au bureau de Meg, où les deux autres regardaient la vidéo par-dessus son épaule.

— C'était Kyle ? demanda Pete. Il prit son café et celui de Ben, les yeux inquiets. De tous, c'était lui qui savait le mieux ce que le cerveau criminel avait fait subir à Liz au fil des ans.

— C'était trop loin pour le dire et le temps que je revienne en courant sur le pont, il avait disparu. J'aurais dû vérifier la zone plus minutieusement.

Elle posa la tasse de Meg. La vidéo était beaucoup plus claire mais là encore, il n'y avait aucun mouvement. Aucun signe de son père.

Bien sûr que c'était lui.

Les quelques photos qu'elle avait tentées étaient inutiles à cause de la distance.

— Je vais passer tout ça dans un programme qui pourrait aider un peu et j'ai les coordonnées et les données, donc le voilà à nouveau. Meg débrancha le téléphone et le lui rendit. Ensuite, je ferai une demande à nos amis spéciaux qui sont assez gentils pour partager des images satellite.

— Je t'en suis reconnaissant, Meg. Liz, viens nous briefer. Ben se dirigea vers son bureau.

Une fois assise, Liz but la moitié du café d'un trait. Elle devait garder ses émotions sous contrôle et considérer cela de façon logique. En tant qu'officier de police expérimentée.

— Commence par le début.

Elle commença du moment où elle avait quitté son immeuble jusqu'à son arrivée à Riverside Marina.

— L'endroit était complètement désert. J'y vais une ou deux fois par semaine à cette heure-là et habituellement, il y a au moins un peu de mouvement quand les gens commencent leur journée. Parfois, quelques yachts vont et viennent, mais pas aujourd'hui. J'ai senti quelques gouttes de pluie puis l'impression d'être observée.

Pete et Ben hochèrent la tête. Tous deux, comme elle, laissaient leur instinct naturel les alerter du danger.

— Après n'avoir rien vu en filmant la zone, j'ai traversé la passerelle.

— Et il était juste là, debout.

— Presque exactement où je m'étais tenue quelques minutes plus tôt. Il n'a pas bougé et je ne pouvais pas voir clairement son visage, en plus il portait un chapeau à larges bords et un long manteau. Un imperméable, je crois.

— Qu'est-ce qui te fait penser que c'était Kyle ? demanda Ben.

Pete lui lança un regard.

— Bien sûr que c'était Kyle.

Ben l'ignora, attendant patiemment que Liz réponde.

— Je ne sais pas si c'est lui. Je veux dire, il m'a parlé face à face récemment et je n'avais aucune idée que c'était lui, donc je vais douter de moi-même pendant longtemps.

Elle haussa les épaules.

— Ma tentative de photographier la personne a été lamentable et j'ai couru le long du même chemin. Il avait disparu, bien sûr, et j'ai passé beaucoup trop de temps à fouiller la zone. Pour ce que j'en sais, c'était peut-être un résident ou un passant qui regardait la rivière, pas moi.

— Il est intelligent, Lizzie. Quelqu'un capable de tuer pour voler une identité et ne pas être découvert pendant des décennies doit l'être, sans parler de toutes les autres conneries qu'il fait, dit Pete. Il t'a avertie d'arrêter de le chercher.

— Alors comment saurait-il que nous le faisons ?

— Il te surveille peut-être. Il est temps de te déplacer quelque part de plus sûr. Ben tendit la main vers son téléphone.

— Absolument pas. Merci, mais Kyle a eu plein d'occasions de me blesser et ne l'a pas fait. Il y a une sorte d'affaire inachevée entre nous qu'il veut voir se dérouler d'une certaine façon, et si je disparais soudainement, il mettra les choses en mouvement avant que nous ayons eu le temps de le coincer.

La main de Ben quitta le téléphone et il acquiesça.

— D'accord. Mais je vais organiser une surveillance. Meg et Reuben peuvent mettre en place les choses et entre eux, il n'y aura aucune trace. Es-tu prête à continuer à faire ce que tu fais normalement ? Courir sur ce parcours ?

Son cœur battit un peu trop vite.

— Oui. Mais peut-être pas seule.

— Tu ne le seras pas. Donne-moi un peu de temps pour travailler sur quelques idées.

— Liz, viens habiter chez moi, dit Pete. Si ce n'est pas avec moi, alors chez Candace. Elle a de la place et son appartement est aussi sécurisé que tous ceux que j'ai vus.

— Non. Tu me détesterais comme colocataire. Je suis bordélique.

— Tu ne l'es pas.

— Je pourrais l'être.

Ses yeux se baissèrent sur la tasse de café vide dans ses mains, les lèvres serrées.

Je t'ai vexé.

— Hé, j'apprécie la suggestion. L'offre. Mais Pete, si c'était Kyle, alors il s'est révélé pour une raison. Si je déménage soudainement quelque part, cela lui dira probablement que j'utilise l'équipe pour le trouver. Je ne veux pas que quelqu'un soit blessé. Je ne veux pas que tu sois blessé.

Il la regarda.

— Ça marche dans les deux sens.

Le téléphone de Ben sonna.

— L'objectif est d'éviter que quiconque soit blessé à part les méchants. Je dois répondre à cet appel.

Ben attendit que les autres partent et répondit, son moral remontant à l'idée de parler à la seule personne au monde qui rendait sa vie complète.

— J'allais raccrocher ! J'ai même vérifié l'horloge pour m'assurer que je ne t'appelais pas pendant le temps d'Ellie.

— Le temps d'Ellie est toujours le bon moment. Je viens de terminer une courte réunion.

— À sept heures et quelques du matin ?

Entendre la voix d'Ellie faisait baisser la tension artérielle de Ben sur-le-champ. Il en était sûr. Être loin d'elle si souvent et de la vie qu'ils avaient construite dans une petite ville côtière, eh bien, c'était nul.

— C'est une équipe de lève-tôt. Comme toi. Qu'y a-t-il au programme aujourd'hui ?

— Hier soir, j'ai créé un nouveau menu pour l'automne et je veux le tester sur le personnel et Michael avant d'aller beaucoup plus loin. Donc je suis allée aux marchés et je viens d'arriver au restaurant. J'aime quand c'est fermé et calme.

Ben rit.

— Et tu aimes encore plus quand c'est ouvert et bruyant.

— C'est vrai.

Michael était le frère aîné d'Ellie qui avait subi des lésions cérébrales ayant changé sa vie quelques années auparavant. Il vivait avec Ben et Ellie, et depuis le déménagement, il devenait plus mobile et cohérent que pendant tout son temps passé dans des établissements de soins résidentiels coûteux et exclusifs. Il ne marcherait plus jamais sans aide et ne pourrait pas non plus avoir un emploi, mais il parlait maintenant en phrases correctes et devenait plutôt bon à nager dans les vagues pas loin de leur maison. Ellie avait déménagé dans la ville avec Michael pour ouvrir son petit restaurant et Ben les avait suivis dans l'espoir qu'ils créeraient une vie ensemble.

C'était ce qui s'était passé.

— Est-ce que ça va, chéri ? Tu as l'air un peu inquiet. Distrait.

Il se pencha en arrière dans son fauteuil et le fit pivoter loin de son bureau, fermant brièvement les yeux. Si quelqu'un pouvait percevoir son humeur, c'était Ellie.

— Liz a eu une rencontre étrange ce matin. Nous pensons que son père l'a peut-être retrouvée.

— Oh non. Elle va bien ?

— Oui. Désolé, j'aurais dû commencer par ça. Tout s'est passé à distance lors de son jogging.

— D'après ce que tu m'as dit, c'est une personne terrible, donc plus vite vous le trouverez, mieux ce sera.

Il y eut un léger bruit derrière Ben et il tourna son fauteuil pour découvrir Hamish dans l'embrasure de la porte. La main de l'homme se leva rapidement comme pour taper sur la porte ouverte.

Depuis combien de temps es-tu là ?

Ben lui fit signe d'entrer.

— Ma chérie, je dois y aller pour l'instant. Tu veux bien transmettre mon amour à Michael ?

— Toujours. Et plein pour toi.

— Pareil, Ellie.

Essayant de repousser l'irritation d'avoir été interrompu, Ben termina l'appel et regarda Hamish.

Il se tenait juste à l'intérieur de la porte et était visiblement mal à l'aise.

— Désolé, Ben. Je n'avais pas vu que vous étiez au téléphone.

— Pas de problème. Qu'y a-t-il ?

— Annette a reçu un e-mail concernant votre demande au sujet d'éventuels fichiers manquants de l'affaire non résolue. Nous avons été invités à aller chercher par nous-mêmes.

— Invités ?

Hamish sourit.

— Je suis poli. Cela vous dérange-t-il que nous y allions ?

— Je vous en prie. Dois-je dire un mot à la personne qui a écrit l'e-mail ?

— Je crois qu'Annette la connaît et qu'elle est en train de formuler la réponse appropriée pour quand nous arriverons. Ou potentiellement, pour quand nous partirons. Au cas où nous serions mis à la porte.

— D'accord, mais prenez des notes. Vous partez maintenant ?

— À moins que vous n'ayez besoin de nous pour quelque chose de plus urgent ?

— C'est important, alors voyez ce que vous pouvez trouver. Téléphonez s'il y a des résistances.

Ben regarda Hamish parler à Annette à son bureau, puis elle se tourna et hocha la tête. Un instant plus tard, ils partaient. Tant mieux pour eux. Hamish aimerait être hors du bâtiment et Annette ne mâcherait pas ses mots avec quiconque entraverait leur progression. Les mettre ensemble fonctionnait mieux qu'il ne l'avait espéré.

HUIT

Pete était assis dans le bureau de Candace avec Reuben et Meg. Liz avait été chargée d'aller faire les courses pour réapprovisionner le frigo et le garde-manger, ce dont elle s'était plainte, déclarant à tout le monde qu'elle savait qu'on cherchait à se débarrasser d'elle et qu'elle n'achèterait rien de délicieux.

Candace n'était pas satisfaite des événements survenus à Riverside Marina et avait insisté pour parler sans Liz.

— Étant donné le peu que nous comprenons du réseau de Kyle, il vaut mieux que Liz ne connaisse pas la plupart de vos plans. Pas les détails précis.

Reuben et Hamish étaient tous deux experts dans le domaine du renseignement opérationnel. Pete n'était pas mauvais non plus, mais il ne possédait pas leurs compétences techniques et son approche était moins raffinée. Des années de travail sous couverture, souvent avec la pire racaille de malfaiteurs, lui avaient appris une chose ou deux. Même maintenant, il avait des contacts à solliciter pour pratiquement n'importe quelle situation. Et si cette équipe ne pouvait pas protéger Liz et retrouver son satané père, alors il chercherait ailleurs une protection.

— Pete ? As-tu entendu la question ?

— Désolé, Candace.

— Je voulais savoir si tu avais des informations spécifiques sur Kyle qui pourraient nous aider à mettre en place la meilleure surveillance.

— Il a des oreilles partout.

— Quelque chose de moins général ? Les coins des lèvres de Candace se relevèrent un instant.

— Tu as vu comment il était quand nous recherchions le ravisseur de cette petite fille. Kyle Moorland avait au moins deux personnes à sa solde qui vivaient dans le même immeuble que l'enfant *et* Liz.

— Nous aurons un briefing sur lui plus tard aujourd'hui et je prendrai des notes. Cet homme est loin d'être un criminel ordinaire.

— Ne l'admire pas, Reuben. Il est maléfique.

— Admiration n'est pas le mot que j'utiliserais.

Pour une fois, Meg n'avait pas de tablette ou autre appareil entre les mains.

— Nous ne pouvons pas risquer d'envoyer quelqu'un pour placer des micros dans l'appartement de Liz.

— Alors dans l'immeuble où elle habite, dit Pete.

Elle secoua la tête.

— Si c'était Kyle à la marina, penses-tu vraiment que c'était par hasard ? Il connaîtra ses habitudes récentes, ce qui pourrait inclure des visiteurs chez elle, et elle n'en a pas.

— Elle n'en a pas ? Personne ? demanda Reuben.

— Pas depuis qu'elle a emménagé à son adresse actuelle. À moins que tu ne saches quelque chose que j'ignore ? Meg fixa Reuben d'un regard soutenu, qui se contenta de hausser un sourcil. Le problème est que nous risquons d'alerter Kyle si nous faisons quoi que ce soit.

Pete se leva, trop frustré pour rester assis.

— Elle ne veut pas déménager dans un endroit sécurisé. Nous ne pouvons pas ajouter de surveillance à son appartement. Dites-moi ce que nous *pouvons* faire ?

— Nous pouvons nous asseoir et réfléchir ensemble, Pete.

Candace attendit qu'il reprenne sa chaise.

— Liz connaît son père mieux que nous, alors jusqu'à ce que nous ayons fait le briefing complet et établi un plan d'action pour le capturer, je pense que nous devons faire confiance à son instinct.

Meg acquiesça.

— Et si nous devons ajouter une surveillance, ce peut être sur Liz elle-même.

— Pardon, quoi ? demanda Pete. Cela ne lui semblait pas correct.

Mais Reuben était d'accord.

— Je peux ajouter des traceurs minuscules sur tout ce qu'elle utilise. Voiture. Téléphone. Vêtements.

— Et j'ai déjà mis en place quelque chose pour m'alerter si ses appareils mobiles présentent une activité inhabituelle, ajouta Meg.

Pete était à nouveau debout, faisant face aux autres.

— Est-ce qu'elle le sait ?

— Non, dit Meg.

— Alors retire tout.

— Ce n'est pas négociable. Liz a besoin de nous.

— Mais pas de cette façon.

Candace se pencha en avant.

— Si, de cette façon. Les termes du contrat pour travailler ici sont clairs concernant les droits d'utiliser la surveillance, la technologie de toutes sortes, humaine ou autre, pour protéger ou observer tous les aspects de la vie d'un membre de l'équipe. Dans la limite du raisonnable.

— Et tu penses que c'est raisonnable ? Pete ne se souvenait pas d'avoir lu une telle clause. À ce moment-là, il ne se souvenait même pas d'avoir lu le contrat avant de le signer. Probablement trop désireux de passer à une nouvelle aventure pour vérifier les petits caractères.

— Nous voulons tous protéger Liz, dit Reuben. Si elle ne sait pas ce que nous faisons, elle ne donnera pas accidentellement des signes que Kyle pourrait repérer.

— As-tu une autre suggestion, Pete ? demanda Candace.

— Oui. Vous lui faites placer elle-même quelques dispositifs de surveillance dans son appartement. C'est faisable. Il regarda Reuben. Montrez-lui simplement comment installer vos caméras high-tech ou autre chose et elle le fera. Ça doit être mieux que rien.

— À moins qu'il n'y ait déjà des micros, dit Meg. En fait, je peux lui envoyer un programme à exécuter sur son téléphone qui devrait indiquer la présence de quoi que ce soit. Je suis d'accord avec Pete.

Ben hocha la tête.

— Reuben et Meg, puis-je vous confier cela ? Gardons simplement le suivi personnel entre nous pour l'instant.

— Attendez…

— Pete, tu as obtenu une victoire ici. Fin de la discussion.

Je déteste ça. Ce n'est pas juste.

Il ne laisserait personne faire du mal à Liz, et si l'équipe n'était pas prête à la protéger, alors il le ferait.

Liz n'avait aucun doute sur ce qui se passait, et bien que la partie d'elle-même qui était autonome et habituée à se protéger n'aimait pas du tout cela, il y avait un autre côté de sa personnalité capable d'en voir la logique.

J'ai juste besoin de savoir ce que Papa mijote.

Elle avait mis son père sous les projecteurs d'Opération Nobody. La méchanceté de cet homme et sa détermination à l'arrêter faisaient partie des raisons pour lesquelles Ben l'avait recrutée. Ben était un ancien des Personnes Disparues et un détective astucieux qui, en assumant le rôle principal dans cette unité secrète, avait ses propres supérieurs à satisfaire. Si cela signifiait qu'il consacrerait des ressources à trouver et arrêter Kyle Moorland, alors qu'il en soit ainsi. Elle était là depuis assez longtemps pour comprendre la politique derrière le travail policier.

Plus que suffisamment longtemps.

Les courses terminées, elle retourna au vieux bâtiment en briques caché en pleine vue dans une banlieue intérieure pratiquement oubliée. Il n'y avait pas d'habitations dans cette partie, seulement des bâtiments abandonnés parsemés de nouveaux bureaux et de nombreuses entreprises potentiellement douteuses. Avec l'arrivée d'Opération Nobody, la police locale avait réduit ses patrouilles habituelles. Le taux de criminalité n'avait pas soudainement grimpé avec cette présence réduite, pas encore du moins. Mais cela permettait à l'équipe d'être un peu moins visible lorsqu'ils entraient et sortaient avec les véhicules les plus reconnaissables. Aucune tentative de les cacher n'était complètement infaillible. Moins les autres forces de l'ordre en voyaient, mieux c'était.

De retour à l'intérieur du hub, Pete se précipita pour prendre quelques sacs et les porta à la cuisine.

— Je vais t'aider à déballer.

— Qu'est-ce qui ne va pas ?

— Ne va pas ?

— Tu n'aides jamais.

— Homme changé. En fait, je vais tout faire et t'apporter un café. Va te préparer pour le briefing.

Il sortit la nourriture des sacs avec une intensité que cela ne méritait pas. Durant toutes les années où elle l'avait connu et travaillé avec lui, il avait rarement été aussi anxieux.

— Mec ?

Il secoua la tête.

Dans la salle principale, tout le monde était occupé. Ben était dans le bureau de Candace, porte fermée. Meg avait son chaos habituel bien géré à son bureau. Reuben et Phoebe discutaient.

— Où sont Hamish et Annette ?

— Hein ? Oh, partis aux archives. D'après le sergent là-bas, nous avons tout et si nous ne le croyons pas, nous n'avons qu'à aller voir. Donc ils y sont allés.

Liz rit.

— Annette doit être furieuse.

— Sais pas.

Alors que Pete plongeait les deux mains dans un sac, Liz lui saisit le bras.

— Arrête. Change de pièce.

Il hocha la tête et la suivit.

Les vestiaires étaient mixtes et disposaient de douches privées avec un espace pour se sécher, suspendre des vêtements et s'habiller. Elle attendit à l'intérieur d'une cabine jusqu'à ce qu'il la rejoigne, puis verrouilla la porte et ouvrit l'eau. Croisant les bras, elle s'appuya contre la porte, un sourcil levé.

— Je ne peux pas te le dire.

— Eh bien, tu viens en quelque sorte de le faire, Pete. Quelque chose t'agace alors crache le morceau.

— La surveillance.

— Et personne ne peut entrer et l'installer là où je séjourne sans risquer d'alerter Kyle. Sauf moi. Ou en partie. Liz avait une bonne connaissance pratique des différents types de micros, mais récemment, elle avait vu de nouveaux types dont la technologie dépassait son expérience. Puis mettez sur écoute ma voiture. Mon ordinateur. Tout ce qu'il faut.

Le visage de Pete le trahit. C'était exactement ce qu'ils faisaient, mais sans le lui dire.

— Je fais confiance à l'équipe. Je te fais confiance, mon pote. Et tu dois croire que Ben et Candace et les autres veulent avoir la meilleure chance d'attraper mon terrible père.

Il n'avait pas l'air convaincu, mais la tension avait quitté son expression.

— Reuben et Meg vont te montrer comment faire un balayage de ton appartement et placer quelques micros. Je n'allais pas te laisser sans rien.

— Merci. Parmi tout le monde, je sais qui me soutient quoi qu'il arrive.

— Pareil. Ça ne me semble toujours pas correct.

— Je te comprends. Elle ferma le robinet. C'est un étrange nouveau monde dans lequel nous nous sommes engagés.

Pendant que Hamish et Annette étaient sortis, Liz passa en revue les rapports de tous ceux qui avaient visité le manoir avec elle. Ben les avait imprimés, ajoutant des notes manuscrites, et il s'attendait à ce qu'elle fasse de même.

Les différents styles d'écriture étaient intéressants : Reuben s'en tenait aux faits tandis que Pete émettait des plaintes aléatoires concernant la météo et le puits. Il n'avait vraiment pas apprécié cette journée. Celui de Meg était le plus détaillé, avec une liste de ce qu'elle avait fait dans chaque pièce et le calendrier des tests qu'elle réalisait et de ceux qu'elle avait envoyés ailleurs. Elle mentionnait également vouloir faire intervenir son amie médecin légiste à un moment donné, et le commentaire de Ben correspondait à ce que ressentait Liz : « absolument ».

Elle ouvrit une carte aérienne de la propriété. Elle n'était pas à jour, mais Reuben y remédierait dès qu'il ferait voler son drone dans les prochains jours. Le rapport de Pete incluait ses réflexions sur l'accès au mur depuis une route sur laquelle il s'était rendu, et Liz zooma sur les coordonnées qu'il avait notées. Cette partie du mur d'enceinte était la seule avec des terrains résidentiels adjacents. Les autres avaient des zones naturelles boisées sur deux côtés et la rue sur le dernier. Le sol semblait un peu plus élevé là où se trouvaient les maisons, donc peut-être que franchir le mur était plus facile de là-bas. Elle prit des notes pour vérifier lorsqu'ils retourneraient au manoir. Pete pourrait apprécier de mettre la main à la pâte.

Le puits n'était pas visible, et un zoom rapproché devenait trop flou. Elle passa aux plans de la propriété. Ceux-ci faisaient partie des archives de l'inspecteur et comprenaient une carte globale du terrain ainsi qu'une autre de la maison. Les deux étaient très anciens, probablement de l'époque où l'endroit avait été construit à l'origine.

Comme Meg l'avait souligné la veille, il y avait une cave ou une pièce souterraine similaire accessible par des marches depuis ce qui était maintenant un mur. Elle s'étendait en réalité loin sous la maison. Pourquoi aurait-elle été murée plutôt que simplement fermée à clé ? Ils n'avaient pas encore accédé à la cave par l'autre extrémité de la maison, ni jeté un coup d'œil convenable à la demi-douzaine de bâtiments dispersés sur le terrain. La liste des choses à faire s'allongeait et la priorité devait être de terminer une fouille et d'accéder à ce qui se trouvait derrière ces briques.

Y a-t-il un autre moyen d'entrer ? Les tueurs auraient-ils pu venir de sous le bâtiment ?

Liz remarqua que ses mains étaient crispées et relâcha lentement la pression. Il y avait quelque chose dans cette affaire qui lui semblait familier, et pourtant comment c'était possible ? Elle n'avait jamais rencontré l'inspecteur. Elle n'avait jamais entendu parler des meurtres de ses parents jusqu'à bien après qu'ils aient eu lieu. Et elle n'avait jamais mis les pieds dans le manoir jusqu'à hier.

Même Reuben avait exprimé son sentiment de malaise là-bas, donc c'était simplement cela.

Ça ne pouvait être que ça.

NEUF

L'équipe complète s'était rassemblée autour de la table dans la salle principale, attendant que Meg termine d'installer sa présentation.

— Pendant que Meg est occupée, fais-nous le point sur la visite aux archives ? Ben adressa cette question à Annette.

— Mouais. Mouais. Mouais, répondit Annette. Elle avait l'air aussi irritée qu'elle le laissait entendre. La sergente croit qu'elle est propriétaire des lieux. Elle nous a fait subir un interrogatoire en règle pour savoir pourquoi nous voulions même vérifier, car son personnel ne fait jamais d'erreurs quand il s'agit de preuves.

— Drôle de coïncidence qu'on ait trouvé une boîte entière, dit Hamish.

— Vraiment ? Les yeux de Phoebe s'écarquillèrent. Elle était mal étiquetée ?

— Pas du tout. Et elle était exactement là où elle devait être.

— Mais comment est-ce possible ?

— Bonne question, Phoebe, dit Ben. Et c'est une question que je poserai lors de ma prochaine réunion avec les autorités. La boîte est allée directement au laboratoire de Meg, qui va examiner les signes d'altération, les empreintes et ainsi de suite avant de l'ouvrir. Nous voulons savoir qui l'a manipulée, ainsi que son contenu. Le fait que certains éléments manquaient dans les autres boîtes et que vous ayez maintenant une autre boîte qui pourrait les contenir m'inquiète.

— Heureusement que nous ne l'avons pas ouverte. Hamish fixait Annette, qui haussa les épaules sans le regarder.

La table s'illumina soudainement de l'intérieur.

— Désolée pour le retard. Je teste un nouveau programme qui devrait nous faciliter l'accès aux données spécifiques à nos tâches individuelles. Meg toucha l'écran. Jusqu'à présent, une présentation comme celle-ci aurait été envoyée dans son intégralité à chaque appareil, alors que si j'ai bien fait les choses, vous pourrez demander uniquement ce dont vous avez besoin.

Un murmure d'appréciation parcourut l'équipe. Les données étaient à portée de main grâce au talent de Meg. Chacun disposait d'une tablette personnelle qui donnait accès à une série d'applications ainsi qu'à des informations spécifiques à leur rôle. Les applications étaient également sur leur téléphone et ordinateur, mais les tablettes étaient personnalisées.

L'écran vertical s'anima, affichant une image 3D d'un homme. Son corps pivota lentement pour que tout le monde puisse bien l'observer. Liz inspira brusquement.

Meg fit un geste vers la silhouette.

— Voici Kyle Moorland, également connu sous le nom de Garry Ford. Ses données sont maintenant disponibles sur vos appareils et nous avons pas mal de bons renseignements à partager.

Liz contempla l'image qui tournait. C'était une bonne ressemblance. Des traits de visage marqués, un corps musclé et mince, des bras et des jambes athlétiques, des cheveux blancs coupés court.

— Tout d'abord... ne vous attendez pas à ce qu'il ressemble à ça. C'est un expert en déguisement. Excellent pour changer sa voix et ses façons de parler.

— Et n'essayez pas de le distancer s'il prend de l'avance. Pete avait l'air morose. Il est rapide.

— Il a quoi... la fin de la soixantaine ? demanda Hamish. Je le rattraperais.

— Je t'en prie. La dernière personne qui a dit ça s'est fait distancer.

Hamish sourit.

— Toi ?

Pete renifla.

— Nan. Un autre jeune homme en forme qui a surestimé ses capacités. Un peu comme toi, mon vieux.

Sauf que Pete n'avait pas attrapé Kyle non plus cette nuit-là. C'était Pete qui avait été le plus proche de Kyle au début, mais il avait été rapidement dépassé par Andy Montebello. Mais il n'avait jamais laissé Andy oublier qu'un homme deux fois plus âgé avait semé le jeune détective trop sûr de lui lors d'une course-poursuite à pied à travers Brimbank Park.

Il jeta un coup d'œil à Liz comme s'il lui venait à l'esprit qu'elle pourrait rétablir la vérité en quelques mots. Elle lui fit un clin d'œil. Ça le tiendrait sur le qui-vive.

Je vais préserver sa dignité cette fois-ci.

— Vitesse mise à part, poursuivit Meg. Kyle a une intelligence aiguë et des traits dangereux. Candace ?

— Oui, c'est un homme complexe. Un narcissique, très certainement. Un sociopathe hautement fonctionnel, sans aucun doute. Il est alimenté par le besoin d'atteindre certains objectifs et ce n'est que récemment que nous apprenons ce qu'ils sont. Kyle est charmant. Profondément intelligent et calculateur. Patient. Cruel. Candace regarda Liz avec gentillesse. Quelque part à l'intérieur de cet homme se cache du désespoir. Il aspire à la vie parfaite qu'il croit lui avoir été enlevée et a essayé au moins deux fois de la reconstruire. Il a réussi une fois pendant un moment.

— Et cela le pousse à continuer d'essayer. C'était Annette, qui parlait doucement.

Reuben pointa l'image de Kyle.

— J'ai lu tout ce que j'ai pu trouver sur lui et j'étudierai aussi les nouvelles données, mais il me manque quelque chose. Il a construit un réseau de criminels, puis les a abandonnés, probablement plus d'une fois. Il a enlevé au moins deux jeunes filles avec l'intention de les élever comme ses propres enfants. Et il a simulé sa mort plus d'une fois. Si ce qui le motive, comme l'a si bien dit Annette, est de recréer une famille perdue, alors pourquoi être si secret et malhonnête ?

— Parce que recréer sa famille ne lui donnera pas ce qu'il veut. Moi, Reuben, dit Liz. Du moins, c'est ce que je pense.

Candace acquiesça.

— C'est aussi la conclusion à laquelle je suis arrivée, Liz. Pourtant, son chemin aurait pu être différent. Meilleur et certainement plus facile pour ceux qui l'entourent. Quelque chose l'a empêché de vous tendre la main, à toi et ta famille, d'une manière ouverte et sincère. C'est ce qui me manque. Ses croyances sont-elles assez fortes pour faire cela ?

Meg changea l'écran pour un symbole.

— Kyle a ce tatouage sur son bras. Vous voyez le serpent à trois têtes et l'épée ? Son obsession pour les doctrines aryennes est soutenue par un complexe de supériorité.

Reuben regarda Liz.

— Pourtant, ta mère ne correspondait pas à son idée d'une partenaire génétique appropriée.

— Je ne sais pas s'il l'aimait vraiment, du moins au début, ou si c'était une façon de cacher ses terribles allégeances au monde. Ou s'il a découvert ce mode de vie plus tard, comme en découvrant une religion. Rien de tout cela n'était évident quand j'étais enfant. Je pensais simplement qu'il était toujours en colère et qu'il nous détestait.

— Il ne te détestait pas, Lizzie, dit Pete.

— Alors que ressent-il pour moi ? Il m'a dit que j'avais renoncé au droit d'être sa fille parce que je suis policière. À maintes reprises, il a trouvé des moyens de me blâmer pour ses actes et je comprends que cela fait partie de ses divers défauts de personnalité, mais je n'ai jamais vu d'amour.

Et je n'aurais pas dû dire tout cela.

Révéler ses sentiments n'était pas confortable, encore moins au sein d'une équipe qu'elle apprenait encore à connaître.

— Parfois, l'amour est trop difficile à montrer, Liz. Pour certaines personnes. Les mots d'Annette furent prononcés avec douceur. Si c'est un sociopathe et un narcissique, ne serait-il pas presque impossible de révéler les bonnes émotions qui pourraient être enfouies au fond de son âme ?

— Il n'a rien de bon en lui. Pete croisa les bras. Kyle est un tueur de sang-froid et un être humain sournois. Désolé, Lizzie.

Ben s'éclaircit la gorge.

— Bon, maintenant que nous avons disséqué l'homme, concentrons-nous sur ce que nous savons concernant ses mouvements ces derniers mois.

Liz s'excusa une minute pour répondre à un message texte de sa sœur, Anna. C'était une invitation à dîner ce soir.

Liz. *J'aimerais bien mais je travaille jusqu'à tard.*

Anna. *On devrait se voir pour discuter la semaine prochaine.*

Liz. *Tout va bien ?*

Anna. *Bien sûr. Juste des trucs de sœurs.*

C'était l'un des codes qu'elles avaient établis il y a quelques mois. Elles en avaient plusieurs au cas où elles voudraient communiquer sans craindre qu'un message ne soit vu par la mauvaise personne. Les « trucs de sœurs » n'étaient pas un code alarmant, mais Anna voulait parler, et pas au téléphone. Elle vérifia l'heure.

· · ·

Liz. *Que dirais-tu de mercredi prochain au café ?*

Anna. *Ça me va. Je t'aime.*

Liz renvoya un cœur. Mercredi était dans cinq jours et le code signifiait qu'elles se retrouveraient dans cinq heures. Le café était un code pour Melbourne Central, un immense centre commercial en ville. Elles se rencontreraient par hasard, riraient de la coïncidence et trouveraient un endroit ouvert pour parler. C'était ridicule que la vie de sa sœur soit encore affectée de cette façon par l'homme qui avait été violent envers Anna et avait fini par enlever sa petite fille pour l'élever comme son propre enfant.

Plus pour longtemps, Kyle. Je viens te chercher.

De retour à la table, l'image de son père avait été réduite à quelques centimètres de hauteur et tandis que Ben parlait, d'autres images apparaissaient à l'écran.

— Ah, Liz. Pour récapituler, voici une visualisation de ce que nous savons sur Kyle, dit Ben. Ta famille, y compris ta mère, ta sœur et son défunt mari, leur fille et leur petit-fils. Ce que nous savons, c'est qu'il a quitté la famille quand vous étiez jeune et a ensuite simulé sa propre mort. Il pointa l'image d'un homme similaire à Kyle mais plus jeune de quelques décennies. Voici Garry Ford. Le vrai.

Phoebe examina son image puis celle de Kyle, et inversement.

— C'est l'homme dont il a volé l'identité ?

— Et sa vie. Il s'est lié d'amitié avec lui, a gagné sa confiance, puis l'a poussé par-dessus la rambarde d'un bateau de croisière. Le pauvre type est tombé à l'eau déjà mort, portant les vêtements d'un autre homme et avec ses papiers d'identité. Au moment où son corps s'est échoué, la dégradation était suffisante pour cacher sa véritable identité, et aucun test ADN n'a été effectué.

Inutile, puisqu'il était évident qu'il s'agissait de Kyle Moorland. Ben jeta un coup d'œil à Liz. Tu ne savais même pas qu'il était supposément mort et enterré jusqu'à il y a quelques mois.

Liz acquiesça.

— Anna l'a découvert par hasard bien après et a décidé de ne pas m'en parler. De vieilles blessures et tout ça. Et puis nous avons été séparées pendant longtemps après l'enlèvement d'Ellen. Elle m'a blâmée à juste titre. Quand le deuxième enfant a été enlevé il y a quelques mois, le mode opératoire était étrangement familier et quand je lui ai parlé, elle m'a dit qu'elle savait que ce ne pouvait pas être lui parce qu'il était mort.

Hamish la fixait de l'autre côté de la table, le visage fermé. Était-il désapprobateur ? Elle ne détourna pas le regard et après quelques secondes, ce fut lui qui céda. Il pouvait la juger autant qu'il le voulait. Ce n'était rien qu'elle n'avait pas pensé mille fois. Aucune critique d'une autre personne ne pourrait égaler le dialogue intérieur et les cauchemars qui la hantaient depuis dix-huit ans, après qu'elle avait détourné les yeux de sa nièce suffisamment longtemps pour qu'elle soit enlevée.

Personne d'autre ne sembla remarquer ce moment. Ben parlait du réseau que Kyle avait construit de personnes qui exécutaient ses ordres.

— Un aspect de cet homme sur lequel nous en savons encore trop peu est ses affiliations avec différents groupes haineux. Candace agrandit l'image du tatouage. Ceci ne mène nulle part, vraiment. À ce jour, la principale raison pour laquelle nous l'examinons est son apparition sur au moins une autre personne qui, nous le savons, travaillait pour lui. Je l'ai envoyé à un anthropologue religieux à Londres spécialisé dans les symboles, donc nous espérons obtenir des renseignements à ce sujet sous peu. Nous connaissons quelques groupes qui l'ont expulsé il y a des décennies, mais jusqu'à présent, aucune allégeance actuelle n'a été mise en lumière.

— La plupart des personnes qu'il emploie ne le connaissent pas personnellement. Meg zooma sur un nouveau groupe, tous des hommes. Excellent exemple ici où Kyle a passé des années à mettre en place plusieurs hommes avec des rôles spécifiques à jouer dans le second enlèvement. Deux vivaient dans le même immeuble que Liz et pouvaient la surveiller plus efficacement qu'en installant des caméras de surveillance à l'intérieur.

— Et recueillir des informations que les caméras ne verraient pas, dit Pete. Je me souviens avoir appelé Liz au sujet de l'enfant disparu, Eliza, et elle était déjà au courant.

— Un de mes voisins me l'a dit. Cet homme. Liz pointa le doigt vers un type débraillé dans le groupe. Il n'a jamais su qui tirait les ficelles.

Un second groupe apparut à l'écran et Pete prit la parole.

— Et nous savons tous que ce petit enfoiré appelé Tony Shaw était impliqué dans l'enlèvement de Lyndall Smith. Il a fourni des images de surveillance volées, de la main-d'œuvre et des bateaux, et a traité étroitement avec cet imbécile. Il enfonça son doigt en direction d'un homme élégant en costume de créateur, Marcus Bonner, dont nous croyons fermement qu'il travaillait directement avec ou pour Kyle Moorland.

Hamish prit une posture dramatique comme s'il préparait son corps pour tirer, puis leva un fusil imaginaire, le visa et tira une balle invisible en direction de l'image de Marcus, avec des effets sonores. Puis il abaissa l'arme factice et souffla sur une fumée qui n'existait pas.

— Et c'est comme ça que j'ai réglé son compte à cette ordure.

DIX

Dès la fin du briefing, Phoebe se précipita à son bureau et commença à ranger ses affaires pour partir. Son visage était rouge et elle ne leva pas les yeux quand Liz s'approcha.

— Avant que tu partes, est-ce que je pourrais te poser quelques questions sur le podcast ?

Phoebe acquiesça puis secoua la tête et tendit la main vers son téléphone, renversant presque une tasse de café au passage.

Liz la stabilisa.

— Et si on allait parler à Candace ? dit-elle d'une voix douce. Elle est montée sur le toit prendre l'air, donc on sera seules avec elle.

Après un moment d'hésitation, Phoebe jeta un coup d'œil autour de la pièce.

— Juste nous trois ?

— Oui, allez. Un peu d'air frais me ferait du bien aussi.

Elles empruntèrent la cage d'escalier et au deuxième palier, Phoebe s'arrêta et s'appuya contre le mur de briques, l'air pâle.

— Tu es malade ?

— Non. Si.

— Tu as besoin d'une assistance médicale ?

Phoebe inspira profondément et reprit l'ascension des marches.

— Non. Non, j'ai juste besoin de m'éloigner de Hamish.

Ah... Je pensais bien que c'était ça le problème.

Il y avait eu un silence gêné après la petite mise en scène de tir de Hamish, mais il était content de lui et n'avait rien remarqué pendant qu'il ajoutait ses commentaires.

— J'ai mis le criminel dans le réticule de ma visée. Mains stables. Une mission. Pan et le travail était fait.

C'était insensible et de mauvais goût. Tout le monde voulait que Marcus Bonner soit arrêté, mais le tuer avait été la seule option quand l'homme avait ouvert le feu sur l'hélicoptère.

Elles atteignirent l'étage supérieur et poussèrent la lourde porte menant au toit. Le bâtiment ne faisait que quelques étages et Opération Nobody occupait le troisième étage ainsi que quelques parties d'autres étages. Sinon, il était vide. Autour d'elles se trouvaient des bâtiments plus bas et des rues étroites et calmes. Le toit n'était guère plus qu'un espace ouvert avec quelques bouches d'aération et autres installations, et un muret de briques d'un mètre cinquante sur le périmètre. Pas de piscine ni de bar comme dans certains immeubles d'appartements modernes et bâtiments du centre-ville.

Candace se tenait près d'un coin, tapotant sur son téléphone. Quand elles approchèrent, elle les remarqua et glissa son téléphone dans sa poche.

— On te dérange ? demanda Liz.

— Jamais. Je rattrape juste du travail tout en respirant un air qui ne passe pas par des filtres.

Phoebe alla directement vers le muret et posa ses bras sur la couche supérieure de briques pour contempler la ville.

— Sauf qu'ici, nous devons faire face à la pollution. Du poison partout.

Son ton était abattu et Candace fronça les sourcils, puis jeta un regard à Liz.

Alors que Liz cherchait une ouverture, Phoebe se retourna pour s'adosser contre les briques et fixa Candace.

— Ce que Hamish a fait m'a bouleversée et je ne sais pas pourquoi.

— Ah... sa petite reconstitution dramatique du tir. J'ai vu Pete et Reuben partir avec lui vers l'ascenseur, donc j'imagine qu'ils lui parlent discrètement. Ce n'était pas approprié, et aucun d'eux n'hésite à dire ce qu'il pense.

— Et s'ils ne le font pas, je le ferai, dit Liz.

— Non, non, ne fais pas ça. Pas à cause de moi. Phoebe parlait si doucement qu'on avait du mal à l'entendre, et ses yeux étaient immenses et inquiets. Je n'aurais rien dû dire.

Candace regarda autour d'elle, probablement pour s'assurer qu'elles étaient toujours seules. Liz faisait déjà ça de toute façon parce que si Phoebe était aussi bouleversée, elle avait besoin d'intimité.

— Tu dois toujours t'exprimer, dit Candace. Je prends ta sécurité, tant physique qu'émotionnelle, très au sérieux. La sécurité de tout le monde. J'aimerais m'asseoir avec toi dans un espace privé quand ça t'arrangera. Si tu veux en parler ?

— Je ne veux pas... laisser tomber l'équipe.

— Ton travail est si important pour Opération Nobody. Liz cherchait les bons mots. Tu es très appréciée, Phoebe. Nous savons que tu n'es pas une policière. Tu n'es pas blasée par les contacts avec les criminels comme la plupart d'entre nous. Et cela te rend unique. Un peu comme Meg et un peu comme Candace. Elle jeta un coup d'œil à Candace qui hocha légèrement la tête. Ce que nous essayons de faire avec Opération Nobody, c'est fusionner des civils aux talents et qualités uniques avec des policiers de divers horizons. C'est un travail en cours.

— Je comprends cela, dit Phoebe. Je ne sais pas pourquoi ça me dérange autant.

— Alors fixons un moment et viens me voir chez moi, si tu veux. Candace offrit un sourire encourageant.

Phoebe acquiesça.

— Oui. J'aimerais avoir la chance de régler ce problème. J'ai l'habitude de traiter avec des personnes de tous types et Hamish ne me dérange pas habituellement, mais cette acte... elle frissonna.

— Il n'aurait pas dû faire ça.

Liz n'avait pas aimé non plus, mais elle comprenait son besoin d'extérioriser cela après un événement aussi difficile. Tirer pour tuer pouvait être nécessaire, mais aucun entraînement ne préparait une personne aux conséquences. Il avait également besoin de temps avec Candace et si Hamish ne prenait pas l'initiative, alors elle parlerait à Ben pour que cela se produise.

— Je vais vous laisser régler les détails ensemble.

— Tu es un idiot, mon pote ? Les bras de Pete étaient croisés et il se tenait, jambes écartées, à quelques mètres de Hamish. Le langage corporel était délibéré et les bras croisés rendaient un peu moins probable qu'il frappe l'autre homme à l'arrière de la tête.

Ils étaient dans le parking souterrain où Pete et Reuben avaient « invité » Hamish à se rendre après que Pete ait vu l'expression de Phoebe. Il était évident qu'elle était bouleversée et pourquoi ne le serait-elle pas ? C'était une podcasteuse, ce n'était pas une enquêtrice ou un agent de renseignement. Lui et Reuben avaient eu la même réaction et avaient approché Hamish ensemble.

— Je tiens à te faire savoir que mon quotient intellectuel est élevé et loin des 25 points standards attribués à ceux considérés comme idiots.

Reuben rit. Ce n'était pas un rire joyeux, mais un qui résonnait avec Pete. Hamish était sur un plan complètement différent du reste de l'équipe à plus d'un titre.

— Mauvais choix de mots. J'aurais dû demander à quoi tu pensais, bordel, là-haut ? demanda Pete.

— Pas besoin d'un langage aussi grossier.

— Je ne sais pas. Votons. Qui pense que c'est un langage approprié dans le contexte actuel ?

Reuben leva la main et Pete fit de même.

— Tu es en minorité. Et on attend toujours une réponse.

Hamish regarda Reuben puis revint à Pete.

— Qu'est-ce que c'est que ça ?

— Une séance de questions. À quoi pensais-tu avec ta petite démonstration de comment préparer et tirer avec une arme ? Sans parler de la rhétorique qui a suivi sur ce que c'était que de tuer quelqu'un. Devant des civils.

— Vous réagissez de manière excessive.

— Mec, je me fiche de ce que tu fais ou dis. Je t'ignore la plupart du temps. Mais cette équipe inclut une podcasteuse qui n'a aucune expérience directe avec les flics, si ce n'est en aidant à débarrasser le monde des criminels avec ses mots. Meg et Candace sont habituées à ces conneries, mais pas Phoebe.

Les rouages tournaient. Hamish était silencieux mais son visage racontait l'histoire. Il n'avait pas pensé à son public.

— Pete et moi, et Liz et Ben et peut-être Annette... nous savons que tu évacuais un peu de pression après le stress d'avoir abattu Bonner, dit Reuben. Ce n'était toujours pas agréable à regarder. Imagine l'impact sur quelqu'un qui n'a jamais été en service actif.

Hamish ouvrit la bouche puis la referma.

C'est le moment d'enfoncer le clou.

— Vois-tu, nous avons besoin de Phoebe. Elle nous donne un regard complètement neuf sur les choses et a un réseau à portée de main dont les méchants ne pourraient que rêver. La perdre serait dévastateur alors que te perdre, toi ? Il fit une pause pour l'effet dramatique. Pas si grave. La vie sans Hamish continuerait et pourrait même prospérer.

— Attends... prospérer ? Ne suis-je pas un membre précieux de cette équipe ?

Bien, on avance.

Reuben prit le relais.

— Précieux est un mot intéressant. Tu es l'un des meilleurs tireurs que j'aie jamais vu. Point. Ta pensée stratégique est brillante. Point. Et tu es courageux et tenace. Point.

— D'accord.

— Mais Hamish, tu ne fais pas attention aux autres. À leur sensibilité.

Hamish rit.

— Ça vient de l'homme qui a dit à Tony Shaw qu'il s'assurerait qu'il reste en isolement vingt-trois heures par jour pour le reste de sa vie.

— Tu as oublié la partie où il ne lui servirait que de la nourriture qu'il détestait. Pete admirait le style d'interrogatoire calme mais implacable de Reuben. Et qu'il ne reverrait jamais le soleil.

— Sauf que je savais exactement à quel genre d'ordure j'avais affaire. Et je n'exposerais jamais quelqu'un du profil de Phoebe à cela. Tu dois filtrer les choses. Prendre un moment pour vérifier si ce que tu es sur le point de dire ou de faire, ou d'ailleurs, *comment* tu le dis, va mettre quelqu'un mal à l'aise.

— Tu me mets mal à l'aise, Reuben.

— Et c'est intentionnel. Je ne crois pas une seconde que tu essaies de contrarier d'autres membres de l'équipe. Mais c'est ce que tu as fait.

Hamish s'éloigna de quelques pas puis se retourna. Son front était plissé d'inquiétude.

— Je ne veux vraiment pas causer de tort. Phoebe est tellement adorable.

— Et c'est une autre chose, dit Pete. Fais attention à la façon dont tu parles des femmes de l'équipe et à elles. Liz n'est pas Lizzie-beth et elle te l'a dit assez souvent. Aucun membre de notre équipe n'est ton potentiel partenaire sentimental. Pas même Reuben.

Reuben rit.

— Personne ne cherche des termes affectueux ou une considération spéciale. Et je te garantis que ton numéro de Roméo ne fait joue pas en ta faveur. Nous sommes tous ici parce que Ben veut une équipe forte et cohérente et en ce moment, quiconque sape cela doit faire face à moi. Compris ?

C'était une approche dangereuse. Hamish pourrait facilement s'énerver et courir se plaindre à Ben de harcèlement. Ou démissionner. Ou devenir un ennemi. Avec le point d'interrogation qui planait déjà au-dessus de sa tête, tout faux pas était comme un projecteur sur Hamish. Reuben ne le savait pas. Reuben était juste un bon flic qui n'était pas encore au courant des inquiétudes concernant une taupe dans l'équipe.

Pendant un moment, Hamish fixa le plafond comme s'il s'attendait à y trouver des réponses. Puis il tendit la main à Pete pour la serrer.

— Je m'excuserai auprès de Phoebe. Et je vais me ressaisir.

Une Phoebe plus détendue avait passé quelques minutes à parler avec Liz du podcast avant de récupérer ses sacs pour partir. La majeure partie de son travail était effectuée à la maison où elle disposait d'un studio sur mesure, et elle avait l'intention de travailler sur une bande-annonce à diffuser concernant le meurtre non élucidé.

Alors qu'elle se dirigeait vers la porte, Hamish, suivi de Pete et Reuben, entra, et Phoebe s'écarta immédiatement, saisissant soudainement son téléphone pour le consulter tout en tournant le dos.

Hamish s'arrêta et Pete posa une main sur son épaule, l'encourageant à avancer.

Alors que s'est-il passé entre vous trois ?

Reuben les dépassa tous les deux et leva les sourcils vers Liz en se dirigeant vers son bureau.

Liz devait rencontrer Anna et glissa son ordinateur portable et sa tablette dans son sac tandis que Hamish et Pete marchaient en direction des bureaux. Elle les observa. Hamish n'était pas exactement sous la contrainte, mais Pete exerçait une sorte d'influence. Ils s'arrêtèrent au bureau de Candace et elle les accueillit sur le pas de la porte, eut une courte conversation, puis fit entrer Hamish.

Pete ferma la porte et vint parler à Liz, les yeux fixés sur son sac.

— Tu rentres ?

— Pas encore. Je vais voir ma sœur.

— Besoin de compagnie ?

— Je vais juste retrouver Anna.

— Ouais. D'accord. Un verre plus tard ?

— Peut-être. Je peux te tenir au courant ?

Pete observa le bureau de Candace.

— Qu'est-ce qui se passe ?

— Affaires secrètes d'hommes.

— Je vois.

Soudain, il lui adressa un grand sourire.

— Mais je te raconterai tout autour d'un verre.

ONZE

Melbourne Central a été construit autour de la Tour Shot de Coop, édifiée à la fin du dix-neuvième siècle en briques rouges et fournissant non seulement des plombs de chasse mais toutes sortes d'articles en plomb, y compris des tuyaux qui abritaient le premier système électrique de la ville. Classée monument historique dans les années 1970, elle fut finalement enchâssée dans un dôme de verre de vingt étages et abrite désormais plus de trois cents boutiques et entreprises. En tant que centre commercial animé et populaire, c'était un excellent choix pour Liz de rencontrer Anna.

Elle était arrivée quelques minutes avant sept heures et attendait au deuxième niveau, non loin de l'aire de restauration bondée, où elle pouvait s'appuyer contre la balustrade et avoir une bonne vue sur les escalators et les personnes aux niveaux inférieurs.

Il y avait un homme de l'autre côté du niveau dont la taille et la carrure correspondaient à celles de Kyle. Ses cheveux étaient courts et blancs. Et il scrutait les alentours comme elle le faisait. Le cœur battant, Liz fit quelques pas. Si elle marchait vite, elle pourrait l'atteindre avant qu'il ne puisse rejoindre une sortie. Mais leurs regards se croisèrent et ce n'était pas Kyle. Un moment plus tard, une femme d'environ son âge lui fit signe et il alla la rejoindre.

Il n'est pas ici. Même s'il a intercepté notre appel, il ne connaît pas notre code.

Sa relation avec sa sœur aînée était meilleure que jamais. Les années d'éloignement étaient regrettables, mais fermement reléguées dans le passé, et la vie d'Anna était maintenant remplie de bonheur au lieu d'un chagrin et d'un désespoir profonds. Plus d'antidépresseurs ni d'excès d'alcool. Mais récupérer sa fille, et son charmant petit-fils, s'était accompagné de ses propres difficultés.

Pour les protéger tous les trois de Kyle, Anna avait déménagé de sa maison de Keilor où elle avait vécu pendant trente ans. Leurs noms avaient été changés, grâce à l'aide des contacts d'Opération Nobody. L'adaptation prenait du temps, mais Anna était déterminée à y parvenir. Elle détestait Kyle avec passion et en avait parfaitement le droit.

Tandis qu'Anna montait par un escalator, Liz ne put s'empêcher de vérifier à nouveau les alentours pour repérer des signes de leur père. Expert en déguisement, certes, mais il existait des moyens de repérer quelqu'un qui suivait ou observait.

Une fois convaincue qu'il n'était pas dans les parages, elle commença à faire du lèche-vitrine, le reflet d'Anna se rapprochant puis la dépassant pour entrer dans une boutique de vêtements populaire. Un moment plus tard, Liz la suivit et sélectionna quelques articles à essayer. Elle fut la première dans les cabines d'essayage et laissa sa porte entrouverte pendant qu'elle accrochait les vêtements à un crochet.

Anna jeta un coup d'œil à l'intérieur, se précipita presque par la porte et la verrouilla.

— Je n'ai pas été suivie.

— Je sais.

Elles se regardèrent pendant une fraction de seconde, puis s'étreignirent dans un câlin chaleureux et généreux.

Une partie du stress de la journée s'évanouit. Tenir sa sœur, savoir qu'elle était en sécurité, suffisait pour l'instant.

— Tu as encore perdu du poids !

Anna fit un petit tour sur elle-même.

— Les petits-enfants sont la meilleure invention qui soit car je n'arrête jamais de courir après cette petite dynamo. Quatre kilos de plus définitivement perdus, je te remercie.

Elle avait l'air superbe. Ses cheveux autrefois roux avaient retrouvé leur brun foncé naturel et étaient coupés en douceur au-dessus des épaules. Elle avait perdu l'excès de poids qui s'était accumulé après la mort de son mari quelques années auparavant. Et ses yeux brillaient de bonheur.

— Pourquoi ce sourire, Lizzie ?

— Tu as l'air tellement bien. Tellement sereine.

— Je serai plus sereine une fois que tu auras attrapé notre salaud de père. Anna accrocha son grand sac à main à un crochet et en sortit une grande enveloppe.

— J'ai trouvé ça parmi les affaires de maman. Je ne sais pas si c'est utile, mais il y a un journal intime. Et des photos.

— Le journal de maman ?

— C'était l'année où mon père est parti. Et oui, j'en ai lu un peu, mais c'est assez difficile à lire, garde ça à l'esprit. Elle a traversé tellement plus d'épreuves que je ne l'ai jamais su. Le visage d'Anna s'assombrit. Je ne te le donnerais pas, mais j'espère qu'il y a des indices sur lui. N'importe quoi pour aider ton équipe et toi.

L'idée de lire le journal intime privé de sa mère décédée la mettait mal à l'aise, mais elle accepta l'enveloppe qu'Anna lui tendait.

— D'accord, merci. Je vais tout examiner et te les rendre dès que possible.

— Ces objets sont autant à toi qu'à moi, Lizzie. Une fois qu'il sera derrière les barreaux, je veux que tu viennes choisir davantage de ses bijoux et d'autres choses, et nous ferons des copies de toutes les photos.

Sur le point de dire qu'elle ne pouvait absolument pas faire ça, Liz se surprit à hocher la tête. Elle avait si peu de choses de sa mère, seulement quelques photographies et un pendentif.

— Je vais le trouver, Anna. Aujourd'hui, l'équipe a été briefée et l'enquête est en cours. Je veux pouvoir passer te voir et vous inviter tous à dîner sans m'inquiéter que Kyle crée plus de chaos. Je veux que nous puissions tous retrouver nos vies.

— J'ai confiance en toi. Et en Pete. Je n'oublierai jamais ce qu'il a fait pour retrouver mon Ellie.

D'autres personnes entrèrent dans les cabines d'essayage, une employée essayant bruyamment de convaincre quelqu'un d'accepter une couleur qui ne lui plaisait pas. Le temps était écoulé pour aujourd'hui. Liz serra à nouveau Anna dans ses bras et murmura :

— Je vais sortir en premier et m'assurer que la voie est libre.

— Je t'aime, Liz.

— Moi aussi. Beaucoup.

Liz prit les vêtements avec elle, faisant quelques commentaires à voix haute sur le fait que la couleur ne convenait pas. Comme prévu, la vendeuse la suivit immédiatement, ce qui donnerait à Anna l'occasion de sortir sans être remarquée. Dès qu'elle fut hors du magasin, après avoir laissé les vêtements sur le comptoir, Liz reprit sa position antérieure à la balustrade. Quelques minutes plus tard, Anna sortit avec un achat dans un sac de la marque et se fraya un chemin parmi les autres acheteurs pour atteindre l'aire de restauration.

Liz était assise à une table extérieure d'un des bars chics qui bordaient la rivière Yarra. Pete était à l'intérieur en train de commander des boissons après avoir marmonné que c'était au-dessus de ses moyens et que la prochaine fois, il choisirait l'endroit. Elle était rentrée chez elle pour mettre l'enveloppe dans son coffre-fort, pas encore prête à l'ouvrir. Demain ferait l'affaire, une fois qu'elle aurait dormi sur cette idée.

Plus probablement m'inquiéter toute la nuit à propos du contenu.

La soirée était encore chaude, bien qu'il fût près de neuf heures, et ceux qui déambulaient étaient un mélange de dîneurs tardifs et de fêtards précoces. Elle n'était ni l'un ni l'autre. Liz n'avait jamais été du genre à faire la fête ou à socialiser autrement qu'avec des amis proches. Ils s'étaient raréfiés au fil des années, son travail ayant pris le dessus sur une grande partie de sa vie, mais tout cela était en réponse à l'enlèvement de sa petite nièce. Ce jour avait tout changé. La vie d'Ellie surtout. Celle d'Anna... dont le mari avait fini par boire jusqu'à la mort à cause de leur perte. Et la sienne.

Sauf que j'aurais dû la protéger.

De vieilles émotions remontaient à la surface. Peu importait qu'Ellie soit saine et sauve et de retour là où était sa place. Liz avait laissé tomber sa famille.

On lui avait fait confiance avec Ellie. Cinq ans, drôle, intelligente petite Ellie. Elle était restée chez sa tante à de nombreuses occasions quand Anna et Sav prenaient de courtes pauses. Elles avaient leur routine de temps au parc, de glaces et de beaucoup de plaisir. Chaque jour, sauf s'il pleuvait. Prévisible. Les enfants aimaient ça.

Les criminels aussi.

Et l'un d'eux avait observé et attendu que Liz détourne les yeux d'Ellie dans le parc assez longtemps pour l'enlever.

— Arrête. Je connais ce regard.

Pete était revenu, portant un plateau. Il s'assit en face et se pencha en avant. Ellie, n'est-ce pas ?

Liz hocha la tête.

— Ellie est à la maison. Il poussa un verre de vin devant elle. Puis un autre.

— Deux ?

— La file d'attente pour commander est hors de contrôle, alors oui. Et si tu n'as pas remarqué, il y a des frites. Je meurs de faim.

Elle avait soudain faim.

— Ce sont des frites chic.

— Il y a trois sauces pour tremper. Aïoli, sweet chili, et une espèce de truc bizarre à l'avocat que Reuben aimerait. J'aurais dû l'amener.

— Pourquoi ?

— C'est le petit nouveau en ville, alors il aurait dû payer.

— Tu veux de l'argent ou tu te plains juste pour le plaisir ?

— La deuxième option. Santé.

Le vin était exactement ce dont Liz avait besoin pour se détendre, et les frites comblèrent son estomac vide. Premier verre terminé et assiette vide, elle était prête à parler.

— Allez, dis-moi ce que Reuben et toi avez fait à Hamish.

— Moins que ce que j'aurais voulu. Il avait sérieusement besoin d'une claque derrière la tête, mais nous nous sommes contentés d'un sermon sévère.

— Je suis contente que vous ayez opté pour la non-violence.

— Il fallait montrer le bon exemple à Reuben. De toute façon, je pense qu'Hamish ne réfléchit tout simplement pas. Tout ce qui lui passe par la tête sort, alors je lui ai suggéré de travailler sur ses filtres, mais certaines personnes n'en ont pas et ce n'est pas vraiment de leur faute.

— À qui était l'idée qu'il aille voir Candace ?

— Un effort conjoint.

Sauf que ta main était posée sur son épaule.

— Je suis contente que vous ayez parlé tous les deux à Hamish.

— Phoebe n'a pas besoin de voir ce genre de conneries. Comment va Anna ?

— Elle va bien. Heureuse, à part le stress évident causé par Kyle. Liz prit le second verre de vin.

— La famille est sous surveillance continue. Je suis plus inquiet pour ta sécurité.

— Moi ? Kyle ne me fera pas de mal. Elle regarda autour d'elle, puis se pencha un peu plus près. Anna m'a donné une enveloppe pleine de trucs.

— Des trucs ?

— Elle dit qu'il y a de vieilles photos et un des journaux intimes de maman.

— Tu ne l'as pas ouverte ?

— Elle est dans mon coffre-fort pour la nuit.

Pete lui lança un regard scrutateur.

— Quoi ?

— On peut l'apporter au QG maintenant si tu préfères.

— Je ne préfère pas. Je n'ai juste aucune idée de ce à quoi m'attendre. Anna a dit qu'elle avait commencé à lire le journal mais que ça l'avait bouleversée. C'est probablement rien de plus que quelques tristes souvenirs du passé.

— Ou ça pourrait aider l'enquête. Pete hocha la tête. Pourquoi ne laisses-tu pas le manoir à nous trois demain et tu examines cette enveloppe au travail ?

Cela avait du mérite. Elle pourrait s'assurer que le contenu soit étiqueté et copié, et elle voulait jeter un coup d'œil aux dossiers qu'Annette et Hamish traitaient.

— D'accord. Tu veux emmener quelqu'un à ma place ?

— Personne ne peut prendre ta place.

— Quelle bêtise. Mais elle sourit.

— Je demanderai à Meg demain si elle a besoin de quelqu'un d'autre, mais Reuben et moi avons rendez-vous avec un puits. Pete sourit soudainement. À moins que nous emmenions Hamish. Ce serait peut-être bon pour lui de se salir les mains.

DOUZE

Meg, Pete et Reuben étaient déjà partis quand Liz arriva au hub. Annette et Hamish avaient récupéré la dernière boîte après que Meg ait relevé les empreintes. Elle voulait garder une trace de qui l'avait manipulée au cas où des questions seraient soulevées concernant la chaîne d'accès, bien qu'elle n'effectuerait une recherche qu'en cas d'absolue nécessité. Combien de personnes l'auraient touchée durant toutes ces années ? Plutôt que d'aller dans la salle de conférence et d'interrompre Annette, qui travaillait avec Hamish à la table ronde, Liz s'installa à son bureau et dégagea un peu d'espace.

Le contenu de l'enveloppe glissa et elle le tria en petites piles.

Une poignée de photographies dans un sac en plastique transparent.

Un petit agenda usé.

Une enveloppe scellée avec l'écriture de sa mère et « Liz » inscrit sur le devant.

Liz la tint entre ses deux mains.

Au fond d'elle-même, elle savait que cela ne concernait pas Kyle, mais qu'il s'agissait d'une lettre personnelle d'une mère mourante d'un cancer à sa cadette. C'était un degré de séparation qui semblait profondément intime. Sa poitrine se serra. Pas maintenant. Pas avant que tout cela ne soit terminé.

En prenant l'agenda, Liz soupira profondément. Le lire lui semblait une trahison de confiance, et pourtant il pourrait offrir un indice sur une partie de l'histoire de Kyle qui mènerait à son arrestation.

Qu'aurait voulu maman ?

Sa mère était une femme douce et gentille qui méritait mieux que Kyle. Même maintenant, Liz pouvait entendre sa voix et visualiser son sourire. La perdre à l'adolescence avait impacté sa vie de tant de façons, et bien qu'Anna, étant plus âgée, ait pris les choses en main et accueilli Liz chez elle, ce n'était pas la même chose.

Pour l'instant, elle le mit de côté.

Restaient les photographies, et Liz enfila des gants pour les sortir de leur sac. Elle les étala en deux rangées de sept. Toutes étaient anciennes et aucune ne lui était familière... bien que les sujets l'étaient.

Sur les quatorze, plusieurs incluaient Liz à différents âges, mais toutes avant son cinquième anniversaire, elle en était certaine. Après cette date, Kyle était parti et elle n'avait aucun souvenir de sa mère prenant à nouveau des photos. Pourtant, elles n'avaient pas toutes été prises par sa mère car il y en avait une où Liz était bébé, dans les bras de sa mère. Les larmes lui montèrent aux yeux devant le large sourire sur le beau visage de sa mère. Tous les cheveux dorés sur la tête du bébé révélaient son identité. Ses cheveux étaient beaucoup plus foncés maintenant, mais ils avaient commencé par être dorés, contrairement à Anna qui avait été brune en grandissant, avant de se teindre en rouge.

C'était la seule avec Maman.

Trois autres montraient les deux sœurs ensemble. Éclaboussant dans la piscine dont Liz se souvenait de leur maison à Geelong. Sous l'arbre dans le jardin. Et une avec Kyle.

Elle inspira brusquement.

Il avait l'air si jeune. Et il souriait, ce dont elle ne se souvenait pas.

Me souriant à moi.

Liz se sentit malade. L'homme était un monstre. Et son père. Réconcilier les deux était une bataille permanente entre de terribles souvenirs, la connaissance de son passé plus récent, et une curiosité persistante à son sujet.

Elle se força à regarder les photos restantes. Toutes sauf une étaient d'elle. Différents arrière-plans, différents âges, différents vêtements. Liz estima qu'elle avait entre quatre et cinq ans et toutes étaient étonnamment similaires dans la pose. Et sur chacune, la petite fille souriait avec un sourire totalement effronté, directement à la personne derrière l'appareil photo.

Qui suis-je, vraiment ? Comment ai-je pu aimer un fou ?

Ce n'était pas utile, ce tournoiement sans fin de pensées. L'auto-accusation concernant Ellen. La haine de son besoin d'en savoir plus sur son père en tant que personne, plutôt qu'en tant que dangereux tueur. La nuit dernière, en attendant Pete, elle avait sombré dans une spirale et voilà qu'elle recommençait.

Ramassant les photos, elle partit à la recherche de Candace.

Pendant que Reuben installait le treuil et l'équipement de sécurité, Pete aidait Meg à transporter ce qui semblait être une tonne de son propre matériel. Le plus grand était une boîte métallique sur roues.

— Alors ça fait des rayons X ?

— En quelque sorte. Enfin non, c'est un peu différent. Tu veux l'explication technique ?

— Même pas si tu me payais. Cet endroit te convient ?

Ils étaient dans le long couloir à l'arrière du manoir où se trouvaient la buanderie et toutes les salles de service, ainsi que les chambres du personnel.

— Je peux le régler d'ici, donc oui. Meg fixait le mur au bout du couloir. J'espère que cela me permettra de voir ce qu'il y a derrière le plâtre.

— Je peux prendre une masse et raccourcir le processus.

— Plus tard. Une fois que nous saurons à quoi nous avons affaire.

— Tu as besoin d'aide avec ça ?

— Pas pour ça, mais je t'enverrai un message si j'ai besoin de le monter à l'étage. Va t'amuser dans le puits.

— Et si je reste coincé ?

Meg se retourna et adressa à Pete un de ces regards qui lui donnaient toujours l'impression d'être de retour à l'école, évalué par son professeur de mathématiques.

— D'accord. Je ne t'appellerai pas. Je resterai juste coincé. Pour toujours.

Elle secoua un peu la tête, mais un petit sourire le fit sourire à son tour.

— Bon. Reuben ne peut probablement pas comprendre comment installer le treuil. Je ferais mieux d'aller l'aider.

— Merci, Pete.

À l'extrémité du couloir, il jeta un regard en arrière. Le haut de la boîte était ouvert et Meg faisait glisser des caméras ou quelque chose de similaire sur une perche qu'elle avait levée. Elle était la personne la plus intelligente qu'il ait jamais rencontrée.

Dehors, il courut vers le puits.

Le temps aujourd'hui était meilleur que lors de la dernière visite, sans risque de pluie et pas trop chaud. Être ici si tôt dans la journée aidait et avec un peu de chance, ils seraient de retour à la base avant le déjeuner avec de bonnes informations pour continuer.

Reuben avait tout préparé et préparait l'un de ses drones.

— On ne fait pas les drones plus tard ?

— Celui-ci passera dans le puits.

— Alors on l'envoie jeter un coup d'œil d'abord ?

— À ton avis, quelle est la profondeur ? Reuben fit un geste vers la structure.

Ce n'était pas un puits à souhaits mais un trou dans le sol entouré d'un carré fait de briques, deux rangées de haut. Quand ils l'avaient trouvé, il y avait une couverture métallique sous une tonne de vieilles branches. Si quelqu'un n'essayait pas de le dissimuler d'en haut, alors Pete n'était pas détective.

— On ne peut pas voir le fond à moins d'allumer les lumières. Pete tendit la main vers l'un des deux projecteurs sur pied.

— Laisse-les éteintes pour l'instant. Le drone a un projecteur. Tu peux finir ça et je vais m'occuper des commandes ?

Quelques minutes plus tard, le doux bourdonnement du drone commença à faire écho tandis que la petite unité descendait au-delà des briques. Un ordinateur portable était ouvert sur le dessus de la mallette du drone et Reuben était assis par terre à regarder l'écran, utilisant des commandes qui rappelaient une manette de jeu. Pete regardait dans le puits.

— J'estime qu'il y a environ cinq mètres de profondeur. Tu l'as arrêté exprès ?

— Je lui fais faire une rotation lente à 360 degrés. Il n'y a aucun signe d'échelle, mais il y a ce qui pourrait être de légères indentations dans les murs.

— Des prises pour les mains et les pieds ?

— Peut-être.

Pete avait envie de suivre le chemin du drone. Il n'avait peut-être plus dix ans, mais il avait toujours le cœur d'un explorateur et la curiosité de quelqu'un qui n'avait pas connu le pire de la vie. Pas question que Reuben descende là en premier.

Le drone descendit plus bas et maintenant seul son projecteur donnait une idée de son emplacement. Pete n'avait jamais répondu à la question de Reuben sur la profondeur du puits, mais il devait faire au moins dix mètres. Une fois de plus, il sembla s'arrêter et tourner avant de repartir. Il abandonna l'observation et rejoignit Reuben.

— Regarde ça, Pete. Reuben focalisa la caméra sur les parois internes du puits. On est près du fond et juste ici, il y a un changement dans la structure.

Pete scruta l'écran.

— Renforcement. Des supports supplémentaires.

— Ouais. Alors qu'est-ce que ça soutient ?

Reuben manœuvra l'engin jusqu'au fond, le laissant planer et tourner lentement à nouveau. Puis il l'inclina pour faire face vers le bas. Le fond était de la terre dure. À nouveau de niveau, il zooma sur une fissure et la suivit. En haut. En travers. En bas.

— Une porte. L'excitation pulsa dans les veines de Pete.

— Sans mécanisme d'ouverture évident.

— Tu enregistres tout ça ?

— Même nos paroles, mon pote.

— J'ai pas accepté ça.

— Poursuis-moi en justice.

— Tu peux monter et puis t'incliner vers le bas ? Pete se rapprocha un peu de l'écran tandis que Reuben s'exécutait. C'est quoi ça ?

Sur le sol, contre le mur loin de la porte apparente, il y avait un morceau de quelque chose. Du tissu peut-être. Une fine couche de poussière s'éleva lorsque le drone s'approcha et Reuben le souleva.

— On ne voit pas.

— Je vais devoir aller voir moi-même.

Meg avait rangé la boîte et l'avait fait rouler jusqu'à la porte d'entrée. Jusqu'à ce qu'elle télécharge les données capturées, sur un ordinateur plus puissant que les appareils qu'elle transportait aujourd'hui, il n'y avait aucun moyen de savoir ce qui se cachait derrière le plâtre.

Quand son téléphone sonna, elle s'attendait à ce que ce soit Pete prétendant être coincé dans le puits.

Mais le numéro était anonyme et elle faillit refuser l'appel.

Bien que son numéro soit sur liste rouge, elle recevait toujours des appels indésirables, et s'il s'agissait de l'un d'entre eux, elle y mettrait rapidement fin.

Elle appuya sur « accepter » et ne dit rien.

Et l'appelant fit de même.

— Parlez ou je raccroche, dit-elle, n'ayant pas de patience pour les canulars téléphoniques.

— Je pensais que tu étais la plus intelligente.

Kyle Moorland ?

Même si le cœur de Meg fit un bond, elle tapota sur son téléphone pour activer un traceur de localisation.

— Oh, je ne suis pas vraiment intelligente du tout. Je prélève des échantillons, fais des tests et examine des données. Rien de spécial.

Son rire était amical et cela seul était troublant.

Que diable veux-tu ?

— La modestie est sous-estimée, tu ne crois pas ? Particulièrement chez les femmes. Tant d'entre elles croient avoir le droit de prendre la place des hommes. Comme si elles pourraient jamais être sur le même plan que même le pire d'entre nous. Sauf peut-être une femme. Une exceptionnelle. Mais je ne dois pas m'étendre. Je me demandais si tu me rendrais un petit service ?

Encore en train de traiter son commentaire insensé sur les femmes, Meg voulait lui dire où il pouvait se mettre son petit service.

— Lequel ?

— Transmettre un court message. Pour Elizabeth.

— Je suis sûre que tu as son numéro, Kyle.

Il rit à nouveau mais avec une tonalité amère. Sinistre.

— Risqué. Je pourrais raccrocher et Elizabeth manquerait d'entendre le message.

Narcissique, misogyne et tueur qu'il était, Meg adoucit sa voix.

— D'accord. Je le lui transmettrai. Quel est le message ?

— Dis à Elizabeth qu'elle ne devrait pas interrompre sa

course habituelle le long de la rivière. Les petits matins m'ennuient sans sa brève apparition comme rappel.

— Rappel ?

Son soupir fut lourd.

— De sa juste place dans ma vie. Le moment approche.

— Le moment pour quoi ?

— Ah... si seulement je te faisais confiance, Meg. Transmets mon message et peut-être une suggestion selon laquelle si Elizabeth souhaite savoir, elle peut me le demander la prochaine fois que nous nous rencontrerons.

La ligne devint silencieuse.

Meg ouvrit l'application qu'elle avait créée pour identifier les emplacements et obtint un résultat dans la péninsule de Mornington. Elle appela Ben.

TREIZE

— Reconnais-tu certains des autres arrière-plans ? demanda Candace qui avait étalé les photographies sur son bureau. Tu as dit que celle-ci était le jardin arrière, et celle-là. Elle en écarta deux autres. Nous allons toutes les numériser et les agrandir, mais y a-t-il des indices ? Des souvenirs qui remontent ?

— Pas à partir des photos, mais j'étais si jeune. Et elles sont toutes différentes. Une plage, des pièces, des parcs, mais non, rien de familier.

Candace prit celle où figuraient Kyle et ses filles.

— Il est à moitié détourné d'Anna. Et elle regarde solennellement l'appareil photo, pas lui ni toi. Toute son attention est sur toi. Ta sœur est une femme forte. Elle a dû l'être.

Liz acquiesça. Elle était là depuis un moment mais n'avait pas trouvé les mots pour demander de l'aide afin de mettre de l'ordre dans ses pensées. Pour contrôler ses émotions. Ce n'était tout simplement pas dans sa nature de rechercher ou d'accepter la gentillesse des autres. Même pas quand elle venait d'une professionnelle de la santé mentale en qui elle avait confiance. Pete était son confident le plus proche.

Comme toujours, Candace était d'une perspicacité troublante. Son regard se posa sur Liz.

— Tu l'es aussi.

— Sauf que j'ai seulement été témoin des abus. Kyle ne les a jamais dirigés contre moi. Rien dont je me souvienne, et Anna a dit qu'il n'avait jamais élevé la voix contre moi, encore moins la main.

— C'était quand même un traumatisme, Liz. Un terrible traumatisme à un âge où tu n'avais aucune capacité à comprendre ce qui se passait dans ta famille. Nos proches sont censés nous nourrir et nous guider, pas nous traumatiser et nous induire en erreur. Ta mère était de la première catégorie et ton père... très clairement de la seconde.

Pourtant, je veux le connaître.

— Non seulement cela, mais il t'a abandonnée.

— Maman a divorcé de lui. C'est différent.

— Elle a divorcé de lui après qu'il soit parti une énième fois. J'ai longuement parlé à Anna lorsque nous recherchions la petite Eliza, en utilisant la disparition de son Ellen comme point de comparaison, et elle a comblé beaucoup de lacunes. Rien de tout cela n'était confidentiel... n'avez-vous jamais parlé ensemble de cette partie de vos vies ?

— Un peu. Mais la priorité a été de l'attraper pour que nous puissions tous avoir une vie normale. Après ce qu'il lui a fait subir, elle mérite cela.

— Tout comme toi, Liz. Laisse-moi t'assurer que Kyle t'a abandonnée de bien des façons, au-delà du simple fait de quitter le domicile familial. Cela t'a laissée avec beaucoup d'affaires inachevées.

C'était la façon parfaite de le décrire.

— Il y a aussi un journal intime. Anna a dit qu'il est troublant. Bouleversant. Je sais que je devrais le lire pour voir s'il contient quelque chose d'utile pour l'équipe, mais je suis...

Elle ravala la boule dans sa gorge.

— Me le confierais-tu ? Je n'en extrairai que ce qui est pertinent pour retrouver ton père.

— Candace, oui. Oui, s'il te plaît. Je sens que j'ai besoin de...

Un coup sec sur la porte vitrée les fit se retourner toutes les deux tandis que Ben ouvrait la porte à la volée.

— Désolé de vous interrompre. Nous avons localisé Kyle.

Liz se leva immédiatement.

— Où ?

— Près de la galerie d'art de Mornington.

— La galerie Bonner ?

Il acquiesça.

— Comment ?

— Je vous expliquerai en chemin. Nous devons partir maintenant.

Candace se leva.

— Liz devrait-elle y aller ? N'est-ce pas ce qu'il veut ?

Ben regarda Liz, puis Candace.

— Probablement. Mais, oui.

Ben conduisait pendant que Liz essayait encore de comprendre la raison de tout cela. Candace l'avait suivie jusqu'à la porte du centre et avait promis de récupérer et de mettre sous clé les objets d'Anna. Pour l'instant, rien n'importait à part trouver Kyle.

— Pourquoi aurait-il téléphoné à Meg ?

Ben prit la sortie vers la Western Freeway et alluma les sirènes et les gyrophares, accélérant tandis que la circulation s'écartait docilement.

— Il veut probablement nous faire savoir qu'il peut atteindre tout le monde selon son bon vouloir. Et il y a plus. Pas eu le temps de te le dire.

Les dix dernières minutes avaient été une course pour récupérer téléphones et tablettes, s'arrêter à l'armurerie pour les armes personnelles, et l'inspection réglementaire des BearCat, les véhicules blindés d'intervention, avant de quitter le bâtiment. Annette et Hamish étaient derrière eux, presque sur leurs talons.

— Me dire quoi, Ben ?

— Il a demandé à Meg de te transmettre un message.

— Pourquoi ne pas simplement m'appeler ? D'accord, ignore les questions et dis-moi.

Son cœur n'avait pas cessé de battre à tout rompre depuis que Ben avait prononcé le nom de Kyle.

— Elle a un enregistrement, mais en gros, il dit que ça lui manque de te voir courir le long de la rivière.

Bien sûr. C'était un message fort indiquant qu'il l'observait depuis assez longtemps pour connaître ses habitudes.

— D'accord. Autre chose ?

— Pas les mots exacts et c'était un appel court. Mais il essaie de t'inciter à te rendre visible pour une sorte d'approche. C'est du moins mon interprétation.

— Alors que fait-il à la galerie d'art ? N'est-elle pas sous surveillance ?

La Galerie Bonner juste à l'extérieur de Mount Martha était une partie importante de leur enquête sur l'enlèvement de Lyndall Smith il y a quelques semaines. Marcus Bonner avait finalement été abattu par Hamish. Bien qu'aucune preuve n'existe d'un lien entre Bonner et Kyle, ce dernier avait repêché Lyndall de la baie sous un déguisement si efficace que Liz ne l'avait pas reconnu.

— Pas en tant que telle. Le visage de Ben était fermé. Nous avons une entreprise de sécurité qui la surveille et fait des rondes régulières dans les jardins, mais nous sommes limités à cela. Les fonds ne sont pas suffisants et tant que les proches ne sont pas localisés, nos possibilités sont restreintes à moins qu'il n'y ait une situation.

— Mais c'est ridicule ! Kyle pourrait être installé là-bas. Liz vérifia l'application sur son téléphone pour la capture d'écran de Meg. Je sais que ces choses ne sont pas précises à cent pour cent, mais le traceur de Meg montre que le téléphone était dans l'enceinte. Aucun garde faisant sa ronde ne trouvera quelqu'un comme mon père qui connaît probablement l'endroit par cœur et rit à chaque fois qu'ils passent.

— Ou il pourrait simplement avoir appelé depuis la rue pour voir s'il obtenait une réponse comme celle-ci.

— Alors nous perdons notre temps ?

Consciente de son ton sec et en colère, Liz ferma les yeux un instant et se dit de se ressaisir. Ce n'était la faute de personne et son attitude n'aidait pas. Elle ouvrit les yeux et jeta un coup d'œil à Ben.

— Désolée. Je suis vraiment en colère contre Kyle.

— Liz, d'une manière ou d'une autre, cela ajoute des informations précieuses. Si ce n'était qu'une blague pour voir si nous sommes capables de localiser un appel téléphonique, alors cela nous aide. S'il essaie de voir quel est notre temps de réponse, cela nous en dit tout autant.

— Et s'il veut nous attirer loin du centre ? Qu'en est-il de Candace ? Une soudaine pointe de panique traversa Liz.

— Même s'il trouve le bâtiment, il n'y entrera pas. Et Candace est en alerte pour surveiller tout comportement inhabituel. Ben ralentit alors qu'ils entraient dans le tunnel de Burnley. Meg retourne au centre pour télécharger les données de sa machine ainsi que pour travailler sur l'appel qu'elle a reçu, donc Candace ne sera pas seule.

Liz regardait par la fenêtre. Quoi que Kyle prépare, il avait un plan.

Les véhicules se garèrent à un pâté de maisons et laissant Annette derrière comme chauffeur, au cas où l'un d'entre eux aurait besoin d'un soutien urgent, les trois autres s'approchèrent de la Galerie Bonner à pied, chacun avec une oreillette. Hamish courut pour trouver un chemin le long de l'arrière de la propriété et Liz et Ben se séparèrent pour couvrir le reste. Les sirènes étaient éteintes depuis plusieurs minutes, ce qui avait un peu ralenti leur progression, mais annoncer leur arrivée aurait garanti la disparition de Kyle... s'il était encore dans les parages.

Cette partie du secteur était isolée. Nichée dans le flanc de la colline avec une vue sur la baie, le domaine était protégé par un haut mur de briques et des grilles en fer forgé. Pour la première fois, Liz fut frappée par la similitude avec Heberden House. Celle-ci avait également été rénovée il y a environ cinquante ans pour répondre aux besoins des œuvres d'art exposées au public. Elle reviendrait sur cette comparaison plus tard.

La rue était calme. Bien qu'il y ait des maisons tout au long, toutes situées derrière des portails électriques et des haies, rien ne bougeait. Liz attendit à une centaine de mètres du coin le plus proche du domaine, ses sens à l'affût d'informations. Mais le seul mouvement venait de Ben, qui avait atteint l'extrémité du long mur et faisait sa propre observation.

— Rien le long de l'arrière de la propriété à part une dense brousse. Aïe. Hamish n'avait pas l'air content dans l'oreillette. Pourquoi y a-t-il tant de plantes épineuses dans ce pays ? Au moins en Angleterre, on grandit en évitant le sumac vénéneux.

— Liz, approchons-nous du portail pendant que Hamish nous rejoint.

Elle était un peu plus proche que Ben quand la sonnerie résonna. Cela ressemblait à un téléphone portable, mais le sol était dégagé, donc ce n'était pas un appareil accidentellement tombé d'un piéton. La sonnerie s'arrêta brusquement.

— Ben ? Tu as entendu ça ?

La sonnerie recommença et maintenant elle pouvait voir un téléphone scotché à l'un des montants en fer. L'identifiant de l'appelant était un seul mot.

Papa.

Alors même que son sang se glaçait, Liz tendit la main pour toucher l'écran, pour accepter l'appel.

— Liz, arrête !

L'ordre de Ben atteignit à peine son cerveau, mais elle dut hésiter car il arriva le premier, se jetant presque entre le portail et Liz.

— C'est Kyle.

— Recule d'un pas. Même de plusieurs.

Ils le firent tous les deux, regardant l'écran allumé jusqu'à ce que l'appelant raccroche. La main de Ben était sur le bras de Liz. Qu'il s'agisse de l'empêcher de répondre au téléphone ou de lui offrir un soutien, peu lui importait. Elle avait failli commettre une erreur élémentaire à cause de cette réaction irréfléchie.

— Désolée, murmura-t-elle.

— Pas besoin. Je veux juste être sûr que ce n'est pas dangereux. Il laissa retomber son bras.

Hamish arriva en courant alors que le téléphone sonnait à nouveau.

— Persistant, dit Ben. Annette, conduis jusqu'au portail principal. Les sirènes ne sont pas nécessaires.

— Bon sang, c'est Kyle Moorland qui appelle ? Hamish était légèrement essoufflé et fit mine de brosser des feuilles invisibles ou quelque chose de ses vêtements.

— Nous avons besoin de Meg. Les yeux de Liz restaient fixés sur le téléphone.

— Hamish peut s'en occuper, mais je veux que tu appelles Meg et que tu lui dises ce qui se passe. Ben se détourna. Mon pote, ne réponds en aucun cas à l'appelant. Prends le kit de test et fais ton travail avec les photos, note tout sur le ruban adhésif. Tout. Puis mets-le dans un sac à preuves. Je t'aiderai si tu as besoin de mains supplémentaires.

Annette remonta la rue et derrière elle se trouvait une voiture portant le nom d'une entreprise de sécurité sur ses portières.

Où étiez-vous quand mon père collait un téléphone à une grille ?

Liz envisagea de leur poser la question, mais Ben se dirigeait déjà vers eux, alors elle composa plutôt le numéro de Meg.

QUATORZE

L'intérieur du puits était pire que ce que la caméra du drone avait montré. D'abord, l'odeur. Humide, presque putride. Comme du vieux compost et des bottes détrempées laissées trop longtemps au soleil.

Tu deviens un peu poétique, mon vieux.

Pete était à peu près à mi-chemin dans le conduit et la corde avait un léger balancement. Il gardait ses genoux relevés pour utiliser ses bottes afin de se repousser des parois, reconnaissant de la qualité du harnais qui lui donnait plus de liberté pour gérer sa descente que ceux qu'il avait utilisés par le passé.

— Arrête encore.

Le treuil s'arrêta et le ciel s'assombrit alors que Reuben se penchait pour regarder en bas.

— Toujours OK ?

— J'adore. Je veux juste examiner certains de ces renfoncements.

Il planta ses bottes écartées contre les parois pour se stabiliser et se concentra sur le renfoncement le plus proche. Il était juste assez large pour une chaussure d'adulte et profond de quelques centimètres, et avait été taillé grossièrement. Pete s'y accrocha et regarda autour de lui. Le suivant vers le haut était facilement à sa portée, tout comme celui en dessous.

— C'est définitivement pour grimper. Allons jusqu'au fond.

Pete gardait les yeux sur le sol pendant qu'il descendait, prenant soin d'arrêter Reuben à nouveau quand il fut assez proche pour se tenir debout. Il ne le fit pas encore, examinant la surface rugueuse à l'aide de sa lampe frontale et prenant des photos. Le sol semblait ferme et était couvert d'un mélange de terre et de débris qui étaient tombés dedans. Utilisant une paire de pinces fines de son harnais, il en recueillit une sélection pour un sac à preuves, puis fit de même soigneusement dans un nouveau sac pour un minuscule morceau de tissu. Ceux-ci dans une pochette, il déplaça davantage de débris de surface jusqu'à ce qu'il soit proche de ce qu'ils pensaient être une porte. Quelque chose était étrange dans la terre ici.

— Qu'as-tu trouvé ?

La voix de Reuben résonna légèrement.

— Est-ce qu'on a de cette poudre ? Pour un moulage ? Pete n'en croyait pas ses yeux. Je crois qu'on a une empreinte de chaussure.

Meg raccrocha et laissa tomber sa tête dans ses mains. Liz avait essayé de garder une voix calme, mais Meg la connaissait assez bien pour entendre la tension. Elle en ressentait suffisamment elle-même. Les choses allaient vite et devenaient trop difficiles à gérer. Dès qu'elle terminait une tâche, une autre arrivait. Et encore une autre. Certaines prenaient des minutes tandis que beaucoup étaient complexes et nécessitaient une attention continue, mais elle n'était qu'une personne avec seulement deux mains.

Et beaucoup d'ordinateurs.

C'était vrai. Faire partie d'Opération Nobody avait ouvert un nouveau monde où l'argent était moins un problème que lorsqu'elle travaillait comme enquêtrice médico-légale normale. Ben était la seule personne à qui elle devait faire ses demandes au lieu de soumettre des formulaires et d'assister souvent à des réunions pour mendier des financements. Il faisait avancer les choses. Du moins la plupart du temps. Mais maintenant, avec deux affaires dont une se développait rapidement et nécessitait son attention constante, elle ferait une erreur sans aide.

Ben avait accepté il y a un moment qu'elle puisse détacher son ami très talentueuse pour aider sur les meurtres non résolus. Avec tout ce qui se passait, elle ne lui avait pas précisé exactement comment entamer le processus.

Eh bien, Candace était là et elle pourrait sûrement mettre les choses en route.

Ignorant la pile de travail qui attendait son attention urgente, Meg partit à la recherche de Candace. Elle n'était ni dans la partie principale du hub, ni dans la zone de conférence ou la cuisine. Pas dans les toilettes ni dans aucune des chambres d'appoint. C'était la procédure d'informer un autre membre de l'équipe si on était la dernière personne à l'intérieur. Une vérification rapide avec son application de localisation indiqua que Candace était dans le bâtiment et probablement sur le toit.

Elle pouvait attendre. Candace avait droit à une pause comme tout le monde. Plus que certains.

De retour à son bureau, Meg configura une recherche pour le téléphone trouvé au manoir. Une fois qu'elle l'aurait ici, il suffirait de télécharger ses données pour examiner un historique plus détaillé que ce que la plupart des gens penseraient possible. Pouvoir le connecter au téléphone que Kyle utilisait actuellement pour appeler aiderait son algorithme à tracer un schéma, mais d'après son expérience, il était exceptionnellement habile pour éviter d'être trouvé. Après tout, il avait vécu au grand jour pendant près de vingt ans sans être détecté.

— Pourquoi les méchants doivent-ils être si intelligents ? marmonna-t-elle.

Cela fait, elle commença le processus de téléchargement des données de son travail au manoir. Cela prendrait un certain temps, peut-être des heures, et n'avait pas besoin de son attention. Ce qu'elle devait faire, c'était aller dans son laboratoire pour démonter la machine à laver et commencer à examiner les restes de vêtements. Et continuer avec les centaines d'échantillons du manoir, et...

— Aïe ! La frustration éclata avant qu'elle ne puisse l'arrêter.

— Meg ? Qu'est-ce qui ne va pas ?

Comment ai-je pu ne pas t'entendre revenir ?

— Rien du tout, Candace. J'étirais ma gorge. Je m'entraînais à chanter. J'invoquais un démon médico-légal pour prendre en charge les trucs auxquels je ne peux pas m'attaquer.

Malgré tous ses efforts pour sourire, ça ne marchait pas.

— En fait, quelque chose ne va pas. Je n'arrive pas à travailler à la capacité à laquelle je suis habituée. Elle fit un geste vers son bureau, puis se leva et agita la main vers la pièce. Tous ces ordinateurs et appareils et ma très fantaisiste table me rendent heureuse. Très heureuse. Les gens adorables qui travaillent ici aussi. Et l'augmentation de salaire était délicieuse. Mais... elle s'entendait comme une pleurnicheuse.

Candace franchit la distance entre elles.

— *Mais*, il se passe beaucoup trop de choses en ce moment pour qu'une seule personne couvre tous les fronts. Sans parler de la personne qui fait chanter les données.

— Mieux que moi qui chante.

Contre sa volonté, l'arrière de ses yeux picota. Elle ne pleurerait pas. C'était pour les mecs qui se faisaient frapper à l'entrejambe.

— De quoi as-tu besoin, Meg ? À part des vacances ?

— Du café.

— On va en prendre ensemble.

L'acte de préparer du café arrêta le besoin de continuer à babiller sur la difficulté de sa vie. Candace mit deux cupcakes sur une assiette et ouvrit la voie vers la table ronde.

— Qui a acheté des cupcakes ?

— C'est moi qui les ai faits.

— Sont-ils aussi bons que ton dessert de l'autre soir ?

Sans attendre de réponse, Meg se servit. Mordre dans du

caramel moelleux et de la pomme légèrement épicée à l'intérieur d'un cupcake à la vanille suffit à garder sa bouche pleine et à calmer ses pensées. Cela et le café terminé, elle soupira.

— C'est comme ça que tu traitais tes patients ?

Candace sourit.

— C'est toujours le cas.

— Bonne stratégie. Les faire taire avec de la nourriture et des boissons et stimuler la dopamine en même temps. Mais merci. Ça a aidé.

— Cela mis à part, de quoi as-tu besoin pour répartir un peu la charge ?

Une seule chose ferait une différence. Une seule personne.

— Je peux gérer la criminalistique numérique ou la criminalistique physique. Avec une seule affaire, je peux faire les deux, mais il y a un arriéré d'échantillons à traiter et une machine à laver à démonter, sans parler de moi qui traque Kyle. Avant de pouvoir s'énerver à nouveau, Meg fit mine de finir son café qui était déjà terminé. Ce n'était pas du tout elle.

Candace ouvrit son téléphone.

— La communication est quelque chose que nous devons améliorer. C'est-à-dire Ben et moi avec toi et probablement Liz. Elle tourna l'écran pour montrer un e-mail. Celui-ci a été envoyé hier pour confirmer les détails d'une conversation que Ben a eue pour organiser le séjour de Jeff Scott ici pendant trois mois et...

— Oui !

Meg bondit sur ses pieds et serra Candace dans ses bras, puis se rassit rapidement.

— Euh... désolée. Elle ne pouvait pas effacer le sourire de son visage.

— Parfaitement bien. J'en déduis que tu es contente de cet arrangement ?

— Jeff est le plus brillant scientifique médico-légal que j'aie rencontré. Tu vas l'adorer. Tout le monde l'adorera. Quand arrive-t-il ?

— Demain. Nous affecterons des membres de l'équipe pour

l'orientation et, espérons-le, d'ici l'heure du déjeuner, il sera dans ton laboratoire à travailler. Candace reçut un message et fronça les sourcils, l'écartant d'un geste et retournant son téléphone face contre la table.

— Ça va ? demanda Meg.

— Moi ? Certainement.

Pourtant tes rides d'inquiétude sont toutes visibles.

— Merci encore, Candace. De m'avoir parlé de Jeff et définitivement pour les cupcakes. Meg se leva. Liz a appelé depuis la galerie.

Candace récupéra les assiettes et Meg les tasses de café et les apportèrent à la cuisine.

— Hamish était sur le point de retirer le téléphone du portail, mais ils semblaient tous un peu flippés qu'il continue de sonner. Enfin, il s'arrêtait puis recommençait.

— Pauvre Liz, dit Candace. Son instinct serait de répondre. Et aucun signe de son père ?

Meg secoua la tête.

— La société de sécurité venait d'arriver quand nous avons parlé et il y avait une conversation plutôt animée en arrière-plan entre eux et Ben. On aurait dit qu'ils voulaient voir un mandat pour laisser entrer l'équipe à cause de l'état de flou juridique dans lequel se trouve la propriété.

Leurs deux téléphones sonnèrent et elles vérifièrent.

— De Pete. J'espère qu'il n'envoie pas des selfies. Tu sais qu'il voulait que je le sauve s'il restait coincé dans le puits ?

Elles consultèrent le message en même temps. C'était une photo, mais pas un selfie. Un frisson familier de découverte remplit Meg.

— Qu'est-ce que je regarde ? demanda Candace.

Meg se précipitait déjà vers son bureau et parla par-dessus son épaule.

— Une empreinte partielle de chaussure, et si je ne me trompe pas, elle provient du fond du puits.

• • •

Pendant que le reste de l'équipe continuait de fouiller la galerie, Liz retourna dehors. Les agents de sécurité étaient au portail, toujours au téléphone avec ceux que Ben leur avait dit d'appeler. Le téléphone de Kyle était verrouillé dans le véhicule qu'Annette conduisait et il continuait son cycle de sonnerie puis recommençait lorsque les portes étaient fermées.

L'image de son père appuyant furieusement sur la touche de rappel encore et encore était légèrement amusante.

Une fois passés les portails, tous les quatre avaient effectué un bref balayage des terrains. Il était clair que Kyle ne se cachait pas derrière un arbre ou sous un buisson, alors ils étaient entrés. Mais après avoir aidé à inspecter le premier étage, Liz savait que son temps serait mieux utilisé à vérifier les murs extérieurs du bâtiment. Son esprit revenait à comparer la Galerie Bonner au manoir ayant autrefois appartenu aux Baxter. Elle devait retourner au manoir bientôt. Quels que soient les jeux auxquels Kyle jouait, Liz savait dans ses tripes qu'elle devait résoudre les deux meurtres. Il y avait un lien et cette diversion vers la galerie visait probablement à perturber les efforts de l'équipe.

Le bâtiment était extérieurement différent en style de la Maison Heberden, mais à l'intérieur, l'escalier et la mezzanine ainsi qu'un certain nombre d'autres pièces étaient étrangement semblables. Les deux étaient construits en pierre, mais alors que le manoir était blanc, celui-ci était peint en gris foncé. Les formes des fenêtres n'étaient pas du tout semblables, ni la ligne de toit et les entrées. Ce devait être des similitudes fortuites qu'elle voyait.

Liz longea chaque mur, aussi près qu'elle le pouvait. Certaines parties étaient difficiles avec des plates-bandes établies jouxtant la pierre, mais elle grimpa quand même pour vérifier derrière sans avoir une idée claire de ce qu'elle cherchait. Le devant du bâtiment était impeccable, ce qui avait du sens, étant l'endroit où les visiteurs entraient. Et le premier côté n'avait rien d'extraordinaire. À l'arrière, la structure changeait de forme, se divisant en deux ailes d'un seul niveau, la première avec sa propre entrée.

Elle envoya un message à Annette et lui demanda de venir où elle était, puis prit une série de photographies. Une large allée faite de briques, similaires à celles du manoir, comprenait des places de stationnement et une vaste aire de manœuvre.

Un message arriva de Pete. Juste une photographie qu'elle agrandit pour mieux voir. Une empreinte de chaussure. Une partie d'une qui était entourée de terre et de débris et une lumière artificielle. Donc, il était descendu dans le puits. Qu'est-ce qu'une personne aurait bien pu faire là-bas pour laisser une empreinte ? Et depuis combien de temps ?

— Je suis là. Annette était essoufflée. Qu'est-ce qui se passe ?

— Je recherche des renseignements. Tu es déjà venue ici avant.

— Eh bien, bien sûr. Toi et moi avons interviewé Marcus Bonner.

— Non, quand tu étais étudiante.

Annette leva une main et prit une longue respiration, puis hocha la tête.

— Désolée. Je dois arrêter de fumer parce que ma condition physique est nulle. Mais oui. Lors d'une excursion au lycée.

— Prendrais-tu une minute pour regarder autour et me dire ce dont tu te souviens ?

— D'accord. Annette fixa le sol pendant une minute. Euh... nous étions tous dans le bus scolaire. Elle se redressa. Il a fait demi-tour là et s'est arrêté pour qu'on descende. Nous étions une vingtaine. Des élèves en art. Je n'y avais jamais pensé avant, mais devrions-nous retrouver ceux qui y ont assisté ?

— Nous devrions.

— Je peux aider avec ça. Quoi qu'il en soit, il y avait quel-qu'un qui nous a accueillis. Une femme. Elle nous a fait un petit discours sur la galerie, nous a dit de ne rien toucher et de ne pas nous éloigner, puis nous a conduits par cette porte.

Elles marchèrent vers l'entrée en question, une porte en bois massif, usée, qui était plus large que la norme. Elle était verrouillée, bien sûr. Liz envoya rapidement un texto à Hamish pour qu'il trouve la porte et la déverrouille de l'intérieur. Elle voulait qu'Annette retrace ses pas d'il y a toutes ces années.

— Que te rappelles-tu de cette femme ?

— Pas grand-chose, j'en ai peur. Je me souviens d'avoir été impressionnée par elle cependant. Elle était élégante. Pas du tout jolie avec un visage sévère, mais ses cheveux étaient argentés et beaux et brillaient presque à la lumière, et son maquillage parfait, et elle portait beaucoup de bijoux et une jupe droite avec une veste. Drôle comme ça m'est resté en tête.

— Pourrais-tu donner la priorité à l'obtention des dossiers d'emploi de la galerie remontant aussi loin que possible ? Cela aurait dû se produire lorsque Marcus Bonner est apparu pour la première fois sur notre radar, mais tout est allé si vite entre notre rencontre avec lui et sa mort que nous n'avons pas eu le temps.

Annette tapa des notes sur sa tablette.

— En fait, je crois qu'ils ont été emmenés au hub. Du moins, je me souviens que plusieurs boîtes de dossiers y ont été apportées et placées dans la section de stockage non traitée.

La serrure grinça alors qu'elle était tournée de l'intérieur et la porte ne semblait pas beaucoup mieux lorsque Hamish l'ouvrit.

— Eh bien, bonjour. Faites-vous une livraison spéciale ?

Annette entra avec un :

— Nous sommes toutes les deux assez spéciales.

Hamish sourit à Liz et ferma la porte derrière eux tous.

QUINZE

Hamish reverrouilla la porte puis courut pour rejoindre Ben à l'étage. Liz attendit Annette, qui s'était arrêtée quelques mètres plus loin dans un couloir très rectiligne et semblait plongée dans ses pensées.

Il y avait une douzaine de portes le long du couloir qui était assez étroit.

— Oui, c'est par ici que nous sommes tous entrés. Les portes étaient fermées à ce moment-là.

Elles commencèrent à marcher, jetant un coup d'œil derrière chaque porte maintenant ouverte. La première moitié abritait des quartiers du personnel, assez basiques avec un lit, une table de nuit et une armoire. Deux étaient plus grandes et disposaient également de petits bureaux, appartenant probablement à d'anciens gouvernantes ou majordomes.

— Tout a été laissé comme ça devait l'être au début du siècle dernier, dit Liz. À part les lits qui ont été dépouillés et tous les objets personnels enlevés. Je me demande si cela fait partie des conditions du classement au patrimoine ? Elle prenait des photos au fur et à mesure. Cela lui rappelait le couloir du manoir avec le mur étrange au bout.

— Oh, j'avais raison. C'est la cuisine dont je t'ai parlé.

Annette entra dans un immense espace. Et elle est également préservée dans son état antérieur. Elle examina le double évier, ouvrit les placards et jeta même un coup d'œil à l'intérieur d'un des fours. C'est quand même bizarre d'amener un groupe d'adolescents dans la partie du bâtiment conservée exactement comme elle était depuis des décennies. Je me demande où le personnel le plus récent prenait ses repas et tout ça. Particulièrement avec tous les bals de collecte de fonds qui étaient organisés ici.

Liz posa sa tablette sur un long comptoir en bois et rechercha la documentation sur la galerie. Pendant la traque pour retrouver Lyndall, beaucoup d'informations avaient été collectées dans l'optique d'une descente dans la galerie. Finalement, ça n'avait pas été nécessaire.

— D'accord, voici les plans originaux de la maison datant de sa vente en 1971. Apparemment, le bâtiment était à l'origine une maison, puis une école privée, avant d'être laissé vide pendant une douzaine d'années. Il a été acheté par une entreprise puis revendu à Marcus en 1985. Il devait avoir environ trente ans mais a payé près d'un demi-million de dollars à l'époque. Liz agrandit les plans. Intéressant. L'autre aile n'apparaît pas sur les plans de 1971.

Annette examina la tablette.

— Honnêtement, je ne me souviens pas si j'ai vu l'autre aile, et ça aurait été en 1995. Alors, l'a-t-il ajoutée plus tard ?

— Est-ce même possible ? Liz reprit la tablette et elles retournèrent dans le couloir. Les propriétés classées au patrimoine ne sont-elles pas censées rester intactes ? Je suppose qu'ils avaient modifié la pièce principale pour accueillir la galerie, alors peut-être qu'il y avait des exemptions. C'est juste bizarre qu'il n'y ait pas de plan mis à jour.

— Je vais essayer d'en savoir plus.

Au-delà de la cuisine se trouvait une autre lourde porte en bois, qui était ouverte. Elles entrèrent dans une pièce qui semblait être une extension. Elle avait un long mur incurvé sur la gauche qui se terminait à un autre couloir, et à leur droite commençait la galerie.

— Nous sommes entrés ici et il y avait des sièges, dit Annette. Nous avons tous attendu pendant ce qui semblait une éternité avant que l'élégante dame ne revienne. Et c'est à peu près tout ce dont je me souviens, parce que le reste est un peu flou. Je sais qu'on nous a montré plusieurs salles de la galerie, mais les détails sont vagues. Désolée, Liz.

— Mon Dieu, ne le sois pas. Tu avais seize ans.

Liz se promena dans la pièce. Il n'y avait rien sur les murs et le sol était en béton. Le plafond n'était pas aussi haut que dans le reste de la galerie.

— Je pense que ça a été construit pour relier les ailes. Quand on regarde l'aile où nous étions, les deux extrémités ont des portes en bois massif.

— Oh... ça aurait été un bâtiment séparé autrefois.

— Beaucoup de vieilles maisons avaient des quartiers pour le personnel éloignés de la maison, mais celle-ci avait aussi la cuisine à l'écart. Ça devait être intéressant d'apporter les repas par temps de pluie.

Ben et Hamish entrèrent depuis la galerie.

— Nous avons vérifié les caméras de surveillance et on peut voir Kyle scotcher le téléphone à la grille, dit Ben. Avant ça, il a passé un appel.

Liz se sentit mal.

— À Meg. Encore un jeu.

— J'aimerais retourner au hub. Nous avons envoyé l'enregistrement à Meg et elle est impatiente d'avoir le téléphone. Ben se tourna vers Hamish. Tu irais chercher l'autre véhicule ?

— J'y vais, chef.

Hamish courait à nouveau. D'où lui venait une telle énergie dépassait Liz. Elle était en forme et aimait courir, mais pas autour d'un bâtiment.

— Avez-vous visité l'autre aile ? demanda-t-elle.

— Deux fois. Hamish plus que ça parce qu'il était ici avec Reuben quand nous cherchions Bonner. Ben fit un geste vers la porte menant à l'aile en question. Il y a des logements maintenant vides mais qui ont été utilisés récemment, une petite cuisine, des salles de bains et des bureaux. Et il y a la salle de sécurité. L'ensemble semble construit spécifiquement avec des murs et des fenêtres renforcés.

— Kyle doit être impliqué.

— D'accord. Apportons le téléphone à Meg et nous examinerons la vidéo ensemble.

— J'adore ce nouveau truc en plâtre.

Pete avait changé de place, laissant Reuben installer le moulage des preuves. Maintenant, ils étaient tous deux remontés à la surface. Le moulage avait séché incroyablement vite, grâce aux nouvelles technologies, et ils l'emballaient soigneusement dans une boîte.

— Ces dernières années nous ont apporté tellement d'avancées. Mais rien ne vaut un regard perçant et de bons instincts. Tu as bien fait, Pete.

Peu habitué aux compliments, il ne répondit pas. Reuben était talentueux et il commençait à comprendre pourquoi Ben avait recruté cet ex-flic des renseignements. Intelligent et réfléchi.

— Je veux forcer cette porte, dit Pete.

— Il faudra peut-être attendre au cas où Meg voudrait autre chose là-dessous. Mais on peut bien l'examiner d'en haut.

Le moulage emballé, Reuben ouvrit une autre boîte contenant un grand drone.

— Ouais, mais il ne peut pas voir à dix mètres ou plus sous terre.

— Peut-être pas. Il pourrait révéler d'anciennes traces de creusement. Et je veux cartographier tous les bâtiments, ou au moins bien commencer.

Le téléphone de Pete sonna.

— Liz arrive. D'accord, ils ont des images de Kyle laissant le téléphone sur la grille. Les autres vont au hub pour travailler sur ce qu'ils ont trouvé. Elle nous ramènera.

— J'ai besoin de quelques heures.

— Il lui faudra une heure pour arriver ici et il y a assez de travail pour l'occuper.

Laissant Reuben jouer avec son drone, Pete se dirigea vers les dépendances. Il avait sa tablette, un appareil photo numérique et l'un des trois jeux de clés lui donnant accès à n'importe quel endroit de la propriété. Les deux autres étaient dans un coffre-fort au hub.

Le premier hangar était aménagé pour l'entretien du jardin. De la taille de deux garages doubles, il avait une rangée de tondeuses manuelles, un demi-mur pour toutes sortes d'outils de jardinage connus de l'humanité, des brouettes et des étagères robustes. Celles-ci contenaient une gamme d'articles centrés sur le jardinage. Des pots de toutes tailles. Du matériel de bouturage. Des graines étiquetées dans du papier brun avaient connu des jours meilleurs.

Une deuxième porte s'ouvrait sur un espace extérieur autrefois utilisé pour le compostage, dont il ne restait guère plus que de la terre maintenant. Un sentier conduisit Pete à une immense serre-tunnel. Une grande partie était déchirée, des morceaux de plastique épais battant au vent, mais elle avait dû être impressionnante autrefois. À l'intérieur se trouvaient des jardins potagers envahis par la végétation et un nombre surprenant de plantes encore en croissance. Il y avait une vigne de citrouille empiétant sur d'autres plates-bandes et couverte de fruits verts-gris bien portants. Avec le revêtement déchiré, la pluie avait dû entrer, suffisamment pour maintenir les plantes en vie, et certaines s'étaient décomposées avec des graines viables qui avaient simplement continué leur cycle de vie.

La vie trouve toujours un chemin.

Pour la première fois depuis des décennies, un souvenir s'imposa à lui. Sa mère retournant une riche terre noire pendant que lui, petit garçon, transportait fièrement un seau de graines à planter, bavardant sans arrêt.

Pete sourit. À cette époque, la vie était simple. Bonne. Et un jour, il achèterait son propre terrain à des kilomètres de nulle part pour cultiver de la nourriture, lire des livres et boire du vin. Peut-être même qu'il ferait pousser les raisins. Pas de voisins. Pas de gens agaçants. Sauf Liz. Meg. Même Lyndall.

Il secoua la tête pour chasser ces pensées et passa au bâtiment suivant.

Les grilles du manoir étaient ouvertes et après être entrée en voiture, Liz les ferma et les verrouilla. Tout au long du trajet, elle avait vérifié ses rétroviseurs et fait quelques détours. Cela ne signifiait pas que Kyle ne la suivait pas quand même. Elle avait renoncé à se demander comment il connaissait chacun de ses mouvements. Ou ce qui y ressemblait.

Un drone était en vol et plutôt que de déranger Reuben, Liz se gara près de la maison principale. Avant d'envoyer un message à Pete, elle examina attentivement l'allée et prit des photos. La brique semblait identique à celle de la galerie, alors était-ce une autre étrange coïncidence ? Sauf qu'il y avait une fine ligne entre les coïncidences et les actes délibérés.

Pete répondit à son message et elle se dirigea vers l'arrière du bâtiment.

Derrière se trouvaient des écuries. Ou ce qui était autrefois des écuries. Maintenant, c'était un garage avec cinq doubles portes basculantes plus quelques portes pour piétons. Tout était grand ouvert et un bruit de marteau provenait des profondeurs.

Elle entra, s'arrêtant pour laisser ses yeux s'adapter à l'obscurité.

— Ah, te voilà. Viens voir ça.

— Mais qu'est-ce que tu fais ?

Au fond du bâtiment se trouvait une stalle à chevaux restante, remplie de paille moisie. Sauf qu'une grande partie avait été ratissée sur le côté, exposant une plaque métallique dans le sol. Pete respirait lourdement, en sueur, et d'une manière ou d'une autre, son t-shirt avait fini accroché à un crochet.

— Pourquoi es-tu torse nu ?

Il sourit et prit la pose.

— Travail chaud.

— Est-ce que tu me vois me déshabiller parce que j'ai trop chaud ? Ou Meg ? Phoebe ? Annette ? Candace ?

— Mais les femmes ne font pas ça.

— Pourquoi ?

— D'accord, d'accord, d'accord. Il remit son t-shirt. As-tu déjà envisagé d'être avocate ? Tu présentes de bons arguments.

— Pourquoi attaques-tu le sol ? C'est une trappe ?

Elle dirigea la lampe de son téléphone sur la plaque qui semblait vieille et lourde. Elle mesurait environ un mètre carré et ne présentait aucun signe évident de poignée. Elle était légèrement plus basse que les briques pavées qui recouvraient le sol ici.

— Une porte de quelque sorte. Je n'arrive simplement pas à comprendre comment l'ouvrir.

Pour la première fois, Liz remarqua une sélection d'outils appuyés contre un mur. Pete prit une énorme masse.

— Ça pourrait marcher.

— Ou l'enfoncer davantage dans le sol. Qu'as-tu déjà essayé ?

— Pied-de-biche. Petite masse. La pelle. Quelque chose d'autre dont je n'ai aucune idée.

— Pas d'explosifs ? Elle sourit.

— Je pensais que je devrais d'abord demander.

— Pourquoi le pied-de-biche ne fonctionne-t-il pas ?

Pete reposa la masse.

— Je n'arrive pas à le glisser sous le métal ni à trouver une fissure assez large pour y insérer l'extrémité pointue. De retour à la plaque, il s'agenouilla et utilisa sa propre lampe pour en faire le tour. J'ai déjà regardé et comme elle est encastrée, il n'y a pas d'espace. À moins que... Il marmonna quelque chose de peu flatteur sur son incapacité à voir correctement. Tu devrais peut-être reculer de quelques pas, Liz.

Après avoir repris la masse, il choisit un endroit, leva l'outil et l'abattit contre les briques bordant un côté de la plaque. Elles explosèrent, projetant des éclats et de la poussière partout, et Liz recula encore un peu. Il en frappa quelques autres jusqu'à ce qu'il y ait un espace dégagé, puis il enfila d'énormes gants de jardinage qu'il avait trouvés quelque part et nettoya la zone. Une fissure bien définie était maintenant visible entre le sol et la plaque métallique, et il regarda Liz avec un grand sourire.

— Que dit-on à propos des moyens et des solutions ? On jette un coup d'œil ?

SEIZE

Liz s'éloigna du bâtiment, ayant besoin d'un moment pour réfléchir. Pete attendait son feu vert et elle aurait dû simplement dire oui, mais ses années en tant que flic de rue puis à la Brigade criminelle avaient resurgi avec force lorsqu'il avait saisi le long pied-de-biche.

Elle avait toujours suivi les règles. Fait ce qu'on attendait d'elle. N'avait jamais dépassé les limites. Contrairement à Pete, qui n'avait aucun scrupule à faire ce qu'il jugeait néces-saire, Liz n'avait jamais remis en question l'autorité. Pas jusqu'au jour où son père avait tenté de s'échapper en bateau avec la petite fille de quelqu'un d'autre.

Et je t'ai ramenée saine et sauve à ta mère, Eliza, exactement comme je l'avais promis.

Mais un homme bon était mort. Et Kyle s'était quand même échappé.

Elle s'arrêta près d'un arbre et s'appuya contre son tronc épais, observant le drone qui longeait un côté de Heberden House. Que ferait Reuben à propos de la plaque métallique dans l'écurie ? Jusqu'à présent, il avait été aussi respectueux des règles qu'elle l'était autrefois. Elle ne pouvait pas l'inclure dans cette décision car c'était à elle de la prendre.

Un appel rapide à Ben obtiendrait son accord. À moins qu'il ne lui dise d'attendre.

— Pourquoi est-ce que je doute de moi-même ? murmura-t-elle. Mais elle savait pourquoi. Kyle jouait encore avec sa tête. Pire que jamais.

Liz envoya un SMS à Ben, joignant une photo qu'elle avait prise de la plaque métallique.

Pete a trouvé ça dans une écurie. Nous allons l'enlever et voir où ça mène.

Je te tiens au courant bientôt.

Le téléphone alla dans une poche et elle retourna à grands pas vers les vieilles écuries. Quand il vibra, elle l'ignora.

Pete était au téléphone et il leva les deux sourcils vers Liz pendant qu'il parlait.

— Oui, patron. Pas de problème. Bien sûr.

Après avoir terminé l'appel, il posa le téléphone sur un poteau.

— C'était Ben ?

— On va soulever ce truc ? Pete posa une main sur le pied-de-biche. On a juste besoin de jeter un coup d'œil. Il pourrait n'y avoir que de la terre en dessous.

Ni l'un ni l'autre ne croyait cela.

— En effet.

Il acquiesça et lui offrit ses gants.

— Garde-les. Trop grands pour moi.

— Je vais faire levier jusqu'à ce que ça cède, puis si tu peux mettre ton poids sur le pied-de-biche, je soulèverai.

Pete inséra l'extrémité incurvée et tranchante dans l'espace qu'il avait créé. Liz s'approcha tandis qu'il exerçait une pression vers le bas sur son extrémité, grognant alors que la plaque bougeait légèrement avant de la relâcher.

— C'est lourd. Et ça fait un moment que c'est là.

— On peut attendre que Reuben finisse. Obtenir plus d'équipement. Sauf que Liz voulait savoir maintenant. Je peux faire quelque chose ?

— Prends la pelle.

— Et ensuite ?

— Fais le tour en utilisant un coin de la lame. Voyons si on peut la desserrer.

Pendant que Liz faisait cela, Pete manipula à nouveau le pied-de-biche et lorsqu'un petit espace apparut, Liz enfonça davantage la pelle, empêchant la plaque de se replacer une fois qu'il prendrait une pause.

— Bonne idée. Cette fois, je vais essayer de glisser le pied-de-biche en dessous pour garder un peu d'espace libre pour mes doigts. Laisse la pelle et viens m'aider.

À deux, la plaque métallique céda, se soulevant assez pour que Pete fasse exactement comme prévu.

— Maintiens la pression parce que j'aimerais avoir tous mes doigts à la fin de cette histoire.

Pendant que Liz mettait tout son poids sur le pied-de-biche, il glissa ses mains gantées sous la plaque et avec un grognement guttural, souleva la plaque. Il la mit debout puis Liz l'aida à la pousser loin du trou. N'étant plus maintenus en place, le pied-de-biche et la pelle disparurent dans l'obscurité.

— Qu'est-ce qui ne va pas ? Tu as l'air à moitié inquiet et à moitié... fier ? C'est même possible ? Candace s'était détournée du tableau blanc qu'elle privilégiait quand Ben l'avait rejointe près de la table ronde.

Tu peux vraiment me lire comme un livre ouvert.

— Liz m'a envoyé un message. Tiens, laisse-moi te le lire. « Pete a trouvé ça dans une écurie. Nous allons l'enlever et voir où ça mène. Je te tiens au courant bientôt. » Il tourna son téléphone pour lui montrer l'écran. Avec cette image.

— Tu devrais peut-être me dire ce que je regarde.

— Je suppose que c'est la couverture d'un tunnel. Ou quelque chose de similaire.

— Oh.

— Oui.

— Et tu es inquiet parce que Liz t'a simplement dit ce qu'elle allait faire plutôt que de demander si elle devait attendre plus d'informations à ce sujet ?

Il acquiesça.

Candace eut un petit rire.

— Quoi ?

— Et tu es fier parce qu'elle n'a pas demandé. Je vois ton dilemme.

— C'est encore pire. Je l'ai rappelée tout de suite sans réponse, alors j'ai téléphoné à Pete. Il a accepté de ne rien faire de plus jusqu'à ce que je puisse y aller, ce qui sera demain.

En essayant de cacher un sourire, Candace reprit son marqueur.

— A-t-il vraiment accepté ?

Ben y réfléchit. Il avait dit à Pete de verrouiller le bâtiment jusqu'au lendemain et l'autre homme avait dit qu'il le ferait.

— Il a accepté de verrouiller le bâtiment. Je suppose que je n'ai pas été totalement clair.

— Pete savait ce que tu disais. Mais il soutiendra Liz. Toujours. Je doute même qu'il lui ait dit que tu avais appelé.

— Le truc, c'est que je veux que Liz prenne les commandes et prenne des décisions sur le terrain. Elle n'avait pas besoin de me dire qu'ils allaient enlever la plaque métallique. Ben s'installa sur une chaise. Quand elle prend le commandement, des choses se passent. De bonnes choses pour nous et de terribles pour les méchants. Pourtant, elle perd parfois confiance en elle, alors qu'est-ce que je fais de mal ?

— Rien du tout. Liz est ici parce qu'au fond, elle est sans peur. Forte. Et réfléchie. À cause de Kyle, elle a perdu un peu de confiance, mais elle reviendra.

— Puis-je l'aider ?

Candace tira une chaise et s'assit, tenant toujours le marqueur, qu'elle agita vers Ben.

— Ne plane pas au-dessus d'elle.

— Planer ? Je ne fais pas ça. Si ?

Elle ne répondit pas mais se contenta de s'adosser sur son siège.

Il repassa la séquence des événements. Liz lui avait envoyé un message. Il l'avait rappelée immédiatement.

— Oh.

Candace inclina la tête avec le plus petit des sourires.

— D'accord. J'aurais dû la laisser faire. Bon sang. Puis j'ai doublé la mise en téléphonant à Pete.

— Médaille d'or pour avoir compris.

Je voulais juste que Liz sache que je la soutenais.

— D'accord, Docteur. Comment je répare ça ?

— Tu sais comment.

Autant Ben respectait et admirait Candace, il y avait des moments où il aurait aimé qu'elle soit plus directe. Qu'elle lui dise quoi faire. Comment agir. Qu'elle l'aide à être le meilleur leader possible de cette équipe naissante.

Ou est-ce exactement ce qu'elle fait en ce moment en me faisant relier les points ?

Ben avait été si occupé à créer l'équipe parfaite qu'il avait oublié ses racines. En tant que chef des personnes disparues, il avait non seulement géré une équipe, mais supervisé des affaires difficiles et parfois déchirantes. Au fil des ans, il avait affiné ses compétences sociales au point d'être doué pour lire les autres... du moins la plupart du temps. Son cas le plus difficile avait aussi été son dernier dans ce rôle, après que la femme qu'il aimait depuis plus d'une décennie, la perdant longtemps avant qu'ils ne se retrouvent, avait été traquée par un tueur. Maintenant, elle était sa femme et en sécurité. Et il avait échangé son rôle à forte pression contre un où le pire crime était du vandalisme local.

Au moment où on lui avait proposé ce poste, il en était venu à la conclusion qu'il avait encore plus à donner et qu'il ne pouvait faire du surf qu'en quantité limitée. Ellie lui avait déjà dit qu'il devait retourner à quelque chose de plus stimulant. Eh bien, c'était plus stimulant et il était clair qu'il commençait tout juste à comprendre à quel point.

Pete et Liz firent un voyage au BearCat pour récupérer des fournitures et étaient de retour dans la vieille écurie. Ils travaillèrent ensemble pour attacher quelques cordes à des poteaux solides et installèrent des projecteurs dirigés vers le trou.

— Je n'ai pas la force physique pour te remonter si quelque chose tourne mal, dit Liz. Elle avait pris le harnais de Pete avant qu'il puisse le mettre et l'ajustait autour de sa taille. Soit ça, soit on attend Reuben.

— Rabat-joie. Dans tous les cas.

Mais Pete sourit et déroula une échelle de corde. Selon lui, ce trou n'était pas aussi profond que le puits et l'échelle de cinq mètres devrait facilement atteindre le fond, évitant la nécessité du treuil.

Liz n'avait pas l'intention de faire plus que descendre au barreau le plus bas et de prendre des vidéos. Le harnais bien fixé, elle activa la petite caméra sur le devant.

— D'accord, tout va bien ? Pete attacha une autre corde à elle avec un mousqueton d'escalade. L'échelle est fixée avec les autres cordes mais semblera instable.

Prête à lui rappeler qu'elle était une alpiniste expérimentée, Liz se mordit la langue. Il disait les mêmes choses qu'elle aurait dites. Elle hocha la tête et s'assit au bord, cherchant du pied le barreau le plus proche. Cela fait, elle soutint son poids avec les cordes guides et tourna son corps jusqu'à ce qu'elle soit face à l'échelle. Liz jeta un coup d'œil à Pete et faillit rire devant l'intensité de son expression tandis qu'il la fixait. Avait-il peur qu'elle tombe et le laisse s'expliquer ?

— Eh, mon vieux ? Si je tombe comme une pierre et que je

m'écrase, récupère simplement le harnais et l'échelle et recouvre le trou. Personne ne viendra chercher.

— Ouais, bien sûr. Je dirai que tu t'es enfuie.

— Où ? Genre, où est-ce que je me serais enfuie ?

Il fronça le visage.

— Non, c'est plutôt que tu es partie avec un cow-boy pour vivre à la campagne.

— Un beau cow-boy ?

— Si tu aimes les loosers maigres comme tout, dans la dèche, avec des moustaches fines. Il a sept enfants de moins de dix ans.

— Sept ? Où est la mère ?

— Elle est tombée dans un trou.

Cette fois, Liz rit vraiment. Mais Pete était bien lancé dans son histoire.

— Elle cherchait un moyen de quitter la ferme. Tu sais... une de ces fermes poussiéreuses et desséchées avec des crânes de vaches et des herbes sèches enroulées par le vent ?

— On est aux États-Unis ?

— Oui. C'était un petit ami à distance qui t'a attirée outre-mer avec la promesse d'un monde merveilleux.

— Juste pour que tu le saches, j'ai déjà commencé à enregistrer la vidéo.

Pete haussa les épaules.

— Alors assure-toi de ne pas tomber. Sinon l'équipe cherchera en vain à l'étranger.

Avant que la conversation ne devienne encore plus absurde, Liz fit un pas vers le bas, déplaçant ses mains une par une de la corde à l'échelle. Puis un autre. Le trou était bien éclairé par les projecteurs, mais son cœur battait quand même. Elle adorait l'escalade, la descente en rappel et la course d'orientation pour le rush qui accompagnait chacune. C'était un peu différent. Découvrir la vérité sur la terrible nuit où les Baxter avaient été tués dans leur propre maison était son travail. Une erreur pourrait les faire reculer.

Pas à pas, avec précaution, Liz descendit. Les parois du trou étaient de la terre compactée. Cela avait été creusé à travers la terre existante sans aucun renforcement.

— Ça va ?

L'odeur de la terre et d'éons de décomposition était fraîche et aussi humide. Un mélange bizarre.

— Encore quelques barreaux.

Périodiquement, elle s'arrêtait et se tournait pour permettre à la caméra de voir les côtés, mais à ses yeux, il n'y avait rien à enregistrer. Pete lui avait dit qu'il y avait des prises pour les mains et les pieds dans le puits. Rien de tel n'existait ici.

Elle était aussi bas que l'échelle de corde le permettait. Liz contempla le fond, accrochant un bras à travers un barreau et utilisant son téléphone pour enregistrer une vidéo là où elle sentait que la caméra sur son devant ne verrait pas. En dessous d'elle, le sol était accidenté. Les projecteurs ne pénétraient pas complètement jusqu'ici, alors elle alluma la lampe torche de son téléphone...

— Pete ? On dirait que quelqu'un a commencé à creuser un tunnel.

— Commencé ?

Sa voix fit écho.

— Il fait quelques mètres. Ou peut-être plus. Nous allons avoir besoin d'un examen approprié.

— Alors tu peux voir plus loin ?

Elle devrait se tenir sur le fond. Le protocole consistait à éviter tout contact avec les surfaces jusqu'à ce que des échantillons soient prélevés ou qu'il n'y ait pas d'autre choix.

Liz se baissa jusqu'à ce qu'elle soit sur la base ferme du puits.

— Nous devons mettre des ressources là-dedans.

Sa lumière vacilla plus loin dans le tunnel.

— Je pense que ça mène sous la maison.

DIX-SEPT

Sur le chemin du retour vers le centre, Liz passa quelques coups de téléphone puis rédigea un compte-rendu de leur découverte. Ils étaient dans le Domain Tunnel quand elle glissa enfin la tablette dans son étui.

— Tu as fini ? demanda Pete.

— Autant que je peux. J'ai téléchargé la vidéo de mon téléphone, mais Meg devra s'occuper de celle de la caméra du harnais. Reuben, je suis vraiment désolée de ne pas t'avoir encore adressé la parole.

Elle se tourna sur son siège pour regarder Reuben à l'arrière.

— Comment ça s'est passé avec le drone ?

— Beaucoup de données à analyser. Il y a des signes évidents de cavités souterraines à plusieurs endroits autour du bâtiment. Principalement des lignes droites allant du bâtiment au puits, aux écuries, et à deux autres points sur le terrain que nous n'avons pas encore examinés.

— Des tunnels ? demanda Pete.

— Les images ne sont pas assez nettes pour l'affirmer. Mais ce sont des espaces vides longs et rectilignes.

Reuben était prudent, et à juste titre. Il ne pouvait commenter que ce qu'il avait vu à travers l'écran en pilotant le drone et n'était pas du genre à faire des spéculations.

— Ben est en train d'organiser une équipe spécialisée qui explorera à la fois le puits dans les écuries et tentera d'ouvrir la porte dans le puits, dit Liz. Nous n'avons ni l'expertise ni les effectifs nécessaires pour ce qui pourrait être long et dangereux.

— J'aime le danger, marmonna Pete.

— On sait. Et ce que nous allons faire... vous deux avec moi et Ben, c'est démolir le mur au bout du couloir à l'intérieur de la maison.

— Voilà qui me plaît davantage.

Même Reuben semblait satisfait, et lui et Pete entamèrent une conversation sur la façon d'aborder le problème de percer le mur.

Liz s'adossa à son siège et ferma les yeux un instant.

La journée avançait trop vite. Et trop lentement. Elle devait être à plusieurs endroits à la fois, mais ne pouvait même pas se concentrer sur un problème avant qu'un autre ne surgisse. C'était inhérent au travail de police, et elle avait géré des charges de travail importantes et des affaires concurrentes pendant des années. Jamais autant n'avait été en jeu simultanément.

Alors que le véhicule ralentissait et quittait la rocade, Liz prit une longue et lente inspiration et ouvrit les yeux. Elle devait rester concentrée. Ne plus laisser Kyle envahir son esprit.

— Pete, prends le troisième itinéraire.

— On n'est pas suivis.

— S'il te plaît.

L'équipe utilisait quatre itinéraires au hasard une fois à un kilomètre de leur bâtiment. Il ne s'agissait pas tant d'être suivis que de savoir si Kyle avait mis en place une surveillance. Liz n'excluait pas qu'il ait des personnes travaillant ou vivant dans le quartier et surveillant les unités ou sa propre voiture. Et même s'il y avait une chance qu'il connaisse déjà l'emplacement d'Opération Nobody, moins il pourrait recueillir d'informations, mieux ce serait.

Sauf que si l'un de ses informateurs travaille pour nous, alors il en saura plus que nous ne pouvons l'imaginer.

Cette pensée était troublante.

Pourtant, plus elle travaillait au sein de l'équipe, moins elle croyait que quelqu'un était corrompu. Annette était redevenue elle-même, la policière solide que Liz connaissait depuis si longtemps. Et bien qu'Hamish ait encore besoin de quelques leçons pour devenir un collègue décent, il n'émettait plus de signaux d'alerte. Elle nota sur son téléphone de parler à Candace et Ben des résultats du questionnaire jusqu'à présent, ce qui lui rappela qu'elle n'avait pas rempli le sien. Une autre note, cette fois pour mettre à jour sa paperasse dès que possible. Comme si elle n'avait rien d'autre à faire. Au moins, cela la fit sourire, même si c'était plus amer qu'heureux.

Phoebe était dans le bureau de Ben, porte fermée, quand Liz suivit Pete et Reuben dans la salle principale. Elle ne le remarqua que parce qu'Hamish était dans la cuisine, regardant par-dessus la cloison basse en direction des bureaux. Après avoir déposé ses affaires à son bureau, elle partit à la recherche d'un café.

— Liz... veux-tu que je te prépare un déjeuner tardif ?

Rien n'indiquait pourquoi Hamish se trouvait dans la cuisine. Ni tasse, ni verre, ni assiette, et rien en cours de préparation.

— Merci, mais non. Je mangerai une fois rentrée.

— D'accord.

Son regard dériva à nouveau vers le bureau.

— Tu veux un café, Hamish ? J'en ai besoin d'un.

— Euh, du thé. Le thé serait bien, mais je vais m'en occuper.

Il prit la bouilloire et la remplit.

— Je peux te faire du thé ?

Il faisait des efforts. Ou il paniquait. Les deux, peut-être. Liz s'éloigna de la machine à café.

— Du thé me semble bien.

— Excellent.

Hamish mit la bouilloire à chauffer et parcourut du doigt une liste sur le mur où les préférences de chacun étaient notées.

— Liz, thé. Sans sucre. Un nuage de lait. Pas noir avec du citron ?

— Je ne suis pas très aventureuse avec le thé.

— Tu rates quelque chose.

Il s'affaira à préparer le thé tout en continuant de surveiller l'objet de son attention.

— Depuis combien de temps sont-ils en réunion, Hamish ?

Il se tourna enfin et lui accorda toute son attention, une tasse dans une main et une cuillère dans l'autre.

— Trop longtemps.

— Et tu penses... ?

Il soupira.

— Je pense que j'ai besoin d'une refonte complète de ma personnalité. Liz, j'ai fait tellement d'erreurs depuis que j'ai rejoint l'équipe et je ne sais pas comment arranger les choses sans les empirer.

Le pauvre Hamish avait l'air si malheureux que Liz faillit lui offrir une étreinte. Faillit. Elle n'avait pas oublié leur première rencontre quand il rampait sous une maison et, pensant qu'il était un malfaiteur, elle l'avait traîné dehors avant qu'ils ne dégringolent une colline ensemble. Alors qu'il avait pris cela comme une occasion de la draguer, Liz s'était montrée cinglante.

— Sois simplement toi-même, mon vieux. N'essaie pas d'agir comme tu penses que les autres s'y attendent. Si tu crois que Phoebe est là-dedans en train de se plaindre de toi, ne le crois pas.

Ses yeux se tournèrent vivement vers elle.

— Tu sais quelque chose ?

— Je sais que Phoebe a des sources confidentielles auxquelles même moi je n'ai pas accès, donc si elle a besoin de l'attention de Ben pour discuter du podcast, laisse-la faire sans remettre en question les raisons. Le monde ne tourne pas autour de toi.

Liz sourit pour adoucir ces paroles.

Il acquiesça et finit de préparer le thé.

— Je t'aime bien, Liz. Tu es forte, sensée et intelligente. Bref, j'espère que le thé sera bon. Et merci.

Après lui avoir tendu une tasse, il retourna à son bureau, son langage corporel plus détendu et sans même un regard vers les bureaux.

Maintenant, à moi d'être forte, sensée et intelligente pour moi-même.

Un message écrit par Candace sur un post-it disait : *Vince a appelé sur le téléphone fixe et aimerait te voir. Il a dit que ce n'était pas urgent.*

Il y avait un téléphone fixe dans le bâtiment dont le numéro était donné aux alliés de confiance et aux membres de la famille de l'équipe. Vince et Lyndall l'avaient tous les deux, tout comme Anna. Liz vérifia son téléphone portable et vit un appel manqué de Vince plus tôt dans la journée. Elle prit le combiné du fixe et s'installa dans l'une des chambres de garde, composant le numéro tout en s'enfonçant dans un fauteuil.

— Vince Carter.

Entendre sa voix bourrue lui fit du bien.

— C'est juste moi. Désolée de ne pas avoir répondu à ton appel plus tôt.

— Salut, Lizzie. Je me suis dit que le fixe est de toute façon préférable, si Kyle fouine dans les parages.

— Meg continue de faire des vérifications sur mon portable, mais je suis d'accord, parlons sur le fixe sauf si tu as besoin de me joindre de toute urgence.

Elle avait brièvement parlé à Vince après avoir vu Kyle l'autre matin.

— Tout va bien ?

— On va tous bien. Melanie est avec Lyndall en train de préparer quelque chose pour le dîner. Tu sais comment sont ces deux-là. Mais c'est pour ça que j'ai appelé.

— À propos du dîner ?

Il rit doucement.

— Non, à propos de Lyndall. Ou du moins d'un commentaire qu'elle a fait plus tôt. Elle ne voulait pas t'embêter avec ça, mais nous parlions de l'affaire sur laquelle travaille ton équipe. Le double meurtre. Tu sais que j'avais rencontré l'Inspecteur Baxter à plusieurs reprises. Un homme décent.

Ces meurtres ont-ils eu lieu la même année où Lyndall a fui la France pour se cacher de Marcus Bonner ?

— Tu es toujours là, Liz ?

— Oui, qu'a dit Lyndall ?

— Elle s'en souvenait. Elle avait rencontré les Baxter une fois lors d'un dîner.

— Oh mon Dieu. En Europe ?

— Non. À Melbourne. Quelques années plus tôt, quand elle et Alain étaient ici brièvement.

— Où ? De quoi se souvient-elle ? Qui d'autre était présent ?

— Doucement. Je t'ai dit tout ce que je sais de la conversation. Melanie nous a interrompus et Lyndall a marmonné quelque chose comme quoi tout cela appartenait au passé et ne valait pas la peine d'être mentionné. Tu sais que c'est difficile pour elle.

— Je sais. Désolée. Mais à propos du dîner ?

Sa voix s'éclaircit.

— Tu voudrais monter nous voir ? Je sais qu'elles seraient toutes les deux ravies de te voir.

— J'aimerais bien. Pas avant qu'on ait compris ce que manigance Kyle. Mais j'aimerais envoyer quelqu'un à ma place. Si ça ne te dérange pas ?

Vince gémit.

— Ne me dis même pas qui. Mais d'accord. Pourquoi pas. Je vais prévenir Lyndall et mettre un couvert pour cet abruti.

Pete laissa tourner le moteur de sa voiture au bas de la longue allée de Lyndall. Il était juste à l'intérieur du portail électrique, une nouveauté, et avait parlé au garde de sécurité qui surveillait les deux maisons. Ce n'était pas là qu'il s'attendait à dîner, mais dès que Liz lui avait parlé de sa conversation avec Vince, il s'était porté volontaire. Elle ne voulait pas s'approcher d'ici, par crainte d'attirer l'attention de son maudit père sur ses amis à nouveau, et il était la seule autre personne avec qui Lyndall se sentirait probablement à l'aise pour discuter de son passé.

Lyndall comptait pour lui. En tant qu'étrangers, ils avaient sauvé la vie de Vince et éliminé un malfaiteur. Dissimuler sa participation était une réaction naturelle. Ils avaient forgé une amitié quand il avait mentionné un jour son désir d'enfance de peindre. Elle avait été d'une patience infinie avec ses premières tentatives, et ils avaient partagé de nombreux repas et de bonnes bouteilles de vin. Personne d'autre ne savait à quel point ils s'étaient rapprochés, amis improbables issus de milieux très différents, pas même Vince qui avait gardé une distance émotionnelle avec sa voisine pendant des décennies jusqu'à son enlèvement.

Maintenant, il devait faire appel à la confiance qu'ils avaient établie. Il avait vu sa détresse après avoir échappé à Bonner et ses hommes. Son passé était profondément déchirant et, dans une certaine mesure, l'était toujours. Bien qu'elle sache maintenant que son deuxième fils était vivant, elle n'était pas prête à risquer sa vie en le voyant tant que Kyle Moorland ne serait pas finalement arrêté et qu'une terrible organisation ne serait pas démantelée.

Il remonta lentement la colline, jetant un coup d'œil à sa gauche en passant devant le chalet presque neuf que Vince partageait avec sa petite-fille, Melanie. Malgré les démonstrations d'antipathie entre les deux hommes, Pete avait pardonné à Vince de l'avoir dénoncé toutes ces années auparavant. En fait, cela avait été un signal d'alerte que le jeune détective d'alors marchait sur une ligne trop fine.

Mais je ne lui dirai jamais ça.

De l'autre côté, un troupeau d'une vingtaine de vaches releva la tête de leur pâturage pour le regarder. Chacune d'entre elles était un animal recueilli... tout comme la douzaine d'ânes qui traitaient Lyndall comme leur chef.

Au sommet de la montée, il se gara et sortit, heureux de pouvoir étirer ses jambes. Il passait trop de temps à conduire ou assis dernièrement. Il avait envie de passer du temps sur une planche de surf.

— Peeeete !

Une enfant se précipita vers lui, se jetant contre sa taille avant qu'il ne puisse réagir.

— Melanieeee !

Elle rit et le lâcha.

— J'ai fait des lasagnes toute seule.

— Pas possible.

— Si. Possible.

Maintenant, elle lui prenait une main.

— Allez viens. Je dois vérifier le four.

— Pourquoi ? Il essaie de s'échapper ?

— Tu es bête. Tu aimes le fromage ricotta ?

— Bien sûr.

— Et la citrouille et les épinards ?

— Plus la première et moins les seconds.

— Excellent. Et il y a des brooo... euh, briii... enfin, du pain avec des tomates et des trucs.

— Des bruschetta ?

— Oh c'est ça ! Et de la salade. Et Papi a dit qu'il pourrait ouvrir une bouteille de vin sauf...

— Sauf ? Il a dit après mon départ ?

Melanie hocha la tête.

— Il adore me taquiner. Tu sais que nous sommes de vieux amis ?

— Je sais pas. Je l'ai entendu t'appeler ab…

— Non. Tu ne l'as jamais entendu. Il m'appelle « tête de bateau ». Parce que j'aime l'eau.

Melanie lui lança un regard étrange comme si elle essayait de déterminer s'il disait la vérité.

— Tu savais que j'ai un VNM ?

— Ça fait mal ?

Il éclata de rire.

— Ben c'est quoi alors ?

— Un véhicule nautique à moteur. Un jet ski. Comme une moto qu'on conduit sur l'eau.

— Lyndall m'a tout expliqué. Liz et elle en ont fait ensemble.

— C'est exact.

Ils montèrent sur la terrasse arrière et tandis que Melanie se précipitait par la porte coulissante ouverte, Pete enleva ses chaussures.

— Entre, Peter.

Lyndall vint à sa rencontre à mi-chemin de la cuisine et ils s'embrassèrent. Elle le serra étroitement et il lui rendit son étreinte, surpris de constater combien elle lui avait manqué.

— Tu voudras une bière ou un verre de vin ?

Elle le relâcha et le conduisit vers la cuisine, où Melanie regardait dans le four. Vince était devant le réfrigérateur et fit un signe de tête.

— Pete.

— Vince. Une bière, merci. Légère, si tu en as ?

— Vous saviez que Pete a un jet ski ? demanda Melanie.

— Je ne peux pas dire que je le savais, répondit Vince en ouvrant une bière qu'il tendit à Pete. Je sors ces lasagnes ?

Pete resta à l'écart pendant que les trois autres travaillaient ensemble pour finir de préparer le repas. Il était évident qu'ils étaient devenus une famille, même si Lyndall vivait toujours seule ici et qu'il n'y avait pas de discussions de mariage ou de cohabitation. Vince s'était adouci au cours de l'année passée et la petite Melanie n'était plus l'enfant renfermée et effrayée qu'elle avait été après avoir perdu ses parents.

— Bien, mettons tout cela sur la table à manger et plus tard, Pete et moi pourrons avoir une conversation tranquille.

Lyndall lui jeta un coup d'œil.

— J'imagine que c'est pour ça que tu es ici.

DIX-HUIT

Une heure après le départ de Pete, la plupart des membres de l'équipe étaient également partis pour la journée. Seuls Ben, Phoebe et Liz restaient. Meg était dans le bâtiment mais s'était éclipsée au laboratoire pour le préparer à l'arrivée de leur nouveau scientifique en criminalistique. Avant de partir, elle avait téléchargé les images du drone et les faisait analyser par un programme. C'était un travail qui prendrait toute la nuit.

Liz passa en revue le travail qu'Annette et Hamish avaient accompli. Les dossiers, les notes et les preuves des meurtres des Baxter étaient soigneusement répertoriés et enregistrés numériquement, ce qui lui permettait d'utiliser la table pour avoir plusieurs images ouvertes en même temps.

Annette était vraiment méticuleuse et, même si Hamish préférait l'action au travail de fond, il avait contribué avec des notes brèves mais informatives. Maintenant, c'était à Liz et à toute personne qu'elle déciderait d'impliquer de faire des observations et de tirer des conclusions. Elle avait exclu Annette et Hamish, car ils avaient déjà passé tellement de temps avec ce contenu. Reuben était son premier choix. Il avait un esprit analytique et un bon œil pour les connexions.

— Désolée de te déranger, Liz. Phoebe parlait doucement

juste derrière elle. Je me demandais si tu aurais un moment pour écouter quelque chose ?

— Bien sûr. Et tu ne me déranges pas. J'essaie juste de donner un sens à un tas d'informations aléatoires.

Phoebe contempla l'écran vertical. Il y avait le rapport ouvert qu'Annette avait rédigé, plusieurs images de preuves et une photographie de la scène de crime, sans les corps mais avec le sang et les marqueurs.

— Meg est tellement contente que son ami vienne travailler ici, dit Phoebe. Elle m'a dit que s'il y a quelqu'un capable de traiter la machine à laver et les vêtements pour trouver d'anciennes preuves, c'est bien lui. Et comme ça, elle pourra se concentrer à nouveau sur la partie numérique. Elle est tellement talentueuse.

— C'est vrai. Et toi aussi.

Pour une fois, la jeune femme sourit au lieu de baisser les yeux.

— Tu voudrais écouter la bande-annonce que j'ai enregistrée pour le podcast de ce soir ? Ben l'aime bien et j'aimerais aussi avoir ton avis.

Elles se rendirent dans l'autre pièce où Phoebe avait installé un petit haut-parleur et une tablette sur la table ronde. Après s'être assises, elle se tourna vers Liz.

— Le podcast sera diffusé vers vingt-deux heures ce soir. J'ai l'intention de finir le montage et de l'envoyer à nos abonnés au plus tard à vingt heures, ce qui encouragera une audience plus large.

— Combien d'abonnés as-tu ?

— Environ six millions dans le monde entier. En Australie, c'est environ un quart de million. Ils s'abonnent directement et il y a des tas d'autres personnes qui écoutent via d'autres canaux.

— Je n'avais aucune idée que c'était si important !

— Les gens adorent les histoires criminelles vraies.

Elle tapota l'écran de la tablette et Liz s'appuya sur la table pour écouter tandis qu'une musique introduisait une annonce indiquant le sujet de ce soir, avec quelques détails sur l'heure et le nom du podcast ainsi que le nom de Phoebe.

— J'ai une mission spéciale, mes chers détectives. Bientôt, nous remonterons dans le temps pour un double meurtre des plus terribles et déconcertants. Une affaire non résolue si ancienne que nos amis de la police de Victoria ont gelé l'enquête. Ce dont j'ai besoin, c'est que vous vous replongiez en 1995. Pour ceux qui sont trop jeunes, je suis sûre que vous avez les compétences, mes petits trésors, pour faire quelques recherches numériques pour moi. Alors... qui est partant ? Pas encore sûrs ? Et si je vous laissais quelques indices ? Un manoir. Un couple âgé prospère et adoré. Et pour ajouter un peu d'intrigue... leur propre fils était un membre éminent de la police à l'époque de leur mort. C'est Phoebe Renshaw. Je vous parlerai bientôt.

Il y eut encore de la musique et l'enregistrement se termina.

— Oh, Phoebe ! C'est fabuleux et tu as une voix magnifique.

— C'est vrai ? Merci.

— Et c'est parfait. Je vais m'abonner et écouter, et je ne comprends pas pourquoi je ne l'ai pas déjà fait. Pas étonnant que tu aies tant d'auditeurs.

Les joues de Phoebe rosirent.

— Je vais t'envoyer une invitation avec un code qui te donnera un accès gratuit à vie. En fait, je devrais le faire pour toute l'équipe. Elle prit son téléphone. Je vais faire ça avant la diffusion de l'épisode, ça te permettra des écoutes illimitées. Oh, et de tous les épisodes passés aussi.

— Je suis vraiment prête à payer quand même. Tu ne devrais pas perdre des revenus parce que nous sommes dans la même équipe.

— Perdre des revenus n'est pas à craindre tant que les abonnés actuels restent divertis. Mon équipe est bien payée et c'est plus important pour moi que tout ce que je gagne. Enfin, ça et prendre soin de nos œuvres caritatives.

Le téléphone de Liz émit un son.

— C'est le lien, tu n'as qu'à le suivre quand tu veux et le reste est assez intuitif. Alors, tu penses que cette bande-annonce est suffisamment intéressante ?

— Absolument. Que reste-t-il à faire dessus ?

— Je vais l'envoyer à mon ingénieur du son qui la rendra parfaite. Et elle ira à mon équipe européenne pour être traduite en plusieurs langues, afin que les gens aient le choix entre ma voix en anglais ou celle de quelqu'un d'autre dans leur langue. Le podcast a juste besoin des dernières retouches et ensuite ce n'est plus entre mes mains.

— Je suis vraiment impressionnée, Phoebe. As-tu besoin de moi pour autre chose ? Je ne veux pas te retarder avec toutes mes questions.

Le sourire de Phoebe était large.

— J'adore parler du podcast, mais oui, je devrais terminer ça. Et je suis si heureuse que ça t'ait plu.

À la porte, Liz jeta un regard en arrière. Phoebe portait maintenant un casque et était concentrée sur sa tablette. Quel changement de la voir si confiante et même fière en parlant de son travail. La décision de Ben de l'intégrer à l'équipe devenait de plus en plus logique.

Ben se tenait à la porte de son bureau quand Liz se dirigea vers la table. Ils avaient parlé à son retour, mais uniquement pour discuter de la visite de Pete à Lyndall. Il recula et l'invita à entrer.

— Phoebe est incroyable. Elle avait besoin de dire quelque chose.

Il lui fit signe de prendre l'un des fauteuils en forme de baquet de l'autre côté du bureau et la rejoignit une fois qu'elle se fut assise. Sans bureau entre eux, Liz savait que c'était plus qu'une conversation normale ou même la demi-réprimande attendue pour ne pas avoir répondu à son téléphone.

— Elle est incroyable. Je suppose qu'elle t'a fait écouter la bande-annonce ?

— Sa voix est parfaite pour le podcast et elle a cette façon avec les mots... pas étonnant qu'elle réussisse.

— Je pense que nous avons besoin de parler et avec un bâtiment presque vide, je me suis dit que nous serions moins susceptibles d'être interrompus. Le téléphone de Ben bipa et il jeta un coup d'œil à l'écran puis le posa face contre table sur une petite table basse ronde. C'est bien ce que je disais.

— C'est à propos de tout à l'heure.

— C'est à propos du fait que je ne te laisse pas assez d'espace pour diriger.

Pardon, quoi ?

Son visage devait refléter sa pensée car Ben sourit.

— Ce n'est pas ce que tu pensais que j'allais dire ?

Elle secoua la tête.

— Nous avons eu un début mouvementé. Notre petite équipe. Plongée directement dans l'enlèvement de Lyndall avant même que tu n'aies rencontré tout le monde, et pourtant regarde le résultat. Lyndall est rentrée saine et sauve, une organisation criminelle européenne fait maintenant l'objet d'une enquête, et plusieurs criminels sont hors des rues.

— Tout ça en quelques jours.

En y repensant, ce qu'ils avaient accompli semblait incroyable.

— Ce que tu as fait en prenant la décision d'aller à Rye... je soutiens ça. Un peu plus de communication serait bien, mais quand tu suis ton instinct, les résultats suivent.

— Je devais y aller. Toutes les preuves indiquaient que quelque chose se passait dans la région, mais je n'avais aucun moyen logique de l'expliquer. Comme quand j'ai désobéi aux ordres de ne pas approcher mon père quand il se préparait à partir avec Eliza. C'était contraire à toute mon expérience et ma formation, mais je devais le faire. Son cœur s'accéléra.

— Tu as sauvé Eliza.

— Mais Terry est mort.

— Et il aurait pu mourir de toute façon. Si tu continues à te reprocher ça, alors je veux que tu fasses quelques séances avec Candace.

Son téléphone bipa à nouveau et il regarda dans sa direction mais ne vérifia pas le message.

— Pourquoi m'as-tu dit ce que Pete et toi faisiez ?

Liz y avait beaucoup réfléchi.

— Tu as raison, je dois voir Candace. Je lui ai parlé ce matin et j'ai été interrompue par l'appel que Meg a reçu. Les épaules de Liz lui faisaient mal et elle les força à se détendre. Toutes ces interférences, tous les jeux auxquels mon père se livre, me perturbent. Même si mon intention est de l'attraper, il y a des moments où je doute de moi-même. Je ne veux pas d'une autre situation comme celle de Terry. Je ne veux pas que quelqu'un d'autre soit blessé parce qu'il les considère soit comme un moyen de me contrôler, soit comme un obstacle à son ambition.

Tiens bon, Liz. C'est Ben. Il est fiable.

— Je ne peux pas imaginer à quel point c'est difficile. Il a été absent de ta vie pendant des décennies, puis tu l'as cru mort, et maintenant il a tourné toute son attention vers toi, sans vraiment dire ce qu'il veut.

— Il est comme du vif-argent. Juste au moment où il est cerné, il change de forme. Et son réseau est si difficile à découvrir.

— J'ai de bonnes nouvelles à ce sujet. Il y a eu des avancées majeures en Europe concernant le réseau dont Bonner, et potentiellement Kyle, faisaient partie. Et notre ami de la dernière affaire, Tony Shaw ? Il parle enfin.

De bonnes nouvelles en effet. Tony Shaw était le bras droit de Bonner et portait un tatouage similaire à lui et à Kyle.

— Puis-je le voir ?

— Non. Pour l'instant, nous allons le laisser continuer à tout déballer. Peut-être plus tard.

Il y avait tant de choses que Liz voulait demander à Shaw.

— Meg m'a dit qu'elle avait finalement traité et répondu au téléphone. Que c'était un message enregistré truqué de manière à être diffusé une fois qu'on décrochait et à continuer à appeler jusqu'à ce que quelqu'un réponde. Entendre à nouveau la voix de Kyle était encore un rappel de sa méchanceté innée. Je suppose que tu as entendu le message ?

— Ouais. Il veut t'emmener dîner dans un restaurant chic. Je sais que c'est ton père, mais c'est un dingue.

Cela la fit rire. Un vrai rire, et Ben se joignit à elle. L'idée de rencontrer Kyle, tous deux en tenue de soirée, dans un restaurant exclusif de Melbourne, prêtait à rire. C'était soit ça, soit se terrer dans un trou et pleurer.

Le dîner avait été exceptionnel. En fait, tout repas qu'il n'avait pas besoin de préparer lui-même était bon, mais Melanie, sous la direction de Lyndall, avait préparé des lasagnes qui rivalisait avec certaines qu'il avait mangées à Lygon Street. La gamine avait du talent. Elle dessinait vraiment bien. Savait chanter, d'après les quelques chansons qu'il avait entendues, et maintenant ça. Visiblement, elle ne tenait pas de son grand-père.

— Une autre bière ? demanda Vince.

— Non. Merci. Un peu de ce cidre de pomme, par contre ?

Pete s'était installé dans le salon en contrebas après que Lyndall lui ait dit de se mettre à l'aise. Le soleil s'était couché, mais le ciel était encore assez clair pour qu'il puisse distinguer les collines de l'autre côté de la route. Il avait passé beaucoup trop de temps là-haut après son enlèvement. Là et le long de la crête derrière ses champs. Des heures de recherche, pas pour Lyndall, car il était convaincu qu'elle avait été emmenée de force, mais pour des signes de ceux qui avaient dû surveiller sa propriété, probablement pendant des semaines.

— J'aurais aimé que Liz puisse venir aussi, dit Lyndall. Elle posa deux verres de cidre de pomme sur la table basse et prit le fauteuil le plus proche de lui. J'adore te voir mais elle me manque.

— Elle ressent la même chose. Une fois qu'on aura attrapé

Kyle, je pense qu'on devrait faire une grande fête. De la musique. De la danse. Plus de lasagnes de Melanie.

La dernière partie fit sourire Lyndall, mais son sourire disparut rapidement.

— Ça a l'air bien. J'attends juste le moment où nous serons en sécurité. Et peut-être que je pourrai enfin voir...

Pete tendit la main pour serrer la sienne.

— Ça arrivera. Tu seras réunie avec ton fils. C'est l'une de nos principales motivations pour capturer Kyle et détruire l'organisation à laquelle il est lié.

Elle hocha la tête et se réinstalla dans son fauteuil.

— Je ne sais pas si j'ai jamais rencontré Kyle Moorland, pas avant qu'il ne me repêche dans la baie de Port Phillip déguisé récemment. Mais je connaissais très bien Marcus, et pendant très longtemps, on se retrouvait aux vernissages de galeries ou lors d'événements spéciaux, ainsi que lors de dîners privés pour seulement une poignée de personnes. Et c'est lors d'un tel dîner que j'ai été présentée au couple le plus intrigant.

— Joseph et Ilona Baxter.

— Oui. Joseph était charmant et avait un tel sourire et une façon de faire sentir aux gens qu'ils étaient importants. Et Ilona... plus discrète, mais ses yeux ne manquaient rien. J'ai senti qu'elle était très intelligente mais ne révélait pas grand-chose. Il y avait une douzaine d'invités et le dîner s'était tenu chez eux et...

— Attends. Désolé, mais quelle maison ? Le manoir ?

Lyndall secoua la tête.

— Non. Près de la ville.

— Continue.

— On parlait beaucoup d'art et Marcus n'arrêtait pas de parler de sa vision d'ouvrir une galerie à Melbourne. Ilona a dit qu'ils possédaient une propriété qui serait parfaite.

Pete sortit son téléphone.

— Ça te dérange si je prends des notes ?

— Je t'en prie.

— Tu te souviens de l'année ?

— C'était en 1991.

— Quoi d'autre a été dit sur la propriété ?

— C'est là que ma mémoire me fait défaut, Pete. Je ne me souviens de rien de plus à ce sujet, mais la conversation allait toujours vite. Les sujets changeaient et ainsi de suite, comme c'est le cas quand il y a beaucoup d'alcool et d'ego en jeu. Elle sourit pour elle-même. Les gens voulaient me poser des questions sur mes tableaux, c'était flatteur.

— Et mérité. Tu te rappelles d'autre chose ?

— Seulement que... et c'était une chose si étrange à retenir... vers la fin de la soirée, j'ai entendu Joseph dire à Marcus qu'Ilona allait l'impliquer dans des arrangements qui ouvriraient de nouvelles portes.

— De nouvelles portes ?

— J'aurais aimé avoir posé des questions, mais ça n'avait aucun sens à l'époque et ça n'en a pas maintenant, si ce n'est que je connais le mal qui vivait en Marcus. Ça ressemblait à un plan d'affaires et ils étaient des gens d'affaires. Je suis désolée.

— Ne le sois pas. Cela montre une connexion que nous essayions de trouver. Tu as bien fait, Lyndall. Vraiment bien fait.

DIX-NEUF

Liz avait grand envie d'aller courir le long de la rivière. Elle se tenait à la fenêtre de sa chambre, contemplant la rue inondée par des heures de pluie, et rien n'indiquait que le temps s'améliorerait de sitôt. Ce n'était pas qu'elle refusait de courir sous la pluie. Au contraire, cela pourrait la protéger de Kyle qui la suivait sans relâche à chacun de ses mouvements.

Ne sois pas mélodramatique. Il ne peut pas être partout où tu vas.

Et c'était bien le problème. Bien qu'il ait eu un réseau pendant des décennies, l'élimination de Marcus Bonner et ses acolytes l'avait-elle décimé ? Le seul indice que Kyle avait encore des gens à sa disposition était la façon troublante dont il avait établi le contact... comme à la marina ou en appelant Meg. Pour autant que l'équipe le sache, il travaillait peut-être seul maintenant. Mais comment pouvaient-ils risquer d'assouplir leurs protocoles ? Suivant à la lettre les instructions de Rupert, elle avait placé plusieurs dispositifs de surveillance dans l'appartement l'autre jour. Jusqu'à présent, rien d'anormal n'avait été détecté.

La nuit dernière, elle avait écouté le podcast de Phoebe, casque sur les oreilles et un verre de vin remplaçant son repas.

Quelle femme intelligente et talentueuse était Phoebe. Aussi réservée qu'elle fût au travail, une fois derrière son microphone, un tout autre aspect de sa personnalité émergeait. Élégante et précise, parfois même amusante, Phoebe présenta l'affaire Baxter sans recourir à des tactiques de choc ou à des spéculations. Chaque information était déjà dans le domaine public, mais les mots de Phoebe donnèrent l'impression d'une toute nouvelle histoire. Si cela pouvait raviver la mémoire d'une seule personne, ils auraient peut-être une nouvelle pièce du puzzle.

Elle se détourna de la fenêtre et prit sa sacoche d'ordinateur portable qui contenait aussi sa tablette, ainsi qu'un petit sac à main. Liz ne savait pas pourquoi elle s'embarrassait de ce dernier, puisqu'elle portait généralement des vêtements avec poches, mais une vieille convention la poussait à continuer de le porter. Sa mère en avait toujours un, énorme, rempli de tout ce qu'on pouvait imaginer. Le petit porte-monnaie où elle gardait soigneusement ses pièces et billets était toujours enfoui sous les pansements, les mouchoirs et des chaussettes de rechange. Pas pour elle-même, mais pour ses enfants.

Quel souvenir étrange. Liz détestait porter des chaussettes mouillées. Les pieds humides, ça allait, mais des chaussettes détrempées ? Beurk.

La pluie ralentit son trajet jusqu'au travail à cause des conducteurs qui oubliaient d'adapter leur conduite aux condi-tions de circulation, l'obligeant à faire des détours pour éviter deux accidents sur quelques kilomètres. Elle fut néanmoins la première arrivée au QG et prépara du café pendant que des tartines grillaient. Il y avait quelque chose de paisible à être seule ici. Toutes les lumières éteintes sauf une dans la cuisine et une au-dessus de son bureau. Le café sentait tellement bon, tout comme les toasts quand ils sautèrent. Après les avoir généreuse-ment beurrés, Liz se dirigea vers son bureau. Aujourd'hui serait consacré au manoir. Quels que soient les secrets cachés derrière ce mur, ils seraient découverts.

Elle démarra son ordinateur, laissant l'ordinateur portable dans son sac pour plus tard. Les toasts étaient parfaits car son unique verre de vin de la veille s'était transformé en trois. Rien de tel que des glucides le lendemain matin.

Il y avait plusieurs mémos de différents membres de l'équipe. Le seul qui importait pour l'instant venait de Pete, et elle l'ouvrit tout en mangeant, parcourant rapidement ses mots.

La nuit dernière, il avait envoyé un texto en quittant la maison de Lyndall. Il avait des informations et en parlerait à tout le monde demain. Ce n'était pas urgent.

— Tout est urgent, mon pote. Les mots venaient à peine de quitter ses lèvres que Reuben entrait dans la pièce.

— Hum... Café. Et toasts.

— Non. Pas de toasts ici. Liz mit rapidement la dernière bouchée dans sa bouche.

— Et pourtant je les sens. Il s'arrêta près de son bureau et fit un soupir dramatique. Quelques minutes plus tôt seulement...

— Désolée. J'ai mangé tout le pain.

— Vraiment.

— J'ai besoin de plus de café, alors je vais en faire deux pendant que tu trouves un petit-déjeuner alternatif ?

— Je pense que c'est juste.

Reuben ne mit pas longtemps à trouver une miche congelée et à glisser un couteau entre les tranches pour les séparer.

— En fait... tu pourrais en faire plus ? J'ai tellement faim ce matin.

— C'est déjà fait. Tu as l'air affamée.

— Hein ? Comment ça, j'ai l'air affamée ?

Reuben ne répondit pas mais remplit le grille-pain de pain.

Elle fouilla dans le réfrigérateur pour trouver la margarine végane qu'il utilisait ainsi qu'une confiture qu'elle avait dénichée en faisant les courses. Rien dedans sauf des fruits et du sucre. Elle posa les deux sur le comptoir et poussa son assiette, puis retourna préparer le café.

— Je peux mettre du beurre sur les tiens, Liz.

— Je veux essayer les tiens. Et beaucoup de confiture, s'il te plaît.

— Oui, madame. Il avait un sourire aux lèvres en ouvrant la confiture.

— Je suis trop autoritaire ?

— Tu es heureuse. Tu as l'air plus heureuse aujourd'hui.

— J'ai hâte d'aller à Heberden House. Et Pete a envoyé un mémo sur son dîner avec Lyndall.

— Vraiment ?

— J'allais justement le lire.

Assiettes et tasse en main, Liz retourna à son bureau avec Reuben juste derrière pour qu'il puisse lire le mémo avec elle.

— D'accord, donc Lyndall a assisté à un petit dîner à la maison des Baxter à Melbourne en 1991. Marcus a parlé de son désir d'avoir une galerie à Victoria. Ilona a dit qu'ils avaient la propriété parfaite. Liz leva les yeux vers Reuben. Nous devons découvrir qui était derrière la société qui a vendu la galerie à Marcus.

— D'accord. Je fais une recherche ?

— Laisse ça à Annette. Elle reste ici aujourd'hui et a d'autres choses à suivre.

Comme tous les liens avec les Baxter. Les boîtes à preuves avaient fourni pas mal d'informations, mais clairement pas tout.

— Je veux retrouver tous ceux qui ont travaillé pour eux, peu importe quand et si c'était dans les différentes maisons ou leurs entreprises. Reuben ? Qui parle à Tony Shaw ?

Il parut surpris.

— Les nouvelles vont vite. Il y a deux détectives de la Police Fédérale Australienne qui s'occupent de lui. Des accusations transfrontalières sont en cours et je suppose qu'il a réalisé que personne ne viendrait à son secours, son seul espoir est de négocier.

— Ce que Ben lui avait déjà proposé.

— Shaw est arrogant et se croyait intouchable.

— Aurais-tu l'autorisation de lui parler ? Tu as fait un travail incroyable lors de son interrogatoire et je veux savoir s'il va balancer Kyle.

— J'en doute. Du moins pas avant que l'AFP en ait fini avec lui, mais je vais parler à quelqu'un et essayer. Maintenant, je vais manger avant que Pete n'arrive et ne vole mes toasts.

C'était la première fois que Ben venait à Heberden House et il ne savait pas trop quoi en penser. Le nuage de morosité qui planait sur la propriété n'était pas seulement dû à la pluie, mais le bâtiment avait dû être grandiose autrefois. À l'époque où il travaillait aux Personnes Disparues, il se fiait à son instinct concernant les lieux. Certains dégageaient simplement une atmosphère de tragédie. De désespoir même. Celui-ci avait les deux à revendre.

Pete fut désigné comme la personne la plus qualifiée pour déverrouiller la lourde chaîne autour des portails d'entrée, et Reuben passa en voiture puis attendit qu'ils soient refermés.

— Tu sais qu'il va se plaindre toute la journée maintenant d'avoir été forcé de sortir sous la pluie, dit Liz.

— Seulement jusqu'à ce que je lui donne une masse.

Ben n'avait aucun problème avec Pete et ses humeurs. Il suffisait de lui donner une activité ou un rôle précis à remplir et il s'y consacrait à cent pour cent. L'ennui était le plus grand ennemi de Pete. Un peu comme Hamish.

La portière s'ouvrit et Pete se jeta à l'intérieur.

— Je te signale que j'ai passé une heure à coiffer mes cheveux ce matin. Il se secoua tandis que le véhicule remontait l'allée, éclaboussant Liz de gouttes de pluie.

Elle ne sembla pas le remarquer. Son regard était fixé sur la gauche et Ben suivit cette direction. D'après les cartes aériennes et certaines données du drone, il savait que le puits était par là. Pourquoi était-il si intéressant pour Liz ? À sa connaissance, elle ne s'était pas approchée du puits... mais après la découverte de l'autre puits dans les écuries, il était logique qu'elle l'ait à l'esprit. Au moins, une fois que Meg aurait installé Jeff Scott, elle aurait plus de temps pour se concentrer sur l'aspect numérique de son travail, y compris les tunnels apparents sous certaines parties du domaine.

Reuben dépassa la maison principale, suivant l'allée le long du côté puis se garant aussi près que possible d'une porte ordinaire à l'arrière.

— Il n'y a pas d'endroits couverts ?

— Je peux me garer dans les anciennes écuries, après que Pete les aura ouvertes, dit Reuben. Il jeta un coup d'œil dans le rétroviseur au visage peu amusé de Pete. Ça veut dire qu'on devra porter l'équipement sur cinquante mètres ou plus dans chaque sens. Ici, on peut le sortir assez vite.

— Bonne remarque. Qui a les clés de la maison ?

— Eh bien, moi bien sûr, dit Pete. Ne suis-je pas le gardien de toutes les serrures ? Le fidèle qui risque sa propre santé et son bien-être pour protéger les propriétés des criminels et notre équipe de... en fait, de quoi est-ce que je vous protège ?

— D'une existence ennuyeuse.

Liz sortit avant que Pete ne puisse répondre. Ben et Reuben éclatèrent de rire et, un instant plus tard, l'aidaient à déballer un assortiment d'outils et d'équipements tandis que Pete ouvrait la maison.

La porte menait à ce que Ben considérerait comme un vestiaire d'entrée. Un endroit pour laisser chaussures et manteaux, se sécher si nécessaire et se rendre présentable avant d'entrer dans la partie principale de la maison. Il y avait des crochets le long d'un mur avec des étagères à chaussures en dessous. Un évier. Quelques vieux casiers. Il les ouvrit un par un. Tous vides sauf le dernier.

Il en sortit un tablier noir et le montra aux autres.

— Un peu élégant pour toi, chef, dit Pete. Les froufrous, c'est plutôt le style de Reuben.

Mais Liz resta silencieuse. Elle fixa le tablier, le front plissé par la réflexion.

— Quelqu'un a un sac à preuves ? demanda Ben. À ton avis, de quand ça date ? Liz ?

— Hum ? Oh. Aucune idée. Je n'en ai jamais possédé. Mais Pete a raison. Il y a des froufrous, donc je pense qu'il appartient à une époque révolue. Pas vraiment d'il y a seulement trente ou quarante ans.

Elle avait raison. Cela rappelait à Ben des tableaux qu'il avait vus d'une époque bien plus lointaine. Un sac fourni, il le glissa à l'intérieur, le scella et nota où il l'avait trouvé.

— Sais-tu si Meg est passée par ici ? Pour l'analyse médico-légale ?

— Pas si tu viens juste de trouver un tablier, dit Liz. Elle est venue ici deux fois mais a dû couvrir beaucoup de terrain. Devrions-nous organiser la venue de Jeff ?

— Oui. Oui, une fois qu'il sera installé, lui et Meg pourront revenir.

Ils passèrent par une autre porte ordinaire. Elle était en bois massif et avait une serrure cassée. Elle s'ouvrait à mi-chemin du couloir dont ils avaient besoin.

— Je me souviens que Meg et moi sommes passées devant cette pièce et avons essayé la poignée mais n'avons pas pu l'ouvrir, dit Liz. C'est quelque part dans mes notes d'essayer avec d'autres clés s'il y en a. Il y a quelques portes qu'on n'a pas pu déverrouiller. Elle inspecta l'intérieur de la porte. Cette serrure est clairement cassée maintenant. Nous l'aurions remarqué.

Pete et Reuben se regardèrent et posèrent leur équipement sur le sol. D'un même mouvement, ils se dirigèrent vers la partie principale de la maison, armes dégainées. Ben et Liz firent de même mais dans l'autre direction, vérifiant une pièce à la fois pour sécuriser la zone. Pas d'intrus. Rien de manifestement endommagé.

Ils rejoignirent les autres au bas de l'escalier.

— RAS à l'étage. On n'a pas vérifié ici. Pete chuchota. On se répartit ?

Ben acquiesça et chacun choisit une direction. Lui et Liz commencèrent dans le grand vestibule, puis elle disparut dans l'une des pièces de réception. Il vérifia une grande pièce à l'avant de la maison. C'était là que Meg avait trouvé des éclaboussures de sang et pensait que les Baxter avaient été tués. Elle était vide à l'exception de quelques appliques murales et petites tables d'appoint. La pièce donnait sur les jardins jusqu'au portail. Il serait facile de voir un visiteur, ou potentiellement un intrus, s'il venait de cette direction.

Si Meg avait raison et qu'ils étaient ici quand ils avaient été abattus, d'où était venu le tueur ? Recevaient-ils et l'invité était-il devenu meurtrier ? Le rapport de police de l'époque disait que non. Ils étaient au lit. Ceci semblait être un salon. Un endroit autrefois confortablement meublé avec une cheminée ouverte. Probablement des bibliothèques et un meuble à alcool. Des tapis.

Liz s'était interrogée sur l'emplacement des meubles et autres contenus, et il avait demandé ces informations à l'avocat chargé de la succession de l'Inspecteur Ronald Baxter. Jusque-là, il n'avait reçu aucune réponse.

— Celui qui était ici est parti, chef. Pete apparut dans l'embrasure de la porte. Reuben et moi allons sortir vérifier les dépendances.

— D'accord. Liz et moi allons installer l'équipement.

De nouveau seul, Ben envoya un message à Candace pour lui demander de faire un suivi auprès de l'avocat. Pourquoi le contenu avait été retiré restait un mystère. Rien dans les boîtes de preuves n'indiquait que cela s'était produit, donc cela avait dû se passer bien après les meurtres. Mais était-ce pendant que l'inspecteur vivait encore ?

Liz le rejoignit dans le vestibule avec un haussement d'épaules.

— C'est bizarre. Pas d'autre indication d'effraction et la porte extérieure était verrouillée.

— Donc quelqu'un a une clé mais pas l'autre ?

— Ou je me souviens mal.

Ben en doutait.

— Quand nous serons de retour, pourrais-tu demander à

Meg ce dont elle se souvient ? demanda Liz. Je ne voudrais pas l'influencer accidentellement.

— Bien sûr. Et j'aimerais examiner toutes les parties de la propriété que tu voudrais me montrer. Après avoir traversé le mur bien sûr. Y a-t-il des endroits pas encore visités ?

— Comme les casiers ? Je n'arrive pas à croire qu'on n'y soit pas entrés les deux premières fois. Et il y a la cave.

— J'adore les bonnes caves.

— J'aimerais juste trouver des preuves, Ben. Comme ça, on pourra mettre cet endroit dans le dossier des affaires résolues et ne jamais avoir à y revenir.

Sur cette remarque étrange, Liz prit la tête pour retourner vers l'équipement.

VINGT

Reuben et Pete réapparurent pendant que Liz installait un trépied avec une caméra pour enregistrer ce qu'ils s'apprêtaient à faire au mur. C'était la dernière étape des préparatifs et Ben venait de dire qu'il devrait partir à leur recherche s'ils n'étaient pas revenus dans une minute.

— Nous avons laissé les vêtements de pluie suspendus dans cette pièce. Et bien qu'il n'y ait personne sur la propriété, nous savons que quelqu'un s'y est introduit. Les cheveux de Pete étaient trempés, les rendant bouclés plutôt qu'ondulés comme d'habitude. Des empreintes de pas.

—Quoi ? Où ça ?

— Derrière les écuries, l'herbe est morte et la pluie a créé des conditions parfaites pour laisser plusieurs empreintes de chaussures dans la boue. Reuben semblait n'avoir jamais été mouillé. Il avait dû trouver une serviette quelque part. Désolé pour le retard, mais j'ai fait un moulage pendant que Pete suivait les traces.

Ben regarda l'un puis l'autre.

— Vous êtes partis vingt minutes et vous avez réalisé un moulage de preuve et suivi les pas d'un intrus ?

Reuben sourit.

— Pas de temps à perdre. On voulait être là pour défoncer un mur.

Liz éclata de rire. Elle ne pouvait pas s'en empêcher. Chaque fois qu'elle mettait les pieds sur cette propriété, ses émotions montaient en flèche. Et l'humour était bien préférable aux larmes.

— De toute façon, je me sens conforté dans mes observations de l'autre jour, dit Pete. Je pense que le suspect a bougé assez vite mais a essayé d'être prudent. Il s'est tenu sur des surfaces fermes jusqu'à ce qu'il ne puisse plus. Il y a des marques de glissement ou de perte d'adhérence sur une pente qui se termine au mur. Et c'est à peu près là où j'ai pris des photos de la maison qui borde la propriété. C'est l'endroit du mur le plus bas à escalader des deux côtés, et il y avait des traces de boue dessus.

— Nous devrions aller visiter cette maison, dit Liz. Elle regarda de Pete à Ben, qui ne firent aucun signe de mouvement. Et si le suspect était toujours sur leur propriété ? Dans leur jardin ou même dans la maison ? Quelqu'un pourrait être en danger. On peut vérifier les rues. Ou au moins chercher des caméras.

Elle aurait peut-être dû commencer par la dernière partie. Ça aurait paru moins paniqué.

— J'aurais dû être plus clair, Liz. Au bas du mur, il y avait quelques vieilles caisses en bois empilées les unes sur les autres que je crois provenir des écuries, qui n'étaient pas fermées à clé. Assez hautes pour me permettre de grimper jusqu'au sommet du mur. De l'autre côté, ce n'est qu'à environ deux mètres de haut, alors j'ai sauté et jeté un coup d'œil. Il n'y avait personne dans la maison. Et aucun méchant en vue.

Oui, pourquoi ne pas nous dire ça d'abord ?

— Des caméras ?

— Ouais, mais seulement à l'avant, alors j'ai laissé une carte sous leur porte d'entrée.

Reuben semblait pensif.

— Donc quelqu'un a une clé pour les écuries et pour la porte arrière, mais a dû forcer la deuxième porte. Pourquoi ne pas ouvrir la porte d'entrée ?

Pete sortit le trousseau de clés et chercha.

— Toutes différentes sauf pour les écuries et la porte arrière. Il ne doit avoir qu'une copie de celle-là.

Ben prit son téléphone et s'éloigna.

— Le moulage d'empreinte est de bonne qualité ? demanda Liz.

— Vu l'humidité du sol, je suis content du résultat, dit Reuben. Comme ce mélange de Meg durcit si vite, c'est en fait mieux. Moins de temps pour que les mouvements le gâchent. Mais je vais apprendre à Pete comment les faire parce que je peux courir plus vite.

— C'est faux. Pete commença à examiner les outils.

— Est-ce qu'il t'a dit qu'il ne sait pas faire un moulage d'empreinte ? demanda Liz en souriant. Parce qu'il sait. Nous savons tous.

— Nous savons tous quoi ? Ben était de retour. Peu importe. Un serrurier va venir installer de nouvelles serrures aux trois portes en question, toutes différentes. J'ai demandé à quelques voitures de patrouille de jeter discrètement un œil dans le quartier, mais à moins qu'ils ne tombent sur quelqu'un agissant de façon suspecte, ils n'ont pratiquement aucune chance de trouver notre ami. Et oui, avant que tu ne le demandes, Liz, je leur ai envoyé une photo de Kyle.

Elle fit un geste de fermeture éclair sur ses lèvres. C'était exactement ce qu'elle s'apprêtait à demander.

— Le serrurier arrive dans quelques heures, alors si on faisait ce pour quoi nous sommes venus ? suggéra Ben. J'ai envie de casser quelque chose.

Liz monta à l'étage au bout d'un moment. Percer le mur prenait plus de temps que prévu. L'ingénieux appareil de Meg avait révélé au moins deux rangées de briques avec un treillis d'acier renforcé, et bien que l'équipement soit à la hauteur, ils devaient s'arrêter après plusieurs minutes pour enlever les débris. Au moment où ils avaient découvert une troisième rangée de briques, Liz s'excusa. La vidéo pouvait se passer d'elle, et eux aussi.

Commençant par une extrémité de l'étage supérieur, elle revérifia chaque pièce, ouvrant les portes des placards intégrés puis regardant par chaque fenêtre. La pluie s'était transformée en brume, ce qui n'aidait pas la visibilité.

Aux portes ouvertes de la chambre principale, Liz hésita. C'était une pièce triste. Même Reuben le ressentait. Qu'avait-il dit ?

Des ombres d'existence. Des vestiges de vie. Rires. Larmes. Passion. Colère.

C'est ainsi qu'il avait désigné les fantômes, et il y avait quelque chose d'évocateur dans sa description. Liz ne croyait pas aux fantômes, pas plus qu'elle ne croyait aux divinités. Presque tout dans la vie avait une explication logique. Même les poils qui se dressaient parfois sur ses bras lorsqu'elle se sentait observée devaient avoir une base biologique, bien que cette sensation instinctive soit loin d'être comprise.

Les chiens voyaient des choses qui n'existaient pas, et les chats encore plus. Invisibles à l'œil humain.

Liz alla directement à la fenêtre de la chambre. La dernière fois qu'elle s'était tenue ici, un orage approchait. Peut-être pleuvait-il toujours ici en sympathie avec les terribles événements qui avaient eu lieu il y a plus de trois décennies.

Encore des réflexions ésotériques ?

Secouant la tête face à elle-même, Liz regarda en direction du puits. C'était une découverte intéressante : une empreinte partielle de chaussure à la base d'un puits inutilisé depuis longtemps. Le pauvre Pete mourait d'envie d'y retourner pour forcer l'ouverture de la porte. Ou la faire exploser si elle ne cédait pas tranquillement. Elle sourit. Il s'amusait maintenant, utilisant une masse et des coupe-boulons en bas.

Sur le point de retourner vers l'équipe, elle eut une pensée. Et si cette empreinte correspondait d'une manière ou d'une autre à celles que Reuben venait de prélever ? Pourrait-il s'agir de la même personne ? Quelqu'un qui connaissait plus d'une façon d'entrer ou de sortir de la maison ? Elle appuya son front contre la fenêtre pour réfléchir.

Le puits avait été fermé quand on l'avait trouvé, mais pas avec un couvercle hermétique. Il est probable que de l'eau y soit entrée au fil du temps, et Meg pourrait probablement analyser les échantillons de sol pour le déterminer. Ou le nouveau gars le ferait. Quoi qu'il en soit, quelqu'un avait laissé des traces de sa présence et la question était : depuis combien de temps ?

Elle soupira et releva la tête.

La brume s'écarta.

Quelqu'un se tenait de l'autre côté du portail.

Quelqu'un qui fixait Liz en retour.

Le premier obstacle fut de sortir du bâtiment. La porte d'entrée était fermée à double tour et Liz n'avait pas de clés.

Elle passa en trombe devant l'escalier et une série de pièces aléatoires avant de se précipiter dans le couloir.

— Hé Liz. Viens voir.

Les paroles de Pete furent à peine enregistrées tandis qu'elle courait à travers la pièce boueuse et ouvrait violemment la porte arrière.

Brumeux certes, mais la pluie était toujours là.

Elle glissa le long des briques, puis se déplaça sur l'herbe le long du côté pour maintenir sa traction. En contournant le coin de la maison, elle chercha la silhouette. C'était trop brumeux et trop loin pour voir.

— Lizzie ! Attends !

— Kyle est ici.

D'une manière ou d'une autre, elle parvint à articuler ces mots.

D'une manière ou d'une autre, elle resta debout.

Son visage était mouillé. Elle passa une main sur ses yeux

pour mieux voir. Kyle ne s'échapperait pas cette fois. Bien qu'elle n'ait pas la clé de la chaîne autour du portail, elle avait une arme. Elle n'hésiterait pas à l'utiliser contre lui. Il fallait l'arrêter.

Les derniers mètres furent flous.

Un homme de l'autre côté du portail.

Sa main levée.

Liz attrapa son arme de service.

— Lizzie, arrête ! Ce n'est pas Kyle.

Bien sûr que c'était lui.

Elle l'avait vu depuis la chambre.

Mais la voix de Pete était persistante et elle força ses jambes à s'arrêter.

Pete toucha son épaule.

— Le serrurier. Tout va bien.

Ce n'était pas possible. Kyle suivait chacun de ses mouvements. Il la suivait. La *narguait*. Elle ne pouvait pas rendre visite à sa sœur, sa nièce ou son petit-neveu. Ses amis ne pouvaient pas venir à son appartement.

Il connaît chacun de mes mouvements.

Elle trébucha en s'éloignant.

Dans la pluie brumeuse et blanche.

Loin du portail où Pete discutait avec un type qui s'excusait d'avoir perturbé la dame.

Liz se retrouva aux vieilles écuries, ses jambes pendant dans le puits alors qu'elle était assise au bord, fixant l'obscurité en contrebas.

Qu'est-ce que je fais ? Qu'est-ce que je suis devenue ?

Elle avait eu la main sur son étui.

Ce pauvre homme avait dû se demander ce qui se passait quand une femme dérangée avait couru vers lui.

Ses mains tremblaient. Tout son corps lui faisait mal. La honte était accablante.

— Oh, Lizzie.

Pete était là. Il drapa une couverture du véhicule sur ses épaules et s'installa à côté d'elle. Pendant un moment, ils restèrent simplement assis. Son téléphone bipa et il envoya un message. Puis encore une fois.

— Ben et Reuben font une pause pendant que le serrurier travaille. Il a d'abord fait la serrure des écuries. Ils t'ont cherchée partout.

— Est-ce que j'ai... est-ce que je l'ai contrarié ?

— Nan. Il pensait t'avoir fait peur parce qu'il te fixait. Il avait envoyé un message à Ben pour qu'on le laisse entrer mais n'a pas eu de réponse, puis t'a vue à une fenêtre. Il est cool, t'inquiète.

— J'ai presque touché mon étui.

— Et tu lui aurais tiré dessus ?

Ses yeux se tournèrent enfin vers lui.

— Non.

— Exactement.

Je n'aurais même pas tiré sur papa. Pas à moins qu'il n'y ait pas d'alternative.

À quoi bon tout ça ? Plus elle s'approchait de la vérité, plus on lui embrouillait l'esprit. Elle pourrait trouver Kyle, mais quel en serait le coût ultime ?

— Hé, tu trembles. Heureusement que j'ai pris ça quand j'ai apporté la couverture. Pete tendit le bras derrière lui. Café. Il devrait encore être chaud dans le thermos. Tu crois qu'on peut s'asseoir quelque part de moins dangereux ? J'ai pas envie d'expliquer aux autres pourquoi on est au fond d'un trou.

Une fois debout, Pete saisit la main de Liz et la hissa pratiquement. Pensait-il qu'elle envisageait de tomber délibérément ? Ses jambes étaient un peu instables, alors elle ne protesta pas. Ils trouvèrent un endroit près de la porte ouverte, perchés sur des caisses en bois.

— Ce sont les mêmes que celles près du mur, dit Pete. Juste assez hautes pour que je puisse grimper, mais quelqu'un de plus petit aurait peut-être du mal. Je pense que le suspect les a prises en s'enfuyant, ce qui signifie qu'il connaissait suffisamment bien le terrain pour repérer le seul endroit où il pouvait se faufiler. Ça, plus le fait d'avoir une clé, c'est une piste sérieuse.

Il versa une tasse de café fumant dans le premier couvercle et la tendit à Liz avant d'utiliser le couvercle intérieur plus petit pour lui-même.

L'arôme sembla stimuler son cerveau et quelques gorgées ma réchauffèrent à l'intérieur.

D'ici, ils pouvaient voir l'arrière du manoir à travers l'herbe et le sol en brique. Une camionnette blanche était garée derrière leur véhicule et l'homme du portail travaillait sur la porte. Ben lui parlait.

— Oh, merde. Elle n'avait pas voulu le dire à voix haute.

— Ils ne savent pas.

— Comment ça ? J'ai dû avoir l'air d'avoir perdu la tête en volant dans le couloir puis en sortant par la porte.

— C'était le cas. Il sourit. Mais Ben s'est rendu compte qu'il avait manqué le message du serrurier et j'ai dit un truc comme quoi tu avais dû voir le type au portail mais que j'avais toujours les clés. Ils ont juste pensé que je te suivais pour déverrouiller le portail. Un peu rapidement, certes.

Elle but pour éviter de parler.

— J'assure tes arrières, Lizzie. Tu le sais.

Sa voix était douce et son regard intense.

Liz acquiesça.

— Et on va l'avoir. Kyle. Reste juste près de l'un d'entre nous, s'il te plaît.

Encore un petit hochement de tête.

— Bien. Dès que le serrurier part, je veux te montrer ce qu'on a trouvé. On a percé jusqu'à une autre pièce mais on n'y est pas encore entrés.

Son téléphone bipa et après l'avoir vérifié, Pete se leva.

— Ben a besoin de moi. Finis ton café et sèche-toi.

Dès que Pete fut hors de portée de voix, Liz prit son téléphone et composa le numéro de Candace.

VINGT-ET-UN

Personne ne saurait jamais par lui que Liz avait presque craqué. Pete le pensait sincèrement quand il disait qu'il la soutenait. Elle était la meilleure flic qu'il ait jamais connue. La seule en qui il avait totalement confiance. Et jusqu'à ce que son maudit père s'immisce dans sa vie, elle était la plus stable et la plus sensée.

Quand je mettrai la main sur lui...

— Pete ? Nouveau jeu de clés à échanger contre les autres. Ben tendit trois clés. J'en ai fait trois copies.

Prenant les clés, Pete passa une minute à accrocher chacune d'elles sur le trousseau avec les autres. Ben pourrait s'occuper de celles qui restaient au travail.

Ils étaient dans la cuisine avec deux autres thermos sur la table et une boîte en plastique ouverte contenant une sélection de muffins, gracieuseté de Candace qui semblait apporter des pâtisseries chaque matin. Reuben raccompagnait le serrurier jusqu'au portail et avec un peu de chance, Liz allait bientôt revenir. Moins on remarquerait son absence, moins il y aurait d'explications à donner.

— Liz va bien ? demanda Ben.

Génial.

— Liz ? Bien sûr. Elle devait passer quelques coups de fil et s'était trempée en allant faire entrer le gars. Je lui ai apporté du café.

Ben lui lança un regard inquisiteur mais au lieu de répondre, il se servit un muffin.

— Au moins la pluie s'est arrêtée. Pete lorgna un muffin mais son estomac était encore tout retourné d'avoir vu Liz si bouleversée. Il décida de tenter sa chance quand même et en choisit un avec des noix qui dépassaient du dessus. Se bourrer la bouche de nourriture rendait plus difficile de répondre aux questions. Il erra jusqu'aux fenêtres qui donnaient sur l'arrière de la propriété.

Liz traversait la pelouse, tête baissée, mais arrivée à l'allée, elle regarda soudainement sur sa gauche et s'arrêta. Reuben apparut dans son champ de vision. Ils discutèrent. Elle se redressa et quelque chose qu'il dit la fit sourire. Puis il toucha son bras et elle acquiesça en se penchant vers lui. Juste un peu.

Pete se détourna et prit un autre muffin.

C'était bien qu'elle se sente en sécurité auprès de Reuben. Pete avait remarqué cette amitié facile qui avait commencé presque dès la minute où ils s'étaient rencontrés. Liz avait besoin de plus de bonnes personnes dans son camp, et Reuben était un homme bien.

Mais fais-lui du mal et je te tue, mon pote.

Liz n'avait jamais été impliquée avec un collègue, pas sentimentalement. Ça gardait la vie simple. Ça évitait le désordre inévitable d'une rupture sous les yeux des autres flics. Il contourna la grande table de cuisine et prit une bouchée, les yeux rivés sur la porte quand Liz puis Reuben entrèrent. Rien ne semblait inhabituel. Juste deux collègues qui passaient le temps.

— Qu'est-ce que je regarde exactement ? Liz scrutait l'obscurité d'un vide derrière ce qui était autrefois du plâtre et de la brique.

— Recule un instant et je vais ajouter de la lumière, dit Pete.

Elle s'exécuta, lui laissant de la place pour manipuler l'un des trépieds soutenant un projecteur. Pour une démolition de cette taille, la zone était étonnamment propre. À l'extérieur, il y avait un tas de vieilles briques, du plâtre et le treillis métallique rigide. Un large balai était appuyé contre un mur plus loin dans le couloir.

Quand le projecteur s'alluma, la première chose que Liz vit fut un tourbillon de poussière fine.

Et puis les caisses.

D'un côté, il y en avait une demi-douzaine, chacune en bois et semblable à celles des écuries.

De l'autre côté, il y avait deux longues caisses métalliques.

L'espace lui-même n'était pas plus grand qu'un grand dressing et un rapide coup d'œil ne révéla rien d'autre d'intéressant.

— Il semble y avoir un autre mur de briques derrière, dit Ben. Même si cet endroit est désigné sur les plans comme le passage vers la cave, quelqu'un avait d'autres idées.

Tous les quatre fixèrent les boîtes.

— Dois-je commencer à les ouvrir ? proposa Pete.

— Avec précaution. Passe un détecteur dessus d'abord au cas où il y aurait de la radioactivité.

— D'accord. Je vais chercher un détecteur et un petit pied-de-biche.

— Liz, allons jeter un coup d'œil à l'autre entrée de la cave ?

Bien qu'elle soit curieuse du contenu des boîtes, elle acquiesça. L'espace qu'ils avaient ouvert était limité. Après avoir pris une lampe torche, Liz suivit Ben dans le couloir.

Son rythme cardiaque était enfin redevenu normal. D'abord Pete puis Candace l'avaient rassurée qu'elle était en sécurité et protégée, et bien que la logique lui dise que si Kyle voulait lui faire du mal, il trouverait un moyen, Liz pouvait à nouveau considérer la situation dans son ensemble. Traduire son père en justice résoudrait les problèmes de beaucoup de gens et c'est à cela qu'elle devait s'accrocher. Pas aux moments de panique et d'anxiété concernant les détails.

— Ben ? Elle le rattrapa pour marcher à côté de lui. J'étais un peu bouleversée tout à l'heure.

— Ça va mieux maintenant ?

— Mieux.

— Tu veux en parler ? Ou ça va aller ?

Typique de Ben. Il savait qu'elle avait déconné mais lui faisait confiance pour gérer la situation ou venir demander de l'aide. Quelle différence avec la dernière personne qui avait été son chef, bien que brièvement, lors de l'enlèvement de la petite fille. Andy Montebello était un flic décent mais très ambitieux et elle avait failli être retirée de l'affaire à plusieurs reprises pour avoir trop forcé cette limite.

— Ça va aller. Et je vais commencer à consulter Candace professionnellement pendant un moment. Obtenir quelques conseils pour rester concentrée concernant mon père.

Ils tournèrent un coin et continuèrent dans un couloir différent, et Ben lui jeta un coup d'œil.

— Pas une mauvaise idée. Elle est responsable du fait que je ne rentre pas chez moi tous les soirs.

— Oh... chez Ellie ?

— Elle me manque tellement.

Ils atteignirent le bout du couloir et s'arrêtèrent, Ben soupirant profondément.

— Parfois, je me retrouve entre l'arbre et l'écorce. Ellie est mon monde. Ellie et Michael. Nous avons été séparés pendant tant d'années et maintenant j'ai remis de la distance dans l'équation. Mais je m'ennuyais à mourir dans mon travail.

— Et quelque part en chemin, tu trouveras l'équilibre dont tu as besoin. Ellie est très occupée avec son restaurant. Et Michael s'en sort bien. Tu n'es qu'à quelques heures... moins avec un hélicoptère. Liz sourit.

— Ouais. Ce ne serait pas la première fois que j'en emprunte un pour la rejoindre.

Ellie avait autrefois été en terrible danger, traquée par un tueur et seule dans la brousse du Gippsland. Un hélicoptère de police avec Ben et Andy à bord était l'une des raisons pour lesquelles Ellie avait survécu. Ça, et son propre courage et son sens de l'initiative.

Ce mur comportait une porte. Elle était assez imposante en vérité. Plus large que la normale, en bois sombre avec un motif orné et une serrure en laiton à l'ancienne.

— Encore une autre clé. Les Baxter ne faisaient confiance à personne ? Ben avait un jeu de clés et commença à les passer en revue.

— Il s'avère qu'ils avaient raison de ne pas faire confiance.

— Tu n'as pas tort. Ah, celle-ci semble correcte. Il inséra une clé qui tourna facilement. Trop facilement.

— D'accord. Pas verrouillée. Est-ce que Meg a pris des empreintes ?

Liz ouvrit sa tablette, cherchant dans la liste du jour où ils étaient venus pour la première fois.

— Euh... oui. Oh écoute ! Empreintes digitales enregistrées. Porte verrouillée. Ouverte avec notre clé puis refermée et verrouillée à nouveau.

Ils se regardèrent.

— Et si l'intrus avait aussi cette clé ?

Ben ouvrit son téléphone et composa un numéro avec le haut-parleur activé, ses yeux fixés sur Liz lorsqu'on répondit.

— Qu'est-ce qu'il y a, patron ?

— Salut, Meg. Tu es seule ?

— Dans dix secondes. Vous profitez de la pluie ?

— C'est plutôt du brouillard maintenant. Liz est ici avec moi.

— Salut, Liz. Je parlais justement de toi à Jeff.

— Oh là là, dit Liz.

— Seulement les mauvais côtés. Bon, non seulement je suis seule mais aussi dans une pièce que je viens de vérifier pour des micros, alors dites-moi pourquoi je suis ici ?

— Deux choses. Te souviens-tu de la porte de la cave ?

— Large. Sombre. Avec un type de clé différent.

— Et tu l'as laissée verrouillée ?

— Oui. J'ai pris les empreintes, déverrouillé et ouvert la porte et j'ai même résisté à l'envie d'y jeter un coup d'œil rapide, ce qui est remarquable étant donné l'odeur délicieuse, puis je l'ai refermée et verrouillée. J'ai vérifié la poignée comme je l'ai fait avec chaque porte pour m'en assurer.

— Super. Deuxième chose. Peux-tu créer une liste des appels téléphoniques ou messages qui sont entrés ou sortis du bâtiment depuis notre départ ce matin ?

Meg prit quelques secondes pour répondre. C'était un terrain délicat.

— Je peux. Mais je suis limitée à ceux appartenant à Opération Nobody. Pas les téléphones personnels.

— Ça suffira pour commencer. Et j'aurai besoin des images de toutes les caméras à l'intérieur et autour du bâtiment pour la même période, disons depuis une demi-heure avant notre départ jusqu'à il y a deux heures. Utilise la même plage horaire pour les appels téléphoniques.

— À quelle vitesse veux-tu ça ?

— Pour notre retour, tout simplement. C'est dans quelques heures.

— Considère que c'est fait, Ben.

L'appel terminé, Ben rangea son téléphone et jeta un coup d'œil à Liz.

— Je suis inquiet.

— Soit l'intrus a eu beaucoup de chance et nous a entendus arriver, soit quelqu'un l'a prévenu.

Il hocha la tête.

— Il aurait pu avoir un guetteur.

— Dans ce cas, était-ce mon père ? Cette pensée était écœurante. S'ils avaient manqué d'attraper Kyle de quelques minutes... Il a un réseau.

— Ou *avait* un réseau. Ben ouvrit la porte. Nous lui avons pris Marcus Bonner et Tony Shaw ainsi qu'une douzaine de personnes impliquées avec eux. Si Shaw coopère, nous en saurons plus, mais ne supposons pas que Kyle a des centaines de sbires. Bien que nous parlions d'une organisation, il y aurait plus de preuves de son existence si elle était répandue. Ce n'est peut-être plus que lui maintenant.

Meg avait raison à propos de l'odeur. En descendant un escalier de pierre, les arômes impossibles à confondre de chêne, de tanin et de vin vieux s'intensifiaient. Les marches étaient étroites et raides, alors ils prirent leur temps pour descendre ce qui semblait être un long chemin, guidés uniquement par leurs lampes torches.

En bas se trouvait un petit espace avec deux entrées, toutes deux sans portes. La première était une petite pièce avec une table longue et étroite contre un mur, et des étagères avec des verres et des ustensiles presque méconnaissables sous des décennies de poussière. Des toiles d'araignée drapaient presque tout et ici, le renfermé dominait les odeurs plus agréables.

— Une sorte de salle de dégustation ? demanda Ben. Il y faisait venir des invités importants pour qu'ils se sentent spéciaux, peut-être. Il y a des tabourets poussés sous la table.

La deuxième entrée ouvrait sur un espace caverneux. Le plafond faisait le double de la hauteur normale et une rangée d'énormes tonneaux de vin donnait l'impression que la pièce était étroite et accentuait la sensation d'espace au-dessus.

— Comment diable ont-ils fait descendre tout ça ici ? Les escaliers semblent beaucoup trop petits. Liz s'arrêta devant un tonneau qui la dominait. Tu crois qu'il est plein ?

— Je n'arrive pas à imaginer pourquoi ils les ont même. Ce n'est pas une cave à vin... à moins que, peut-être avant que le bâtiment ne soit là ? J'essaie de me souvenir de mes connaissances assez sommaires sur les débuts de l'industrie viticole en Australie. Ben prit quelques photos. On pourrait soumettre ça à l'équipe lors du prochain briefing. Il est très probable qu'il n'y ait rien qui impacte notre enquête.

— À moins qu'il n'y ait des corps là-dedans.

Ben lui lança un regard surpris et elle rit.

— Maintenant j'ai envie d'en ouvrir un. Ben continua à travers la cave. Plus tard.

Ensuite, il y avait rangée sur rangée de casiers à vin qui étaient à moitié remplis. Il faisait froid si loin sous la maison, donc probablement idéal pour le vin. Liz sortit une bouteille et souffla la poussière.

— L'étiquette est difficile à lire. Quelque chose... Estate. Elle la remit à sa place et éternua. Désolée. Je me demande depuis combien de temps personne n'est venu ici. Liz dirigea sa lampe vers le sol. En fait, assez récemment.

Avec leurs deux lampes éclairant le sol, de légères marques de frottement apparurent. Pas vraiment des empreintes de pas car le sol était si dur qu'il ressemblait à du béton noir, mais des endroits où les couches de poussière étaient dérangées. Et autre chose. Liz n'en croyait pas ses yeux et leva la main puis fit un geste vers l'endroit où elle dirigeait sa lumière. Ben s'accroupit et examina l'objet puis regarda Liz. Sans qu'un mot ne soit échangé entre eux, elle sortit un sachet à preuves d'une poche et il le prit. Un instant plus tard, il le tenait en l'air.

— C'est une boucle d'oreille. N'est-ce pas ?

— Oui, Liz. Et je n'ai jamais compris comment quelqu'un peut en perdre une en marchant.

— Je suis sûre que Pete serait ravi de te percer les oreilles pour que tu le découvres.

Ben se redressa.

— Je vais passer. C'est bien. Elle semble intacte, sans poussière.

Pour une raison quelconque, Liz pensa à la description d'Annette de la femme qui était à la Galerie Bonner. Élégante. Tout comme ce bijou malgré son design étrange.

Ils passèrent quelques minutes à fouiller le sol et à prendre des photos, mais aucun autre objet perdu n'apparut.

— Voyons jusqu'où va cette cave.

· · ·

Il n'y avait aucun signe de radiation ou d'autres substances désagréables que le détecteur était conçu pour trouver, alors Pete et Reuben avaient soigneusement déplacé chaque boîte jusqu'à former une longue rangée le long d'un côté du couloir. Ils commencèrent ensuite le travail d'ouverture.

Deux couvercles étaient par terre. Les deux boîtes étaient vides.

— Celle-ci semblait lourde, dit Pete. Il serait furieux si aucune d'entre elles ne fournissait quelque chose de substantiel. Ou penses-tu que nous devrions en ouvrir une longue ?

— Finissons celles-ci. Reuben avait le petit pied-de-biche et était habile à faire sauter les clous. Il sourit à Pete. Tu veux parier sur ce qu'il y a dedans ?

— Hum. Oui. Mais que parions-nous ?

— Un dîner ? Toi, moi, Liz, Meg ? Le gagnant choisit l'endroit. Le perdant paie.

— Bon sang. Je dois gagner alors parce que je ne vais pas manger dans un de ces restaurants végans chics.

— Arrête de le nier, mon pote. Tu adores ce que je cuisine.

Pete devait lui accorder ça. Et il n'était contre rien, mais aimait taquiner. La nourriture était la nourriture.

— Je parie que celle-ci contient quelque chose de valeur.

— C'est un peu trop vague.

Reuben commença à faire sauter les clous.

— Attends, qu'est-ce que c'est ? Pete retourna vers la cavité qu'ils avaient ouverte. Tu entends ça ?

Reuben tenait le pied-de-biche en l'air en rejoignant Pete. Il y avait un tapotement. Un long grincement strident.

Dans le mur de briques qu'ils n'avaient pas encore détruit, une fissure s'ouvrit.

Plus large.

Et puis le visage de Liz apparut.

— Salut, les gars !

VINGT-DEUX

Jusqu'à l'appel téléphonique de Ben, l'humeur de Meg avait été enjouée. Positive. Avec Jeff présent et déjà installé, elle voyait enfin la lumière au bout du fameux tunnel, et cette fois peut-être que cette lumière ne provenait pas d'un train fonçant vers elle. Mais si Ben avait une nouvelle raison de soupçonner qu'un membre de l'équipe jouait pour l'adversaire, alors elle ferait ce qu'il lui demandait en espérant que la journée ne se transforme pas en catastrophe.

Elle laissa Jeff travailler avec les échantillons du manoir et se dirigea vers le QG. Jusqu'à présent, il avait rencontré Candace et fait une visite rapide des pièces principales. Jeff était impatient de commencer et Meg savait qu'il aurait plein d'occasions de faire connaissance avec tout le monde, alors elle passa quelques heures avec lui au laboratoire. Des heures agréables. Avoir quelqu'un qui comprenait son travail était un cadeau.

Annette et Hamish travaillaient de nouveau ensemble et Meg les observait depuis la cuisine pendant que l'eau bouillait. Elle savait que Liz voulait plus d'informations sur l'histoire de la Galerie Bonner ainsi qu'une liste de toutes les personnes, y compris où elles se trouvaient actuellement, qui avaient travaillé pour le couple Baxter. C'était un gros travail et Hamish l'assistait probablement.

Ils étaient tous les deux arrivés tôt. Meg était arrivée en dernier, pour une fois, après être restée tard au laboratoire hier soir pour préparer l'arrivée de Jeff. La seule personne manquante à ce moment-là était Phoebe, ce qui était normal, et Jeff, qui devait arriver en milieu de matinée.

Aucun de vous n'est un espion. C'est impossible !

Elle avait confiance en l'équipe dirigeante. Ben, Candace, Liz, Pete. Non que quelque chose dans la vie soit certain, mais c'étaient des personnes à qui elle confierait sa vie.

Pourtant certains méchants étaient autrefois des gentils.

Meg repoussa cette pensée qui lui rappelait que tout le monde a des secrets. Elle prépara son thé et continua d'observer, remuant longtemps après que le sucre fut dissous.

Phoebe était une personne intéressante. Intelligente. Éloquente et élégante. Une introvertie qui gardait ses pensées pour elle la plupart du temps et qui était une femme d'affaires brillante. Son podcast sur les crimes réels et ses ramifications comme un maga-zine numérique populaire et des newsletters étaient parfaits pour Opération Nobody. Mais cela pourrait aussi être une couverture inspirée si Phoebe était liée à quelqu'un comme Kyle.

Elle secoua la tête. Cela ne tenait pas debout.

Même chose avec Reuben. Il était exactement ce qu'on voyait... ce qui était une vue plutôt agréable. Si on aimait les hommes grands, musclés et beaux qui se souciaient de la planète et étaient habiles dans une fusillade. L'homme était rare et avait un côté bienveillant qui contrastait avec son choix de carrière. Mais il n'était pas fourbe. De cela, elle était certaine.

Donc, il en reste deux.

Hamish dit quelque chose qui fit rire Annette. Pas juste rire, mais rejeter sa tête en arrière et faire trembler ses épaules. Depuis quand était-il drôle ?

Cet homme était agaçant. Enfin, il *s'améliorait* et cela avait beaucoup à voir avec les autres qui lui disaient de se calmer. C'était un agent exceptionnel. Son passé rendait difficile de l'imaginer infidèle à ses maîtres. Il avait gravi rapidement les échelons dans les services de renseignement britanniques et avait joué un rôle déterminant dans la chute d'un chef particulièrement odieux d'un groupe paramilitaire, ainsi que dans l'élimination de Marcus Bonner qui se trouvait dans un hors-bord. Depuis un hélicoptère en mouvement. Dans l'obscurité.

Ses références étaient impeccables, mais ses compétences en communication étaient épouvantables et il n'avait aucun historique en Australie, à part quelques mois avec une équipe secrète dans un autre État.

Et puis il y avait Annette.

Auparavant, leurs chemins s'étaient croisés sur des affaires, y compris celle où l'enfant avait été enlevée du parc près de l'ancien appartement de Liz. Et Liz avait pas mal travaillé avec Annette au fil des années et la considérait comme un officier de police solide avec un bon esprit critique. Le problème était que, parmi tout le monde, Annette s'était laissée ouverte aux spéculations. Des choses comme disparaître pour fumer n'étaient peut-être rien de plus que la mauvaise gestion d'une mauvaise habitude, ou pourraient être une chance de passer des appels téléphoniques en dehors du bâtiment. Et il y avait différents souvenirs des événements entre Annette et Hamish.

Je pense que c'était juste la nervosité liée à l'adaptation pour eux deux.

Avec un soupir, Meg trouva une bouteille d'eau et retourna à son bureau. Elle devait obtenir la liste et les séquences vidéo pour Ben et, pendant qu'elle y était, écrirait un petit programme pour l'alerter lorsque Annette ou Hamish quitteraient le bâtiment aujourd'hui. Au cas où.

La pluie avait complètement cessé, laissant un ciel

majoritairement bleu et un air plus frais, lorsque l'équipe eut fini de charger le dernier équipement dans le BearCat.

— J'aimerais jeter un coup d'œil rapide au puits et au puits de mine dans les écuries, dit Ben. Pete, peux-tu venir avec moi, et vous deux, pouvez-vous repasser par la maison pour vous assurer que nous n'avons rien oublié ? Ou rien laissé déverrouillé ?

Liz aurait préféré aller se promener, mais Reuben se dirigeait déjà vers l'intérieur tandis que Pete traversait l'allée en sifflant une mélodie agaçante. Ben leva les yeux au ciel et suivit Pete.

Reuben avait emprunté le couloir jusqu'au mur démoli. Plusieurs caisses vides étaient empilées et une boîte métallique ouverte, également vide.

— Autant j'ai aimé jouer avec la masse quand j'ai pu l'arracher à Pete, autant j'aurais aimé savoir qu'il y avait un moyen plus facile d'entrer. Reuben fit pivoter une épaule et grimaça. Je vais peut-être faire l'impasse sur la salle de sport ce soir.

Sur le point de suggérer qu'il avait besoin d'un massage, Liz se mordit la lèvre. Peu importe comment elle le dirait, il y avait une chance que cela sonne mal. Comme si elle proposait de le faire. Peut-être que c'était juste son équilibre qui était déréglé. Pete rirait si elle lui disait qu'il avait besoin d'un massage. Ben hocherait probablement la tête et irait prendre rendez-vous avec quelqu'un. Avec Reuben, c'était trop tôt pour savoir comment il réagirait.

— Ce n'est qu'une petite douleur musculaire, Liz. Pas besoin d'avoir l'air si inquiète.

Reuben sourit et elle parvint à lui rendre son sourire.

— Même si nous étions d'abord passés par la cave, nous aurions probablement fini par abattre le mur parce qu'il avait été mis là pour une raison. Liz entra dans l'espace qu'ils avaient ouvert et toucha la porte. Quelqu'un s'est donné beaucoup de mal pour construire ce faux mur et cacher des boîtes dans ce qui, depuis le couloir, semble être une impasse.

— Je serai intéressé de savoir ce que Meg va trouver... ou Jeff, j'imagine. Il pourra peut-être dater certains des débris que nous avons enlevés.

— Et je suis impatiente de voir ce qu'il y a sur ces cassettes vidéo ! Liz retourna dans le couloir et donna un petit coup de pied à l'une des caisses. Quoi qu'il y ait eu dans ces caisses, c'est parti depuis longtemps, mais nous avons maintenant de nouvelles pistes. Possiblement de nouvelles façons de relier Kyle à tout cela.

Une caisse avait été remplie de cassettes VHS, soigneusement alignées et toutes avec un titre dactylographié sur le côté. Une autre contenait un assortiment aléatoire d'objets qui provenaient vraisemblablement de la maison. Des chandeliers, des vases en cristal et des ornements, tous soigneusement emballés. Et une troisième caisse contenait un service de couverts en or d'origine et une sélection de ce qui ressemblait à des pièces de collection en porcelaine. L'une des boîtes métalliques contenait une gamme d'armes à feu et d'autres armes.

— En fait, je pensais que les armes seraient ton premier choix. Elles l'ont été pour Pete et Ben.

Reuben secoua la tête.

— Je les déteste, pour être honnête. Si elles nous mènent aux responsables de la mort des Baxter, alors je serai content. Mais elles sont vieilles. Possiblement assez vieilles pour avoir une valeur de collection.

Quel homme curieux, n'est-ce pas ? Excellent tireur mais déteste les armes. Capable de tuer mais veut sauver le monde.

Au pied de l'escalier, chacun choisit une direction, Liz montant. Elle travailla méthodiquement à partir de la pièce la plus éloignée, la chambre principale, vérifiant que les fenêtres étaient verrouillées et que rien n'avait été laissé par un membre de l'équipe.

Ce n'est qu'en approchant du palier que la musique commença.

Douce et jolie. Une musique pour danser... peut-être une valse. Liz s'arrêta, les mains sur la rampe en bois ornée, souriant à la scène en dessous. Les meubles tous poussés contre les murs créaient une piste de danse où les couples bougeaient avec élégance et précision au rythme de la musique. Un jour, elle pourrait danser comme ça. Porter une belle robe comme certaines des femmes. Il y avait un couple qui dansait particulièrement bien, leurs corps en harmonie, et les autres danseurs se retiraient pour leur laisser l'espace.

La musique s'arrêta. La danse s'arrêta. L'homme leva les yeux vers Liz.

— Non !

Elle trébucha en arrière, heurtant quelque chose de solide.

— Lizzie, hé, c'est juste moi. Les bras de Reuben l'entourèrent, la tenant fermement. Respire. Tu es en sécurité.

Des larmes coulaient sur son visage.

— Mon père... il était là. À l'instant.

— Il n'est pas ici.

— Mais il m'a regardée. Oh mon Dieu. Reuben, je suis déjà venue ici. J'étais ici quand j'étais enfant.

Cela changeait tout. Aussi frustrée contre elle-même qu'elle l'était pour avoir pleuré, sans parler de sangloter dans les bras d'un collègue comme un bébé, un poids s'était enlevé. Les pièces s'assemblaient.

Reuben l'avait tenue contre sa poitrine après l'avoir tournée dans ses bras. Il n'avait rien dit d'autre que des sons apaisants et quand elle s'était ressaisie et avait reculé, il n'y avait que de l'inquiétude dans ses yeux. Ni mépris ni dédain. Liz avait séché ses larmes et doucement présenté ses excuses. Il avait hoché la tête. Et c'était tout.

Sur le chemin du retour au QG, Liz expliqua calmement aux autres ce qu'elle avait vu. Un flashback de son enfance. Son père étant un invité. Elle omit la partie où il l'avait directement regardée parce que c'était son imagination qui travaillait trop.

— Te souviens-tu d'autre chose ? D'autres invités ? Les Baxter ? demanda Ben.

— Rien. Et tu devrais savoir que j'ai vécu quelque chose de similaire la dernière fois que j'étais dans la maison. Pratiquement au même endroit, donc ça doit être un souvenir important.

Pete n'avait pas détourné les yeux d'elle tout le temps qu'elle avait parlé. Sans doute pensait-il aux questions à poser quand ils seraient seuls car il savait lire sur son visage. Reuben avait pris le volant et n'avait rien dit du tout. Le pauvre homme était probablement embarrassé.

— J'aimerais que Candace et toi fassiez un débriefing, s'il te plaît. Le reste d'entre nous va déballer et monter ce dont nous avons besoin, mais je veux que tu lui parles immédiatement. D'accord ?

Ben avait raison. L'équipe aurait besoin d'une réunion pour discuter de cette nouvelle information, ainsi que de toutes les découvertes de Heberden House. Il voulait qu'elle soit en mesure de parler de cela sans s'effondrer. Il ne savait pas qu'elle l'avait fait. Elle jeta un coup d'œil à Reuben et ses lèvres se courbèrent un instant lorsque leurs yeux se rencontrèrent. Pour le reste du trajet, son esprit chercha d'autres aperçus de son enfance mais comme d'habitude, ne trouva que les mêmes quelques moments. Jouer dans une piscine avec Anna. Les parents se criant dessus. Des portes qui claquent. Des pleurs. Sauf que maintenant il y en avait un nouveau. Mais pourquoi diable aurait-elle été au manoir ?

Candace attendait à la porte quand Liz entra dans le QG. Elle tenait deux cafés et la conduisit vers l'une des chambres de nuit.

— Chaise ou lit ?

Liz faillit éclater de rire.

— Les thérapeutes n'offrent-ils pas habituellement un canapé ?

— Tu regardes trop la télévision.

— Jamais, vraiment. Mais je lis beaucoup. Je vais m'asseoir

sur le lit. Et merci pour le café. Liz déposa ses sacs sur le lit et s'y percha. Alors, le patron t'a envoyé un message ?

— Le patron l'a fait. Candace prit la chaise, croisant les jambes avec une expression attentive. Que s'est-il passé ?

— J'avais fini de vérifier l'étage et en approchant du palier, j'ai entendu de la musique. Pendant une seconde, j'ai pensé que quelqu'un jouait de la musique sur un téléphone ou quelque chose comme ça, mais quand j'ai regardé en bas vers la pièce, il y avait une soirée en cours. Des gens qui dansaient.

Candace posa quelques questions sur le type de musique, les vêtements, l'aspect de la pièce, et Liz répondit du mieux qu'elle put, mais les détails n'étaient pas clairs.

— Est-ce ce que tu as vécu aujourd'hui ? Ou la fois précédente ?

Ben t'a vraiment beaucoup raconté.

— Aujourd'hui. La première fois, c'était plus comme être une petite fille qui s'était faufilée hors de sa chambre pour regarder les adultes. S'asseoir par terre et regarder en bas sans être remarquée. Euh... des gens en petits groupes qui parlent et des serveurs. Chemises blanches et... oh, des gilets noirs pour les hommes et des tabliers pour les femmes ! Ben a trouvé un tablier noir dans un casier aujourd'hui. Quoi d'autre ? Un quatuor à cordes. Et j'ai eu une pensée très précise.

— Laquelle ?

— Que je serais si silencieuse que personne ne me remarquerait.

— Ce qui est le genre de chose qu'un enfant penserait ou dirait, dit Candace. Je me souviens être assise à mi-chemin d'un escalier en pensant que personne ne savait que j'étais là, avec mon ours en peluche et ma couverture.

— Tu t'es fait prendre ?

— Souvent.

Candace regardait Liz par-dessus sa tasse de café.

Au lieu de faire ce qu'elle voulait, c'est-à-dire enlever ses chaussures et se pelotonner sur le lit, Liz soutint son regard.

— Et tu es certaine que ton père était l'un des invités ? L'as-tu vu dans les deux souvenirs ?

— Juste celui d'aujourd'hui.

— Que faisait-il ?

Il portait un costume noir et ses cheveux touchaient ses épaules. Dans ses bras se trouvait une femme élégante qui portait également du noir. Une robe longue jusqu'au sol. Ses cheveux argentés tombaient sur ses épaules, qui étaient nues. Ils dansaient, tourbillonnant sur la piste de danse comme s'ils étaient le centre du monde.

— Il dansait. Avec une femme. Je ne la connais pas. Liz se sentait engourdie. Je ne crois plus rien savoir.

— Tu te débrouilles très bien, Liz. Candace parlait doucement. Les souvenirs sont épuisants. Ceux qui sont inattendus encore plus. Je suis là pour toi, et l'équipe aussi.

Et en ce moment, seul Reuben connaît toute l'histoire et ce n'est pas juste qu'il doive porter ce fardeau.

— Au risque de paraître avoir perdu la tête... il m'a regardée. Dans le flashback ou le souvenir ou peu importe comment tu veux l'appeler... Kyle m'a regardée directement et c'était comme s'il était là. Mon père maintenant. Pas à l'époque.

VINGT-TROIS

Liz se sentait tellement mieux. De toute sa vie, elle n'avait jamais connu un tel soin et soutien que ceux offerts volontiers par Opération Nobody. Elle avait travaillé dur pour tout obtenir dans sa vie, ne prenant jamais pour acquis le succès dont elle jouissait dans la police. C'était toujours un défi. Il y avait des obstacles qu'elle n'avait jamais prévus, y compris l'omniprésent « club des vieux copains » qui existait malheureusement encore. Mais ici, enfin, elle avait trouvé son foyer. Ou du moins, son foyer professionnel.

En grandissant, elle avait appris à garder ses sentiments pour elle-même. Ne jamais laisser les autres voir qui elle était en dehors de l'image qu'elle voulait projeter. Cette attitude s'était prolongée dans ses études supérieures et dans la police. Vince Carter était probablement le seul flic à qui elle avait vraiment fait confiance avant de rencontrer Pete. Et il lui avait fallu des années pour voir au-delà des propres défenses de Pete, pour découvrir qui il était vraiment.

Et maintenant elle avait d'autres personnes. Pas encore si proches, mais ça venait.

Les événements de la journée avaient été épuisants, mais après avoir parlé d'abord à Candace, puis à Ben avec Candace, sa conviction était revenue. Ils *attraperaient* Kyle. On l'avait assurée que rien de tout cela n'était un point négatif contre elle. Ni les flashbacks, ni les doutes, ni les peurs. Tout était normal étant donné les circonstances, et Candace travaillerait étroitement avec Liz pour la soutenir. Une douche et un changement de vêtements l'avaient aidée à retrouver sa concentration. Maintenant, toute l'équipe était assise à la table ronde et il y avait une tonne de nourriture dont ils avaient grand besoin.

Jeff Scott n'était pas ce à quoi Liz s'attendait. La façon dont Meg avait parlé du scientifique criminaliste le faisait paraître comme un homme à la fin de la trentaine. Calme, passionné, célibataire. Elle était allée jusqu'à l'imaginer vivant dans un des quartiers branchés, prenant son café chaque matin et observant d'autres humains pendant que les tramways passaient en cliquetant devant sa place près de la fenêtre.

Tu ne devrais pas juger les gens à l'avance.

Meg et Jeff étaient entrés les derniers et s'étaient assis ensemble. Il avait une cinquantaine d'années, était élancé, mesurait environ 1 m 60, et était complètement chauve. Il portait également une alliance et avait une cicatrice sur une joue.

Voilà pour mes talents de détective.

— Tout le monde ? Je suis ravie de vous présenter Jeff Scott, qui a été arraché à son travail habituel pour passer quelques mois avec nous.

Un murmure collectif de bienvenue s'éleva et Jeff regarda chaque personne, hochant la tête à chacune.

Ben fit un geste vers la nourriture.

— Je vous en prie, tout le monde, mangez. Il y a plein de choix pour remercier tout le monde pour l'énorme effort d'aujourd'hui. Et faisons un tour de table pour nous présenter. Jeff et moi nous sommes déjà rencontrés, et je crois que vous avez dit bonjour à Candace ce matin ?

— En effet.

— Dans ce cas, faisons un tour de table et disons qui nous sommes. Annette ?

— Oh, moi ? Eh bien, enchantée, Jeff. Je suis Annette Benksi. Mon parcours va de policière de terrain à gestionnaire d'archives, en passant par une période de supervision des entretiens et interrogatoires en ville. Je mange de tout. Je bois de tout. Et je fume... mais j'essaie d'arrêter.

— Moi aussi. Jeff sourit. Nous pouvons arrêter ensemble.

— J'espère bien ! Je suis sûre que tout le monde en a assez de me voir sortir pour fumer. Annette leva les yeux au ciel. Désolée, l'équipe.

Hamish fut le suivant.

— Bienvenue. Je m'appelle Hamish Mathers-Smythe et j'ai une formation d'agent opérationnel. J'espère que vous apprécierez votre séjour ici.

C'est tout ? Tu apprends, mec ?

— Enchanté, Jeff. Reuben Barnes. Ancien membre d'une organisation dont je ne peux pas parler mais incroyablement heureux d'appartenir à Opération Nobody. Les gens ici sont bons. Vraiment bons.

— J'ai rapidement cette impression, dit Jeff.

Phoebe regardait ses mains.

— Je suis Phoebe Renshaw. Une podcasteuse.

— Une podcasteuse ? Ma chère, vous êtes l'une de mes héroïnes !

L'enthousiasme dans sa voix fit relever la tête de Phoebe avec surprise.

— Mon mari et moi sommes abonnés et nous écoutons tout le temps et essayons de mener notre propre enquête... juste sur papier bien sûr. Un tableau blanc, en fait. Un avec des roues et deux faces que nous gardons dans le salon. Joel est un expert pour comprendre la nature humaine et avec mes connaissances en criminalistique, nous avons un assez bon palmarès.

Phoebe devint écarlate mais sourit à Jeff.

— Merci. À vous et à votre mari.

— Non, merci à *vous* ! Et à votre équipe. Des podcasts très intelligents, si je puis dire. Parfois, nous écoutons la version française.

— Excusez mon mauvais français. Bienvenue dans notre chambre.

Tout le monde regarda Pete.

Liz ne l'avait jamais entendu parler français et était d'accord avec sa première phrase qu'il devrait « s'excuser pour son français médiocre ». Pas « chambre » mais « équipe ». Tu voulais dire « team » ?

— Ouais, bienvenue dans l'équipe. J'ai quand même essayé, dit Pete. Quoi qu'il en soit, je suis juste un flic normal. Sous couverture, la plupart du temps.

— Oui, j'ai tout entendu à votre sujet.

Jeff garda un visage impassible, mais Meg éclata de rire.

— Sympa. Je me souviendrai de ça, Meg. La prochaine fois que tu auras besoin d'être secourue.

— Le seul sauvetage dont j'ai besoin, c'est de ton ego.

Pendant qu'ils continuaient leurs taquineries, Liz tendit la main par-dessus la table pour serrer celle de Jeff.

— Ignorez-les. Je suis Liz et vous êtes le bienvenu ici au QG.

— Meg a beaucoup de respect pour vous, Liz. Quand vous aurez un peu de temps, pourrions-nous parler ? J'ai quelques questions sur votre père qui pourraient m'aider.

— Bien sûr. Quand ça vous conviendra.

Elle aimait bien Jeff. Son expérience allait être inestimable et alléger la charge de Meg. Liz finit par empiler de la nourriture sur son assiette.

Ben ferma les yeux pendant qu'Ellie lui murmurait qu'elle l'aimait et qu'il lui manquait. Leur appel téléphonique allait se terminer parce qu'elle avait un restaurant à ouvrir et lui avait... tellement de travail. Comme il aspirait à être à la maison, ne serait-ce que pour une nuit.

— Je t'aime aussi, ma chérie. Il ouvrit les yeux. Embrasse Michael de ma part.

Et c'était tout. Ses quelques minutes de normalité étaient terminées pour l'instant. Avec un peu de chance, Ellie lui enverrait un message quand elle serait à la maison aux environs de minuit, et il serait éveillé et ils pourraient parler sans les pressions d'ici. Il brancha le téléphone pour le charger et retourna au moniteur où il avait ouvert une feuille de calcul avec des informations sur l'état d'avancement.

Il y avait trop de colonnes. Tant d'éléments en mouvement. Et trop d'impasses.

— Occupé ? Candace était à la porte ouverte. Elle semblait fatiguée. Et elle avait été un roc aujourd'hui.

— Oui. Mais seulement à mettre à jour l'une des feuilles de calcul.

— Y a-t-il quelque chose que je puisse faire pour aider ?

Ben lui fit signe de s'asseoir.

— Tu l'as déjà fait. Tellement.

Son sourire était petit.

— Journée difficile pour Liz.

La feuille de calcul pouvait attendre et Ben se leva et rejoignit Candace de l'autre côté de la table.

— Je n'imagine pas ce que ça a dû être pour elle, dit-il. Il y a quelques mois, elle croyait que son père avait simplement abandonné sa famille et disparu. Un père indigne dont la famille se portait mieux sans lui. Puis on lui a dit qu'il était mort il y a des années.

— Elle est même allée sur sa tombe.

— Oui. Et alors qu'elle commençait à accepter cela, le voilà qui réapparaît. Vivant et avec un agenda qui n'est toujours pas clair, mais qui inclut Liz.

— Son enfant parfaite. Candace soupira. Elle a peut-être échappé aux abus physiques qu'il a fait subir à sa mère et à sa sœur, mais le tribut émotionnel la rattrape rapidement. Et maintenant, avec ces souvenirs qui émergent, elle a beaucoup de travail à faire.

Ils regardaient tous deux dans la salle principale, où Liz, Meg et Jeff discutaient autour de la table, quelques images sur l'écran vertical.

— Je ne pourrais pas être aussi forte.

Cela surprit Ben. Il connaissait Candace depuis au moins une décennie et la considérait non seulement comme forte, mais aussi perspicace et compatissante. Elle observait toujours Liz avec une expression qu'il ne comprenait pas tout à fait. De la tristesse, peut-être ?

— Elle a peut-être renoué avec sa sœur et, grâce en partie à Pete, retrouvé sa nièce après si longtemps, mais on n'a pas laissé à Liz le temps de digérer la manipulation de son père ou de faire le deuil de ce qui aurait pu être pendant toutes ces années perdues. Tout ce qu'elle sait, c'est que son père veut quelque chose d'elle. Il est peu susceptible de la blesser mais très susceptible de faire du mal à quiconque se mettra en travers de son chemin.

— Candace, j'ai du mal à devoir exposer Liz à Kyle. Il a clairement montré qu'il voulait son attention en se présentant là où elle court et par son coup d'éclat à la Galerie Bonner. Elle a déjà été mise en danger extrême une fois. Il l'a blessée.

— Oui, mais c'était conçu pour la neutraliser afin qu'elle ne puisse pas le poursuivre. Un coup de matraque à l'estomac était terrible mais mieux qu'une balle. L'attention de Candace était revenue sur Ben. Nous savons qu'il est capable d'attaquer physiquement Liz, mais je doute vraiment qu'il la tuerait. Pas volontairement. Elle tapota sa jambe avec ses doigts. Elle doit le rencontrer.

Rien de tout cela ne plaisait à Ben. Il avait demandé à Liz de rejoindre Opération Nobody parce qu'elle avait une façon d'aborder les affaires qu'il ne pouvait qu'envier. Pas pour mettre en danger sa vie et sa santé mentale.

Candace avait dû percevoir ses préoccupations.

— Nous pouvons gérer cela. Il veut dîner dans un restaurant coûteux. Il a également dit, lors de son appel téléphonique à Meg, qu'il dira à Liz ce qu'il veut quand elle le rencontrera. Alors pourquoi ne pas gérer la rhétorique ? Liz pourrait suggérer un endroit. Pourrait insister. Si rien d'autre, cela mettra Kyle sur la défensive.

— Parce qu'il veut désespérément cette rencontre.

— Oui.

Les yeux de Ben retournèrent vers la table. Pete avait rejoint les autres et son attention était concentrée sur Liz. Tout le monde se souciait d'elle, personne plus que Pete. Faire en sorte que cela se produise pourrait être plus difficile qu'il ne le pensait.

— Pas question. Sur mon cadavre. Les bras de Pete étaient croisés alors qu'il se tenait jambes écartées dans une posture qui avertirait la plupart des gens de reculer. Liz ne s'approche pas de ce monstre.

— Je le ferai, dit Liz.

Elle savait que cela arriverait depuis que Kyle avait téléphoné à Meg.

— Lizzie...

— Pete, ça doit arriver tôt ou tard, et selon nos conditions c'est mieux que selon celles de Kyle. D'ailleurs, sans doute que tu seras à proximité.

Il n'était pas content, mais il abandonna sa posture et se percha au bord du bureau de Ben jusqu'à ce que Ben le regarde. Alors il trouva une chaise et s'y laissa tomber, recroisant les bras.

Ils n'étaient que tous les trois dans le bureau de Ben.

Tout le monde était bien occupé et avec Jeff qui passait du temps avec Reuben et Hamish, Meg était occupée à son propre bureau. Elle ressemblait davantage à elle-même, professionnelle, que ces derniers jours où il y avait eu trop à faire avec des priorités concurrentes.

— La clé sera de faire croire à mon père qu'il mène la danse, dit Liz. J'irai courir demain matin et on verra ce qui se passe.

— Et s'il te kidnappait ?

— Comment ferait-il ça en public ?

— Combien de personnes vois-tu si tôt ? demanda Pete. Sa voix était monotone. Et qui sont-elles ? D'autres coureurs, probablement tous avec des écouteurs. Des cyclistes qui auront filé avant d'enregistrer ce qu'ils ont vu. Des promeneurs de chiens. Peut-être quelqu'un qui rentre d'un travail de nuit et à moitié endormi.

— Tout ça est vrai. Mais des gens quand même, la plupart avec des téléphones sur eux. Ce sera en plein jour.

— Pour tout ce qu'on sait, il possède ou a accès à l'un des bateaux de cette marina.

Ben se redressa.

— N'avons-nous pas vérifié cela ?

Liz haussa les épaules.

— Qui l'aurait fait ? Honnêtement, nous avons tous été si occupés que je ne vois pas comment nous aurions pu vérifier ça en plus des appartements dans cette zone.

— Je suis désolé. C'est quelque chose que j'aurais pu faire faire, dit Ben. Laissez-moi vérifier qui faisait le suivi des enquêtes et nous aurons une réponse ce soir. S'il y a une chance que Kyle puisse monter sur un bateau, oubliez la course. Nous savons tous ce qu'il est capable de faire sur l'eau.

— Il s'enfuit à toute vitesse, les fait exploser, ou se fait simplement passer pour un vieux pêcheur. Liz le savait.

— Euh, tu as oublié qu'il pousse des sosies innocents par-dessus bord des paquebots, dit Pete.

— J'essaie d'effacer certaines choses de mon cerveau.

Si seulement je pouvais. Au lieu de cela, tout me revient.

— En fait, ça me donne une idée, dit Pete. Tu n'as pas reconnu Kyle sur le bateau de pêche, donc si quelques-uns d'entre nous sont déguisés, nous pouvons être près de toi.

Pendant un moment, Liz eut une vision de Pete avec un faux

nez et une moustache. Elle aurait ri si son expression n'avait pas été si sérieuse.

— Reuben est compétent dans ce domaine et je me suis plutôt bien débrouillé dans le passé. Mais Kyle pourrait encore me reconnaître, alors Reuben et pourquoi pas toi, Ben ? Tu es rapide. S'il s'agissait d'une course à pied, tu aurais les meilleures chances d'attraper ce salaud. Désolé, Liz.

— C'est vraiment un bâtard. Il a été élevé par une mère célibataire. Jamais de père dans sa vie. C'est du moins ce qu'on a dit à Anna.

Ben fronça les sourcils.

— Est-ce que Candace le sait ?

— Bonne question. Je vais lui parler.

Était-ce une pièce manquante du puzzle dont la profileuse de l'équipe avait besoin ?

— Une fois que Jeff aura fini d'examiner les armes, puis-je passer un peu de temps avec lui ? demanda-t-elle. Il veut me parler de mon père et si nous allons nous lancer après Kyle, j'ai besoin de toute l'aide possible.

VINGT-QUATRE

Comme Jeff s'intégrait si rapidement, Meg laissa au reste de l'équipe le soin de s'occuper de lui pour le moment. Chacun passait du temps avec lui pour s'assurer qu'il disposait d'informations variées et faisait connaissance avec tout le monde. Le volet scientifique criminalistique prenait enfin la bonne direction et elle rattrapait son retard sur le monde numérique.

Elle avait les fichiers prêts à envoyer à Ben. Il y avait eu une vingtaine d'appels entrants et sortants du centre via différents téléphones, mais rien d'inhabituel. Annette, par exemple, avait appelé une liste de numéros que Meg avait recoupés comme appartenant à des dossiers dans les anciennes archives policières, principalement des témoins, plus quelques commissariats. Cela correspondait à ce qu'Annette avait fait pendant une partie de la journée, c'est-à-dire localiser toute personne ayant travaillé pour les Baxter ou leur étant associée. Le seul téléphone ayant reçu un appel que Meg ne pouvait identifier était celui de Candace. Ce n'était pas un signal d'alarme. Candace avait des contacts partout dans le monde, donc si Ben voulait approfondir, il était la personne idéale pour le faire.

Les enregistrements vidéo étaient sans incident notable. Il y avait eu les déplacements habituels des personnes vers et depuis la cuisine, les toilettes, et entre les bureaux pour discuter. Annette était montée sur le toit trois fois pour fumer, restant visible des caméras dans la cage d'escalier et sur le toit, et ne prenant que le temps d'une cigarette.

Trop souvent, quand même. Tes pauvres poumons.

Une seule autre personne avait quitté le bâtiment principal pendant les heures que Ben avait demandées, et c'était Candace, qui était également montée sur le toit. C'était quelques minutes après avoir reçu l'appel au centre et environ une demi-heure après que l'équipe soit partie pour Heberden House. Elle était seule et avait passé moins d'une minute près du bord du toit, dos à la caméra. C'était un peu étrange. Le timing était troublant. Mais *Candace* ?

Meg jeta un coup d'œil autour d'elle pour voir où était Ben. Liz et Pete étaient avec lui dans son bureau, alors elle envoya les fichiers pour quand il serait disponible. Pete avait cet air défensif qu'elle reconnaissait. Ils devaient parler de Kyle et potentielle-ment de comment organiser la rencontre qu'il voulait avec Liz. Si Pete en avait la possibilité, il passerait chaque heure éveillé à fouiller la ville pour trouver Kyle et le traîner dans l'une des cellules du bâtiment.

Et je comprends totalement. Ce type est un monstre.

Candace émergea de son bureau et se précipita vers elle, juste au moment où un e-mail apparaissait.

— Je viens de t'envoyer... ah. J'ai enfin reçu une réponse du cabinet qui gère la succession des Baxter concernant les biens et tout le reste.

— Excellent. Je vais y jeter un œil et ajouter les informations pour qui en aura besoin. Ben l'a aussi reçu ?

— Oui. Peux-tu tracer mon téléphone ? Candace le poussa vers Meg. J'ai reçu un appel tout à l'heure et bien que je réponde rarement aux appelants anonymes, je me suis soudain demandé si c'était Kyle Moorland. Comme l'appel que tu as reçu.

— C'était lui ?

— Non. La ligne était... bizarre. Il y avait un écho même quand elle ne parlait pas.

— Elle ?

— Définitivement une voix féminine. Elle m'a demandé si j'étais prête, dit Candace. J'ai pensé qu'elle s'était trompée de numéro et j'ai demandé à qui elle souhaitait parler. Ce n'est pas comme si quelqu'un d'inconnu avait ce numéro.

Meg prit le téléphone.

— Qu'a-t-elle dit ensuite ?

Une expression d'inquiétude traversa le visage de Candace.

— Le truc, c'est qu'elle a juste ri et raccroché.

— C'est bizarre. Je vais y jeter un coup d'œil, mais ça pourrait bien être une personne composant des numéros au hasard, ou peut-être qu'elle était gênée. Les gens rient parfois quand ils font une erreur.

— J'ai essayé de la rappeler en utilisant le code de rappel. Du toit, parce que la ligne avait été si mauvaise auparavant. Ça n'a mené nulle part, à ce que j'ai pu constater. Mais tu as d'autres moyens de tracer les appelants ?

— Oui. Et si tout échoue, je demanderai à Ben d'autoriser une requête auprès de notre fournisseur de services. Et arrête de paraître si inquiète, Candace. Si c'était Kyle, oui, mais à ma connaissance, une seule femme a été mentionnée comme associée potentielle, et ce n'était pas avec lui, mais avec Marcus Bonner il y a une trentaine d'années.

Ben tapota à sa fenêtre et fit un signe à Candace.

— Merci, Meg. Je récupérerai le téléphone plus tard.

Une fois que Meg eut branché le téléphone, elle partit à la recherche de Jeff. Il venait de terminer avec Hamish et lui adressa un grand sourire alors qu'elle attrapait son bras.

— Je dois te kidnapper. Nous devons parler d'une boucle d'oreille.

Il était presque dix-huit heures quand Ben demanda une réunion d'équipe. Il voulait que les gens rentrent chez eux ensuite, et pour une fois, dînent avec leurs proches, ou du moins loin de cet endroit.

— Jeff vous présente ses excuses, annonça Meg. Il accélère le traitement de certaines preuves et je le mettrai au courant plus tard.

— En l'absence de Jeff, je tiens à remercier chacun d'entre vous pour l'accueil si chaleureux que vous lui avez réservé. C'est un atout et j'apprécie votre aide pour l'habituer à nos procédures.

Hamish hocha la tête.

— Il a l'esprit vif et en sait plus sur les armes que je ne l'aurais pensé. Bien que je suppose qu'elles constituent une grande partie de son travail.

— Pas une grande partie, mais il a passé quelques années dans un centre de test rattaché à l'armée. L'une de ses plus grandes forces est ses vastes connaissances, grâce à son expérience dans le secteur privé pendant longtemps. Meg semblait prête à continuer d'énumérer ses qualités mais retourna brusquement à son bureau pour vérifier un écran.

Ben poursuivit :

— Tout le monde fait un excellent travail en transmettant des informations actualisées. Je voulais passer en revue quelques points, puis il sera temps de partir pour la journée, sauf si vous avez une tâche spécifique à terminer. Comme vous le savez, la visite d'aujourd'hui à Heberden House a été productive dans plusieurs domaines. Pete ?

Meg revint, l'air distraite.

— À part m'obliger à passer la moitié de la journée sous la pluie... d'accord, ne me regardez pas comme ça, Reuben. En résumé, une personne inconnue était sur la propriété peu avant nous. Elle s'était introduite, puis avait forcé une deuxième porte. Nous avons prélevé un moulage d'empreinte présumé appartenir à cette personne. Après avoir démoli un mur, nous avons localisé et récupéré plusieurs boîtes contenant divers objets, dont des armes, des objets de collection et des cassettes VHS.

— Des cassettes vidéo ? demanda Phoebe.

— Tu sembles trop jeune pour connaître...

— Hamish... te souviens-tu de notre conversation ? l'interrompit doucement Reuben.

Phoebe se couvrit la bouche, mais il était clair qu'elle avait envie de rire.

Hamish se tut et Pete répondit à sa question.

— Oui, il y a toute une caisse de cassettes, datées, titrées, le tout. Un rapide coup d'œil donne l'impression qu'elles ont été enregistrées lors de différentes manifestations. Des choses comme des fêtes d'anniversaire.

— Puis-je... je veux dire, j'aimerais me porter volontaire pour aider à les passer en revue. Si je peux.

— Ce serait formidable, Phoebe. Ben n'avait aucune idée de comment commencer ce qui semblait être une tâche colossale.

— Je peux. Annette fixait Phoebe. Nous n'avons pas souvent l'occasion de travailler ensemble.

— Chef ? J'ai en fait une idée à ce sujet. Il faudrait que je passe un coup de fil cependant.

Il y avait quelque chose dans la façon dont Liz parlait... presque une supplication de ne pas confier cette tâche à quelqu'un d'autre.

— Bien sûr. Tiens-moi au courant. Annette ? Où en sommes-nous avec les liens avec les Baxter ?

Les yeux d'Annette se tournèrent vers Liz puis revinrent vers lui.

— Euh... ok, j'ai passé beaucoup d'appels aujourd'hui et envoyé des e-mails. La plupart ne sont pas positifs soit parce que des gens ont disparu, pas dans le sens « personnes disparues », mais partis à l'étranger ou en maison de retraite ou parce qu'ils sont décédés car c'était il y a longtemps. Cependant, j'ai réussi à retrouver une demi-douzaine de personnes qui ont été employées par les Baxter.

Il y eut un petit murmure autour de la table. C'était un vrai progrès.

— Trois membres du personnel de Heberden House vivent à Victoria. Et la gouvernante de la maison de Melbourne et l'une des employées principales d'Ilona de son entreprise sont toutes les deux à Melbourne. Annette sourit largement. Je pense que ça paie de suivre ce genre de pistes.

— Excellent travail. Demain, pourriez-vous, toi et Pete, commencer les entretiens ? Phoebe, j'ai écouté le podcast hier soir et je ne peux pas te dire à quel point je l'ai adoré.

— Merci. Dois-je faire une mise à jour ?

Ben acquiesça.

— J'ai préparé un résumé que j'ai envoyé à Meg juste avant la réunion, qui comprend une analyse des auditeurs, données démographiques comme l'âge, le pays, etc. Le schéma habituel après un podcast est une avalanche d'appels sur notre ligne d'assistance et d'e-mails. Cela dure généralement environ deux heures puis s'estompe. Mais à dix-sept heures, nous recevions encore environ cent communications par heure. Ma note d'heures supplémentaires explose.

Phoebe rit et tout le monde parut surpris. Elle était une personne différente quand elle parlait de son travail et de sa petite équipe.

— Envoie-moi une facture, Phoebe, dit Ben.

— Pas nécessaire. Les gens partagent la partie gratuite de la session et nous avons gagné des centaines de nouveaux abonnés aujourd'hui.

— Et c'est une activité inhabituelle ? demanda Candace. Quel genre de réponses recevez-vous ?

— Nous filtrons aussi vite que possible. En général, nous recevons beaucoup de réponses inutiles, basées sur un vieux souvenir de l'affaire qu'a l'auditeur, mais presque toujours ce qu'ils ont vu à la télévision ou lu dans un journal. Meg a fourni un programme intelligent qui recherche des mots particuliers ou des termes répétitifs et cela aide, mais nous nous assurons également qu'un humain voit chaque e-mail et écoute chaque message vocal et c'est un gros travail.

Pourtant, tu sembles clairement adorer chaque minute.

— As-tu besoin que l'un d'entre nous t'aide ?

Elle secoua la tête.

— Mon équipe adore ça, donc non merci. Dans mon résumé, j'ai inclus les transcriptions d'une vingtaine d'appels intéressants et il y en a un que je veux mettre en avant... puis-je le lire ?

Meg toucha l'écran de la table et une série de paragraphes apparut.

— À ton service.

Phoebe pinça l'un des paragraphes pour l'agrandir et lut à haute voix.

— Je me suis rendu à Heberden House comme agent de nettoyage après les terribles meurtres. Un chaos total. Je n'ai jamais compris pourquoi les autres policiers ne m'ont jamais parlé de ce que j'ai vu.

— Attends... quels autres policiers ? demanda Liz. Autres comme une équipe différente ou une personne ? L'inspecteur ?

— As-tu les coordonnées de l'appelant ? Cela ressemblait au genre de piste qu'il attendait.

— Oui, Ben. Le monsieur s'appelle Bob Sampson et il réside dans une maison de soins dans le Queensland. J'ai inclus tout ce que nous savons. Comme si elle avait épuisé sa tolérance sociale, les épaules de Phoebe s'affaissèrent et elle baissa les yeux vers ses mains.

— La journée a produit beaucoup d'éléments à suivre. Quelqu'un d'autre a-t-il des commentaires ou des questions ? Ben regarda autour de lui. Dans ce cas, veuillez rentrer chez vous. Liz, Pete, un mot rapide. Meg, viens me voir avant de partir ? Et merci, l'équipe.

— Je pense que nous devrions demander l'aide de Vince et Lyndall, dit Liz. Elle avait fermé la porte du bureau de Ben et parlé immédiatement. Pour les cassettes vidéo. Lyndall pourrait reconnaître des gens.

— Tu as vu combien il y en a, Liz ? Pete regarda sa montre. Je peux prendre un vol pour Brisbane ce soir si je pars bientôt.

Ben s'affala sur sa chaise et leur fit signe de s'asseoir.

— Pete, non. Il existe ce qu'on appelle un appel vidéo, donc nous pourrons l'organiser demain avec M. Sampson. J'ai besoin que tu gères les entretiens locaux avec Annette et tu ne peux pas être à deux endroits à la fois.

— Je peux essayer.

Liz lui aurait normalement rappelé à quel point il pouvait être pénible, mais son sens de l'humour avait disparu aujourd'-hui. La réunion précédente sur la façon d'attirer Kyle s'était terminée sans résolution. Bien que Liz soit prête à faire tout ce qu'il fallait pour l'attraper, Ben avait décidé, pour l'instant, de se concentrer sur les nouvelles preuves découvertes aujourd'hui. Il n'y avait eu aucun contact de Kyle depuis son appel à Meg et malgré la volonté de Liz de le faire sortir, Candace avait suggéré qu'il valait mieux le laisser faire le prochain mouvement pour l'instant.

— Pour revenir aux cassettes VHS... si Phoebe est d'accord pour aider, alors elle et moi pourrions réduire les dates à celles les plus proches des meurtres et peut-être travailler en remontant dans le temps. Et nous connaissons la date approximative à laquelle Lyndall a assisté à ce dîner. Si elle acceptait de jeter un coup d'œil, en supposant qu'il y ait des images de celui-ci, elle pourrait nous aider à identifier d'autres invités.

Ben passa une main dans ses cheveux. Ses yeux étaient voilés par la fatigue et Liz voulait lui dire de rentrer chez lui et de se reposer.

— Ouais, d'accord. Parle à Phoebe. Mais organise ça autour de tes autres priorités.

— Et Lyndall ?

— Oui. Mais seulement une fois que tu auras assez d'images à lui montrer en une seule fois. Elle a déjà assez souffert.

La porte s'ouvrit brusquement.

— Désolée ! Mais vous devez tous venir avec moi. Meg leur fit signe frénétiquement de la suivre. Jeff et moi avons trouvé quelque chose.

VINGT-CINQ

Située à un étage différent du quartier général, une grande salle avait été construite spécialement selon les spécifications de Meg. Elle était insonorisée et avait des murs renforcés. Il y avait des tables en acier inoxydable, une gamme de réfrigérateurs, un congélateur, des équipements que Liz ne pouvait même pas commencer à décrire, et une pièce vitrée réservée aux contagions et autres. C'était un laboratoire à la pointe de la technologie qui n'existait que grâce au généreux financement fourni par la succession de l'inspecteur Ronald Baxter.

Liz était venue ici quelques fois pour aider ou observer Meg. La présence de Jeff ajoutait un tout nouvel élément. Il était intense, à la manière d'un oiseau, passant rapidement d'une chose à l'autre et apportant une nouvelle énergie.

— Pourquoi sommes-nous ici ? Et si urgemment ? demanda Ben.

— Je suis sûre que vous ne l'avez pas remarqué, mais lors de la réunion d'équipe, j'étais un peu distraite.

— Nous l'avons remarqué. Ben, Pete et Liz parlèrent d'une seule voix.

— Eh bien, si vous êtes tous si doués, pourquoi ne me dites-vous pas pourquoi une femme enlèverait volontairement une seule boucle d'oreille ? Meg brandit la boucle d'oreille trouvée dans la cave. Une seule.

Ben et Pete haussèrent les épaules.

— Pour passer ou répondre à un appel téléphonique. Liz portait rarement ces choses mais avait vu beaucoup de femmes faire exactement cela. Même Candace le fait quand elle porte des anneaux ou ces longues boucles.

— Liz remporte le quiz du jour.

— Ne faites pas attention à Meg. Elle aime un peu de drame. Jeff sourit d'un air narquois à Meg. Cela dit, n'est-ce pas le cas de nous tous, si on est honnêtes ?

Je t'aime tellement.

— Je n'étais pas là, mais j'ai entendu dire qu'elle avait été trouvée dans la terre près d'un tonneau de vin. J'avais supposé qu'elle était ancienne et provenait probablement d'une mondaine antique un peu pompette qui avait apprécié quelques verres de trop.

Liz fit semblant de frapper l'arrière de la tête de Pete.

— Tu as passé trop de temps avec Hamish.

— Ouais, désolé.

Jeff prit la boucle d'oreille des mains de Meg et la plaça sur sa paume ouverte.

— Regardez. Prenez-la si vous voulez car nous avons déjà tout ce dont nous avons besoin. C'est un bijou extraordinaire. J'ai identifié le designer et Meg leur a envoyé une demande, donc nous pourrions obtenir une réponse cette nuit. Voyez-vous comment il y a trois éléments distincts : le platine, les rubis et l'argent. Et si vous regardez de près, quel est le design ?

Tout le monde examina la boucle d'oreille. C'était une tige longue et légèrement effilée avec des rubis sertis d'argent disposés en rangée au sommet. Presque au sommet.

— Est-ce une épée ?

— C'est bien ça, Pete. Elle est assez lourde et la poignée de pierres précieuses pourrait gêner lors d'un appel téléphonique, donc potentiellement son propriétaire l'a enlevée puis l'a laissée tomber. Et j'imagine que la personne a été interrompue et n'est pas restée pour chercher. C'est un objet de valeur. Probablement conçu spécifiquement pour son porteur. Et pas nouveau, loin de là. Bien qu'elle soit en état impeccable, il y a encore des signes minuscules de vieillissement.

— Quel âge a-t-elle, Jeff ? Et où est basé le designer ? demanda Ben.

— Sans faire d'autres tests, je dirais entre vingt et quarante ans. Et le designer est en Allemagne et bien que petit, il a une réputation de travail de qualité.

— Marcus Bonner était allemand, dit Liz.

— Je ne le vois pas porter des boucles d'oreilles. Pete avait une expression idiote qui devint soudainement sérieuse. Ou les a-t-il données à quelqu'un ? Il n'était pas marié. Nous n'avons trouvé aucune connexion féminine autre que Lyndall.

— Puis-je ? Liz prit délicatement la boucle d'oreille. Grâce à mon père, j'ai fait des recherches considérables sur la douzaine de cultes qu'il a suivis au fil du temps... du moins ceux que nous avons découverts ou dont Anna se souvient. Les épées revenaient assez souvent dans certaines sociétés ésotériques obscures qui s'inspiraient souvent de la franc-maçonnerie. Les pires d'entre elles déviaient considérablement et suivaient des croyances de supériorité raciale blanche. Des gens répugnants. Et il a ce tatouage avec une épée et des serpents et tout ça. Avons-nous accès à quelqu'un qui pourrait avoir une meilleure compréhension ?

— Nous trouverons quelqu'un. Ben prit une note sur son téléphone. Avez-vous pris des photos détaillées ?

Jeff parut légèrement offensé.

— Bien sûr. Elles sont sur le point d'être imprimées et envoyées à l'équipe.

— Attendez un peu pour ça, s'il vous plaît. Envoyez-les à ceux d'entre nous qui sont ici ainsi qu'à Candace. Je veux que tous les autres prennent une soirée de congé. Voyons ce qui ressortira de la demande. Il regarda Jeff. Nous vous avons vraiment jeté dans le grand bain.

— C'est là que je préfère être. Allons-nous imprimer ces images ? Jeff reprit la boucle d'oreille. Donc le rapport ne doit être envoyé qu'à vous, Ben ?

— Je ferai tout ça avec toi, dit Meg. Je te guiderai à travers le processus et... elle reprit la boucle d'oreille, nous enfermerons cette petite pour la nuit. Et puis tu dois rentrer chez toi.

— J'ai une centaine de choses à faire.

Liz ne put s'empêcher de sourire. Il était tellement comme Meg, ne voulant jamais s'éloigner de son travail.

— Mais pas ce soir. La plupart de l'équipe est partie et nous recommencerons tôt demain. Je suis si heureuse que tu sois là, Jeff.

Son visage s'illumina d'un large sourire et il se précipita autour du comptoir pour donner une accolade à Liz avant qu'elle ne puisse réagir.

Le hub était dans l'ombre. Les deux bureaux étaient sombres, tout comme la cuisine et la plupart des espaces de travail. Meg était à son bureau avec une lampe allumée au-dessus de son clavier. Liz et Phoebe étaient toutes les deux dans l'autre pièce, commençant le long processus de visionnage de la pile de cassettes VHS.

C'était agréable. Elle aimait le couvert de l'obscurité. Ce calme particulier qui accompagnait l'absence de personnes et de lumière du jour.

Peut-être suis-je une sorte de vampire. Évoluée au-delà du besoin de sang pour survivre.

Sauf qu'elle avait besoin de café.

C'était une constante et quelque chose qu'elle devrait un jour traiter. La dépendance à la caféine était réelle. Probablement mieux que la nicotine... au moins on pouvait se permettre de courir pour se faire un café plusieurs fois par jour plutôt que de devoir sortir pour une bouffée, comme Annette. Les gens vous apporteraient même un café si vous soupiriez assez fort.

Quittant son bureau, Meg passa quelques minutes dans la cuisine. Ben était un patron généreux, toujours prévoyant et fournissant des plats à emporter si nécessaire et finançant une cuisine bien approvisionnée. Meg ne cuisinait que lorsqu'elle y était obligée. Son congélateur à la maison était rempli de plats préparés. Mais ici, elle était gâtée. Non seulement Candace aimait suffisamment cuisiner pour apporter de la nourriture délicieuse, mais Reuben était un cuisinier étoilé. Même Pete était capable de combiner des ingrédients.

Ça compense les heures folles et le risque constant d'être assassiné.

Elle laissa sa tasse sur son bureau puis en porta deux autres pour retrouver les autres. Elles discutaient en triant les cassettes et levèrent les yeux avec des sourires.

— Oh, parfait, merci, dit Liz. Nous sommes sur le point de commencer.

— Mais vous n'allez pas passer en revue chacune d'entre elles ?

Phoebe secoua la tête.

— Pas pour commencer. J'ai déjà fait ce genre de choses et j'ai découvert qu'en commençant le plus près possible d'une date ou d'un événement important puis le suivant le plus proche et ainsi de suite, cela fournit le plus d'informations.

— Combien de fois as-tu fait quelque chose comme ça ?

— Quatre ou cinq ? La moitié étaient des enregistrements audio.

Liz indiqua trois piles.

— La dernière date d'environ une semaine avant le meurtre, donc nous commencerons par là et remonterons. Il y en a quatre de Heberden House cette année-là et une de la résidence de Melbourne. Nous avons localisé deux de 1991 à Melbourne, plus certaines encore plus anciennes.

— Oh... 1991 était l'année où Lyndall a assisté à un dîner avec eux ?

— Cela nous donnera un aperçu de Marcus Bonner et de sa relation avec les Baxter. Les autres piles couvrent diverses dates et lieux intermédiaires. En supposant que les titres soient exacts. Et nous les garderons pour une autre fois car nous n'avons aucune idée de la durée de chacune.

Deux écrans étaient installés sur la table, reliés à des lecteurs VHS. Les deux femmes disposaient de casques, de télécommandes et de leurs tablettes pour noter tout élément important.

— Amusez-vous bien, mesdames. Et faites une pause si ça devient trop... enfin, n'importe quoi. Cela s'adressait à Liz et signifiait si quoi que ce soit était perturbant, mais le dire devant un autre membre de l'équipe semblait inapproprié. Liz savait ce qu'elle voulait dire au sourire contrit qu'elle lui adressa en prenant une cassette.

De retour à son bureau, Meg but son café, planifiant sa prochaine tâche.

Avec Jeff qui la soulageait de la moitié de sa charge de travail, elle pouvait se concentrer sur les tâches en suspens. L'une d'elles était les informations sur le contenu de Heberden House. Une autre était de finir de construire un rapport approprié des événements du jour du meurtre et de ce qui avait suivi. Et bien que Liz s'occupait du rapport fourni par Annette et Hamish sur les anciens rapports de police, son attention était ailleurs. C'était quelque chose que Meg pouvait aider à résoudre.

Tu recommences. Arrête d'accumuler le travail.

Elle ouvrit l'e-mail de la succession de Ronald Baxter. C'était une entreprise qui gérait le vaste héritage laissé par l'inspecteur. Une partie s'occupait de Heberden House, ce qu'ils ne faisaient pas très bien, selon l'avis de Meg. Bien que l'entretien du domaine puisse coûter cher, cela maintiendrait également la valeur élevée quand ils le vendraient finalement.

— Alors à quelle fréquence quelqu'un y va-t-il ? murmura-t-elle.

Savaient-ils qu'il y avait potentiellement des tunnels menant à la maison et que des personnes inconnues s'y introduisaient et possédaient réellement des clés ?

L'e-mail était bref et signé par l'assistant personnel de l'un des dirigeants. Il se contentait de mentionner les documents joints qui devaient répondre à la demande de Ben.

Meg ouvrit la première pièce jointe.

C'était un document de plusieurs pages rédigé en jargon juridique. Sans doute voulaient-ils se couvrir si quelqu'un remettait en question leur façon d'administrer la succession. Elle laissa cela à Ben et passa au document suivant, qui était une feuille de calcul.

Elle était configurée avec une description de chaque pièce du manoir, du moins d'après un rapide coup d'œil, chaque colonne remplie d'une liste détaillée du contenu. C'était une lecture intéressante. Beaucoup de temps avait été consacré à l'enregistrement de tout ce qui appartenait aux Baxter dans cette maison. Ce qui soulevait la question concernant leur autre propriété... celle de Melbourne. Celle-ci avait-elle également fait l'objet d'une liste détaillée du contenu ? Il y avait un dossier des archives concernant une perquisition de cette maison.

Les listes étaient intéressantes. La pièce où Meg avait trouvé des éclaboussures de sang contenait autrefois un piano à queue. La cuisine manquait de détails et celui qui avait créé la liste devait être pressé car, y étant allée, elle savait qu'il y avait encore beaucoup d'objets dans les armoires et les tiroirs. On mentionnait qu'une machine à laver avait été laissée sur place.

Oublié de regarder à l'intérieur d'abord ?

Elle se souvenait que trop bien de l'odeur de décomposition.

Ce qui l'intéressait le plus était la chambre principale. Cette colonne comprenait une longue liste d'objets stockés. Vêtements et chaussures qui étaient décrits individuellement. Bijoux. Produits personnels. Meubles. Mais pas de lit.

Meg se rassit dans son fauteuil. Comment pouvaient-ils manquer quelque chose d'aussi dominant que le lit dans la chambre principale ? Elle relut la liste. Pas même mention d'oreillers, de literie ou du matelas.

Elle ouvrit un nouvel onglet et localisa le rapport concernant les rapports de police originaux. Envoyant un remerciement silencieux à Annette pour être si ordonnée et précise, Meg trouva rapidement ce qu'elle cherchait. Les rapports avaient été rédigés par plusieurs policiers qui s'étaient rendus sur les lieux et les informations importantes avaient été extraites et recoupées.

Ilona Baxter avait été retrouvée morte d'une blessure par balle sur le lit, sous les couvertures. Elle semblait avoir été endormie.

Joseph Baxter était face contre terre sur le tapis au pied du lit. Il avait sa robe de chambre partiellement enfilée. On avait suggéré qu'il s'était levé en entendant des intrus, mettait sa robe de chambre tout en marchant vers les portes, et avait été abattu quand quelqu'un était entré.

Génial, maintenant nous devons arracher la moquette pour en être certains. Sauf que ce n'est pas ce qui s'est passé.

Le tapis du couloir, une pièce importée coûteuse qui était mentionnée dans le dossier original pour l'équipe, ne figurait pas dans la feuille de calcul.

Cela allait être une longue nuit. Meg n'avait aucune intention de rentrer chez elle avant d'avoir trouvé la preuve de l'existence du tapis de couloir et du lit, et où ils se trouvaient maintenant.

VINGT-SIX

Phoebe et Liz commencèrent à regarder la première cassette ensemble. Cela permettrait à Phoebe de poser des questions puisqu'elle n'était jamais allée à Heberden House et n'avait pas vu de photos de certaines personnes susceptibles d'y apparaître. Et cela aidait Liz à gérer une soudaine montée de panique, car elle ne voulait pas que d'autres souvenirs surgissent sans prévenir et sabotent sa tâche.

— On peut se demander pourquoi ces cassettes existent, dit Phoebe. On a déjà vu quatre angles de caméra différents et je doute que les invités aient signé une autorisation.

— Je n'ai pas de réponse. Pas encore. Et considérant que les cassettes couvrent une dizaine d'années et deux propriétés... ce n'est pas normal. Oh, c'est Joseph et Ilona.

Le couple était élégamment habillé pour un dîner et il utilisait une canne.

— Pause, s'il te plaît.

Liz nota l'heure de la cassette et l'utilisation de la canne par Joseph.

— Je ne me souviens pas de cette canne et je vais voir si Meg peut améliorer l'image pour mieux la voir.

La première heure de cassette montrait principalement des

invités qui arrivaient, étaient accueillis, et à qui l'on offrait des amuse-bouches. Voir le personnel en uniforme noir et blanc donna des frissons à Liz. Sa mémoire était exacte.

Elles visionnèrent la cassette à une vitesse plus rapide que la normale, s'arrêtant pour vérifier tout ce qui semblait intéressant comme des annonces ou des personnes disparaissant à l'étage ou dehors. Tout ressemblait à une fête normale, quoiqu'extravagante. Il n'y avait pas de repas assis, juste des services continus d'hors-d'œuvre et de vin.

Soudain, Liz attrapa la télécommande, mit sur pause puis rembobina un peu.

— Qu'as-tu vu ?

— Je me trompe peut-être... non. C'est Marcus Bonner. J'en suis sûre. Liz tapota sur sa tablette pour trouver son dossier qui incluait des photos de lui au fil des ans. Qu'en penses-tu ?

Elles examinèrent toutes les deux une coupure de journal de 1994 montrant clairement l'homme lors d'un événement à la Galerie Bonner.

— Oui, c'est définitivement lui. Même ligne de mâchoire et même stature. Tu l'as rencontré, n'est-ce pas ?

Avec un hochement de tête, Liz se leva pour s'étirer.

— J'ai eu une conversation avec lui dans sa galerie. Il était sinistre et évasif tout en étant charmant et imposant par sa présence. Annette était avec moi et assez intimidée par lui.

Phoebe haussa les deux sourcils.

— *Annette* était intimidée ? Était-il agressif ?

— Non. C'était juste au début, quand nous sommes arrivées. En partant, elle a été très audacieuse et a pris une photo d'un tableau juste derrière lui. Ça nous a aidées à faire des liens concernant Lyndall. Mais jusqu'à ce moment-là, elle était très prudente avec lui.

Sa réaction avait été étrange. Annette était l'une des policières les plus calmes que Liz avait rencontrées au fil des ans et pouvait être placée dans diverses situations sans la moindre hésitation. Elle était fiable, solide et gentille.

Sauf qu'ensuite, nous avons commencé à la soupçonner d'être une informatrice. Au lieu de voir la bonne policière qu'elle est.

— Pourquoi as-tu l'air contrariée, Liz ?

— Hum ? Non, pas du tout contrariée. Je veux juste attraper le tueur. Et mon père.

— Penses-tu qu'ils pourraient être la même personne ?

Cette question touchait un point sensible et Liz retourna s'asseoir.

— Tout ce qui concerne Kyle est inconnu.

— Je pourrais faire un podcast sur lui.

— Pardon... quoi ? Comment ?

Phoebe tourna sa chaise pour regarder Liz, réfléchissant visiblement tout en parlant.

— Il a simulé sa propre mort. Deux fois ? Pas seulement ça, il a tué pour voler une nouvelle identité. Il a enlevé deux enfants dont nous avons connaissance. Selon ce que je suis légalement autorisée à discuter, ce serait intéressant de créer un podcast sur lui.

Pas étonnant que je t'apprécie. Si intelligente et si réfléchie.

— Légalement, c'est délicat. Kyle n'a jamais été arrêté, encore moins inculpé. Même si j'étais présente quand il a tenté de s'enfuir avec Eliza sur son bateau, et quand il a tiré sur Terry, le rendre public pourrait nuire au processus judiciaire. Je ne sais pas. Et si j'en parlais à Ben pour avoir son point de vue ?

— J'ai une certaine expérience avec les affaires en cours et si tu en as besoin, j'ai accès à une équipe juridique. Il est important pour moi que mon émission soit irréprochable et ne puisse jamais être remise en question... pas d'un point de vue légal. Parles-en à Ben puis à moi. Si tu le souhaites. Phoebe regarda ses mains.

— Merci. Je le pense vraiment. Je me débats avec tout ça et ton soutien compte beaucoup.

Phoebe leva les yeux.

Liz prit la télécommande.

— Attrapons le tueur.

. . .

La première cassette ne révéla pas grand-chose, mis à part la canne et la présence de Marcus. Entre elles, elles avaient marqué deux douzaines de moments pour que Meg les vérifie et elles avaient quelques questions à approfondir, mais rien ne semblait nécessiter une attention immédiate. Liz avait pris plusieurs captures d'écran montrant des meubles et autres éléments.

Phoebe voulait poursuivre son plan de travailler à rebours, alors elles se déplacèrent vers des moniteurs séparés.

Plutôt que de suivre son propre plan de s'en tenir à cette année-là, Liz lança la première des cassettes enregistrées en 1991 dans la maison de Melbourne. Tout ce à quoi elle pouvait penser, c'était Lyndall exposée à Marcus à cette époque. Bien sûr, elle avait eu une relation amoureuse avec lui plusieurs années auparavant, avant son mariage, mais sa confiance s'était transformée en peur à un moment donné. À ce stade, elle avait peut-être commencé à se demander qui il était vraiment.

Cette maison était tout aussi grandiose que le manoir à sa façon, mais située sur un terrain plus petit. Une table à manger pour douze personnes était magnifiquement dressée avec des couverts en or et des verres en cristal. À l'arrivée des invités, Ilona et Joseph accueillirent chacun avec un baiser sur chaque joue. Il n'y avait aucune trace de la canne. Tous furent installés en peu de temps et Liz ne cessait d'appuyer sur pause et de prendre des photos des visages. Elle ouvrit son carnet et dessina un plan approximatif de la table, ajoutant les noms de ceux qu'elle reconnaissait.

Ilona et Joseph étaient placés chacun à un bout. À la droite d'Ilona se trouvait Marcus. À côté de lui était Alain, le mari de Lyndall à l'époque et père de leurs deux garçons. Liz ne l'avait jamais vu qu'en photo. Il était animé et souriait la plupart du temps, se tournant souvent vers Lyndall, qui était de son autre côté, et la faisant rire.

Cela fit mal au cœur de Liz. À cette époque, Lyndall ne

connaissait pas les terribles secrets d'Alain. Il était simplement son mari. Un mari qu'elle allait perdre quelques années plus tard, à cause des machinations maléfiques de Marcus Bonner.

L'autre couple du même côté de la table, elle ne le reconnaissait pas, ni les quatre personnes de l'autre côté.

Son cœur battit à tout rompre. Elle mit sur pause, puis avança, puis rembobina pour obtenir la meilleure image de l'homme assis à la droite de Joseph.

C'était son père.

Pete n'était pas un bon dormeur. Pas depuis la majeure partie de sa vie. Devenir policier et passer à l'infiltration n'avait rien arrangé. Et maintenant, au sein d'une équipe qui était la plus intelligente et la plus sûre dont il ait jamais fait partie, il ne dormait toujours pas bien.

Il était resté chez lui, frustré au-delà de l'imaginable par la volonté de Liz de s'exposer au danger que représentait son père.

Pourtant, sa fierté envers elle était tout aussi puissante.

Liz était la personne la plus forte qu'il ait jamais rencontrée. Les autres ne le voyaient pas toujours. Certains ne le voyaient jamais. Elle avait une façon de minimiser sa personnalité pour s'adapter à la situation, mais Liz était féroce. Et plus il en découvrait sur Kyle Moorland, plus il l'admirait.

Je vais le trouver et le tuer. L'enterrer si profondément que les asticots ne trouveront pas son cadavre en décomposition.

Il était presque minuit et Pete se tenait sur la rive du fleuve Yarra. Juste en face se trouvait la marina où Liz avait vu Kyle. Il devait y avoir une raison pour sa présence là-bas, mais jusqu'à présent, toutes les recherches de Pete n'avaient trouvé aucun lien. L'homme ne possédait ni ne louait aucun des appartements à proximité. Il n'avait aucun intérêt dans les amarrages ou les bateaux. Il n'avait rien à voir avec la poignée de commerces dans les environs immédiats.

Alors comment avait-il su où surveiller Liz ?

Par expérience personnelle, Pete n'était que trop conscient des capacités physiques de cet homme qui avait presque trente ans de plus que lui. Kyle était en forme. Non seulement il avait distancé deux détectives au sommet de leur art, mais il s'était ensuite échappé sous l'eau le long d'un fleuve difficile en portant une bouteille de plongée.

Et si tu t'étais comporté comme un simple joggeur ? La suivant depuis son immeuble ?

Les berges du fleuve étaient un havre pour les citadins essayant de rester en forme. Chaque matin et chaque soir, il y avait des joggeurs, des marcheurs rapides et des cyclistes évitant les piétons, traitant souvent les trottoirs comme leur propriété personnelle. Pete n'était pas du genre à courir ou à faire du jogging. Ça ne lui semblait pas amusant. Il faisait de la boxe et du surf. Particulièrement ce dernier. Et il sortait son jet-ski aussi souvent que la vie le permettait.

Mais Liz était une coureuse. Et elle était une créature d'habitudes, donc il suffisait d'un seul repérage par Kyle pour qu'il attende patiemment, planifie et la suive.

Pete envoya un message à Liz, sans se soucier de l'heure qu'il était.

> *Ne va plus courir pour l'instant. S'il te plaît. Et pense*
> *aux personnes que tu as vues courir dans le passé. Ou marcher.*
> *Des habitués sur tes parcours habituels.*
> *Bonne nuit.*

Sa théorie lui plaisait. Kyle avait bien pu suivre Liz pendant des semaines sans qu'elle ne s'en aperçoive. Et pourquoi aurait-elle prêté une attention particulière à d'autres personnes faisant exactement ce qu'elle faisait ? C'était probablement la seule chose qui était familière et sûre dans un monde par ailleurs complètement déréglé pour elle.

Son téléphone bipa à l'arrivée d'un message.

On avait déjà décidé que je n'y courrais pas pendant un moment.

C'était vrai. Mais Liz entrait dans un état d'esprit où elle pourrait bien faire les choses à sa manière. Il le voyait dans ses silences et c'était à la fois dangereux et productif, et elle n'avait pas encore maîtrisé cette nouvelle façon de répondre à ses instincts.

Mais maintenant, on aurait dit qu'il était en train de lui faire la leçon.

Es-tu ivre, Pete ? Dois-je venir te chercher ?

Il rit et composa son numéro.

— Je travaille, mon pote. Mais si tu as besoin qu'on te ramène...

— Lizzie, Lizzie, Lizzie la fofolle...

— Où es-tu ?

Pete cessa de plaisanter.

— Près de l'endroit où tu as vu Kyle t'observer depuis la marina.

— Pourquoi ?

Il ne savait pas comment répondre. Ses yeux étaient fixés sur le côté opposé, espérant que quelque chose prendrait sens.

— Pete ? Tu n'as pas besoin de me protéger.

Reuben est-il avec toi maintenant ?

Il donna un coup de pied dans une poubelle proche. Ça lui fit mal.

— À peine. Je veux juste en finir avec cette affaire pour pouvoir aller surfer.

Qu'est-ce qui n'allait pas chez lui ? Liz n'avait jamais compté sur une autre personne, quelle qu'elle soit, pour la protéger. Elle était faite d'acier. La plupart du temps.

— Va surfer, mec. Attrape quelques vagues et laisse le vent et le sel marin dans tes cheveux. Tu veux savoir pourquoi je travaille encore à... laisse-moi vérifier, après minuit ?

Il n'y avait aucune raison de commencer à traverser le fleuve, pourtant Pete se retrouva sur la passerelle piétonne à la forme si particulière. Chaque personne qui s'approchait, tandis qu'elle serpentait au-dessus du fleuve, était un suspect qu'il évaluait et écartait à chaque pas.

— Tu es toujours au QG ?

— Oui, et une fois que je ne pourrai plus me concentrer, j'irai dormir dans une des chambres. Il y a tellement d'informations, Pete. Tellement de choses qui tombent du ciel. Elle eut une sorte de rire. Ou du moins des vidéos.

— Dis-moi.

— D'accord, alors la toute dernière montre que Marcus était présent et que Joseph Baxter utilisait une canne.

— Hein ? Il n'y a eu aucune mention de ça nulle part. Ni dans les dossiers que j'ai lus ni dans les rapports.

— Exactement. Phoebe travaille à rebours et elle me fera savoir si elle trouve le moment où il a commencé à l'utiliser. Ce n'est pas grand-chose, mais c'est une nouvelle information. Entre-temps, j'ai fait l'inverse et j'ai regardé les cassettes de 1991.

Quand Lyndall était de retour à Melbourne.

Il avait traversé le fleuve, trouvé un banc et s'était assis.

— Continue.

Liz mit un moment à répondre et Pete regarda autour de lui. Si tard dans la nuit, les habitants étaient probablement tous couchés. Ceux qui visitaient le Crown Casino ou les boîtes de nuit et bars à vins étaient encore présents, mais pas en aussi grand nombre.

— Mon père était au même dîner que Lyndall.

— Quoi ?

— Je sais. Cela me dit qu'elle n'avait aucune idée de son identité. Peut-être que ce fut la seule fois qu'ils se sont rencontrés et que son nom lui a échappé à ce moment-là.

— Quoi d'autre ?

— Marcus était là, comme elle l'a dit. Alain aussi. Et une

poignée de personnes que je ne peux pas identifier mais que Meg pourra peut-être reconnaître. Une m'intéresse.

Pete ne parvint pas à rester assis et se dirigea vers la marina.

— Il y a une femme qui ne semble pas être attachée à un autre invité. Elle entre seule. Part seule. Mais à un moment, elle et Marcus ont une brève conversation apparemment intense à l'écart de tout le monde.

— Quelle femme ?

— Élégante. À peu près l'âge de Marcus. Sévère. Il y a quelque chose chez elle, Pete. Quelque chose de familier.

Il s'arrêta sous le passage souterrain.

— Lizzie ? Est-ce que ça vient de tes souvenirs du manoir ?

— Peut-être. Je pense que oui. Oui. Elle dansait avec mon père, si je me souviens bien. Et je crois... bon sang, j'en suis sûre... c'est la même femme qu'Annette a rencontrée à la Galerie Bonner à l'âge de seize ans. Et il y a autre chose. Je ne peux pas le confirmer parce que la VHS est granuleuse et difficile à voir pour moi, mais encore une fois, Meg pourrait faire des merveilles. Elle porte des boucles d'oreilles qui ressemblent un peu à celle que Ben et moi avons trouvée sous Heberden House.

— Je pourrais venir jeter un coup d'œil.

— Tu le verras bien assez tôt et je suis passée à autre chose. Ben a dit que tu devais prendre ta soirée. Je dirais va dormir un peu, mais je te connais trop bien.

— Et toi, tu vas essayer de dormir ?

— Bien sûr. Plus tard.

Sur ces mots, elle raccrocha et il rangea le téléphone dans sa poche. Plus tard ne signifiait probablement pas cette nuit.

VINGT-SEPT

Trois heures de sommeil, ce n'était pas vraiment suffisant mais mieux que rien. Meg s'était réveillée au premier bruit dans le hub depuis que Liz et elle avaient finalement terminé pour la nuit et s'étaient effondrées sur leur lit respectif. Phoebe était partie vers vingt-deux heures pour un appel Zoom avec les différents membres de son équipe concernant le podcast de la veille.

Quelqu'un prenait une douche et ce ferait mieux d'être Liz car personne d'autre ne devrait être ici avant six heures du matin.

Meg alluma la lumière pour stimuler son cerveau, clignant des yeux car ceux-ci n'étaient pas d'accord avec ses choix de vie. Mais elle réfléchissait déjà à ce qu'elle devait faire avant de présenter un rapport à Ben. Elle avait exploré plusieurs pistes une fois qu'elle avait commencé à fouiller concernant le contenu de Heberden House. Et Liz avait voulu lui parler, mais trois heures du matin n'était pas le moment.

Elle prit une douche et s'habilla, reconnaissante de pouvoir garder quelques tenues de rechange ici. Si ce n'était qu'elle adorait son appartement et le style de vie de St Kilda Beach, elle pourrait presque s'installer ici définitivement.

Le merveilleux arôme de café qui l'accueillit en sortant de sa chambre était un autre argument en faveur d'un déménagement. Tout comme le fait de laisser quelqu'un d'autre se lever en premier.

— Tiens. Je viens juste de le préparer. Liz tendit une tasse à Meg. Pourquoi as-tu l'air si fraîche ?

— Je suis à moitié cyborg. Je me régénère après trois heures de mise en veille. De toute façon, tu as l'air bien. Évite juste de t'asseoir sous une lumière vive. Ou n'importe quelle lumière, en fait.

— Très drôle. J'ai oublié de mentionner que j'ai ajouté un peu d'arsenic dans ta tasse.

— À l'ancienne ! Tu devrais mettre à jour tes options en discutant tranquillement avec Jeffrey. Il connaît toutes les dernières tendances en matière de poisons, particulièrement ceux qui sont pratiquement impossibles à détecter lors d'une autopsie. Meg lui fit un clin d'œil.

— Je le ferai. Tu sais que je le ferai.

— As-tu toujours ce besoin urgent, presque enfantin, de dire quelque chose à maman maintenant ? Meg tira une chaise pour s'asseoir au bureau de Liz. Même si je ne suis pas une maman et encore moins américaine.

— C'est comme ça que tu as interprété ma demande polie cette nuit de discuter de quelques points clés après notre marathon à regarder des gens du passé agir comme s'ils étaient meilleurs que nous, simples mortels ? demanda Liz. Oh, oublie ça. J'avais oublié que tu es à moitié robot.

— Cyborg. C'est très différent. Et je suis débranchée maintenant. Quelques gorgées de café propulsèrent Meg en mode travail. Qu'as-tu trouvé ?

— J'ai envoyé un rapport à toi et à Ben, donc je m'attends à ce qu'il veuille en discuter lors du briefing matinal. J'ai trouvé mon père sur plusieurs vidéos avec différents groupes d'invités. Il y a une femme qui pourrait être liée à Marcus et qui est définitivement liée à Kyle. Les vidéos sont granuleuses et j'ai marqué plusieurs passages en espérant que tu pourrais les améliorer.

— Oh, Liz. Je suis désolée.

— Pourquoi donc ?

— D'avoir voulu dormir au lieu d'être là pour toi.

De devoir voir ton père comme ça.

— Je vais vraiment bien. As-tu eu du succès avec ce que tu cherchais ? Je t'ai entendue au téléphone plusieurs fois.

— Oui, je ne suis pas douée pour me rappeler que certaines personnes dorment avant minuit. Cependant, les entreprises ouvertes 24h/24 répondent parfois à leur téléphone en dehors des heures normales, et j'ai réussi à parler à quelques endroits d'intérêt. Je suis maintenant en possession d'une liste plus précise des emplacements du contenu de Heberden House.

Liz sembla impressionnée.

— Donc pas seulement ce que le notaire de la succession a envoyé ?

— Ils ont besoin d'être vérifiés. Voire d'une enquête en bonne et due forme, car plus je creusais, plus j'en découvrais. Ces personnes gagnent beaucoup d'argent en gérant la succession de l'Inspecteur, mais prétendent ne pas connaître l'emplacement de plusieurs éléments clés, notamment le lit, le matelas et le tapis de couloir. Aucune trace de vente, de mise au rebut ou de stockage pour ceux-ci.

Meg regarda son téléphone pour la première fois depuis son réveil. Il y avait beaucoup trop de messages, alors elle les ignora tous et ouvrit l'une de ses applications. Liz avait déjà allumé son ordinateur et Meg projeta les informations qu'elle voulait sur son écran.

— On pourrait penser que dresser l'inventaire du contenu d'une succession est assez simple. Et en surface, il y a une longue liste bien présentée dans la feuille de calcul que le notaire a envoyé. Cependant... Meg ouvrit un document différent. Voici ma liste de ce qui manque. Et j'ai inclus ce que Phoebe a envoyé.

— Phoebe ? Qu'a-t-elle envoyé ?

— Suis un peu, Liz. Meg sourit. Pendant que tu vérifiais les premières cassettes, elle observait tout ce qui se passait lors des fêtes l'année où les Baxter sont morts. Et l'année d'avant. Comme tu le sais, il y avait quatre caméras qui montraient différentes parties de chaque événement.

— Et elle a pris note des meubles ? Quoi d'autre ?

— Beaucoup de choses. Phoebe est observatrice et méthodique, ce qui fait d'elle un bon flic. Sauf qu'elle n'est pas flic. Elle a juste le flair d'un flic.

Liz détourna le regard.

— Je vais dire ça une fois parce que tout le monde sait que je ne fais pas dans l'émotion et les sentiments spéciaux, mais Liz... tu es aimée et respectée. Kyle Moorland ne l'est pas. Et il n'y a aucun endroit sur cette terre où ce n'est pas vrai.

Liz soupira profondément puis regarda Meg.

— Pas même dans l'univers connu, ajouta-t-elle. Et ne me lance pas sur l'univers inconnu.

— Merci.

Elles se sourirent.

— Assez de ces niaiseries. Laisse-moi te montrer ce que j'ai.

Liz aurait aussi bien pu ne pas essayer de dormir. Mais reposer son corps était nécessaire même si son esprit refusait de coopérer. L'appel téléphonique de Pete l'avait trop préoccupée parce que maintenant elle l'entraînait dans sa chute. Il n'avait pas besoin de se promener dans Melbourne après minuit dans l'espoir de voir Kyle.

Elle était dans la cuisine. C'était un endroit sûr dans le grand ordre des choses. Ici, elle pouvait se détendre sans que personne ne lui demande si elle allait bien. Ou si quelqu'un le faisait, elle pointerait simplement la machine à café en train de chauffer ou le four et dirait que tout irait bien une fois que les appareils coopéreraient.

La vue était encore meilleure. Grâce à la conception, il y avait un demi-mur entre cette pièce et la partie principale du hub. Une rangée de briques en haut permettait une sorte de passe-plat, comme dans un restaurant où le chef placerait la nourriture pour qu'un serveur la récupère. Il était souvent utilisé pour le café ou le thé et parfois pour la nourriture ou des verres de vin.

Est-ce trop tôt pour de l'alcool ?

L'équipe était au complet et, dans quelques minutes, se réunirait pour un briefing. Beaucoup de choses s'étaient produites pendant la nuit. Et à ce moment précis, c'était plus que Liz ne voulait y penser.

— Ça va ?

Reuben était entré sans être vu, tasse de café à la main.

— Bien sûr. La machine est en train de chauffer.

— Je vais t'en faire un.

Il s'affaira et Liz regarda dans la pièce principale, impressionnée que sa stratégie fonctionne.

Les gens bavardaient ou travaillaient à leur bureau. Tout était normal.

Rien n'est normal.

Une tasse de café fut placée devant Liz, et Reuben fut assez proche pour qu'elle puisse inhaler son parfum musqué.

— Tu veux en parler ?

— Tout va bien, merci. Elle esquissa un sourire.

Il prit son café et partit, mais elle avait vu l'inquiétude traverser son front.

Elle prit son café et but sans vraiment le goûter.

— Hé, Liz. Bon café ?

— Bien sûr, Candace. La machine est en train de chauffer.

— Je ne veux pas de café en ce moment.

— Oh. Le four est allumé.

— Non, il ne l'est pas. Veux-tu qu'il le soit ?

Je veux que tout le monde arrête de poser des questions personnelles.

Peu probable que cela se produise dans une équipe remplie d'enquêteurs.

— Si je te dis quelque chose en confidence ici, est-ce comme la confidentialité patient-médecin ? Liz se tourna et regarda Candace.

C'était là. Ce regard scrutateur dans les yeux de l'autre femme. Elle l'avait remarqué quand Liz avait rencontré Candace pour la première fois et avait été envoyée par son patron pour la briefer dans son rôle de profileuse. Même alors, sans se connaître, Candace pouvait la voir. Vraiment la voir.

C'était à la fois incroyablement inconfortable et ridiculement réconfortant.

— Tu peux tout me dire. Que je sois contrainte de rompre la confidentialité dépend de nombreux facteurs. Par exemple, si quelqu'un me donne un plan détaillé d'une attaque terroriste, alors oui, je serai immédiatement au téléphone avec une autorité supérieure.

— Je ne suis pas une terroriste.

— C'était un exemple. Un autre serait quelqu'un sous une pression extrême se convainquant qu'il doit tuer son père.

Aïe. Je dois vraiment apprendre à mieux me cacher.

— J'ai besoin de tuer mon père.

— Je sais.

Ce n'était pas ce à quoi Liz s'attendait et, pour une raison quelconque, elle sourit.

Candace s'approcha et mit ses mains sur les épaules de Liz.

— Tue-le. Mais fais-le pour les bonnes raisons.

— Quelles sont les bonnes raisons ?

— Parce que tu n'as pas le choix. Parce qu'il est autrement impossible à arrêter et qu'il continuera à kidnapper et à tuer.

Le cœur de Liz battait fort.

— Quelles sont les mauvaises raisons ?

Pendant un instant, il sembla que Candace voulait prendre Liz dans ses bras. Quelque chose brilla dans les yeux de l'autre femme et Liz se sentit encore plus confuse. Puis Candace s'éloigna et à la porte se retourna.

— Ne le tue pas pour venger ta mère, ta sœur, ta nièce ou toi-même. Mais Liz ? C'est seulement mon opinion officielle. Et il est peu probable que je rompe une quelconque confidentialité, mais tu dois continuer à me parler.

— Je ne le tuerai pas. Sauf si je n'ai pas le choix.

Candace hocha la tête et partit.

Liz savait que c'était un mensonge, et probablement, Candace aussi.

Le briefing fut long. Avec tant de nouvelles informations révélées pendant la nuit, Ben voulait s'assurer que toute l'équipe était au courant. Les deux affaires étant clairement liées, chaque élément de preuve nécessitait un examen approfondi. La probabilité de chevauchement entre les charges de travail des différents membres de l'équipe augmentait sans cesse.

Liz avait l'air épuisée mais elle parlait avec clarté des vidéos qu'elle avait revues. Ils regardèrent quelques minutes, que Meg avait assemblées et rendues plus claires grâce à son vaudou.

— Je me concentre sur la raison pour laquelle Kyle faisait partie de ce groupe invité à la maison des Baxter. En fait, dans les deux maisons à différents moments. Quelle était sa connexion avec le couple dont le fils était policier ? Et aussi, qui est la femme dans cet extrait particulier. Annette, pourrais-tu jeter un œil attentif sur elle ?

La vidéo s'arrêta sur une femme parlant à Marcus Bonner.

Annette se pencha vers l'écran, son visage marqué par la concentration.

— Je pense que c'est... peut-être ?

— Tu penses quoi ? Nous n'avons pas tous le contexte, dit Hamish.

— J'ai envoyé le contexte sur votre tablette plus tôt. Meg haussa un sourcil.

— D'accord. Je n'ai pas tout lu, alors un peu d'aide ? S'il te plaît ?

Pete semblait prêt à dire quelque chose à Hamish, mais Liz lui lança un regard et il se tut. Les deux avaient l'une de ces rares relations de travail que la plupart des flics désiraient. Ils se connaissaient bien, probablement trop bien, mais cela créait un respect mutuel et une capacité à communiquer sans mots.

— Meg, y aurait-il une image différente ? Un autre angle ?

Annette n'avait soit pas entendu Hamish, soit l'ignorait.

— Bien sûr.

— Pendant que Meg fait sa magie, pour tous ceux qui ne sont pas au courant de la raison pour laquelle nous montrons des images spécifiques à Annette... Ben était déterminé à ne pas sourire. Il y avait une femme à la Galerie Bonner quand Annette y était lors d'une visite scolaire, et nous pensons qu'elle pourrait nous aider dans nos enquêtes.

— Ah oui. Celle avec les cheveux splendides et une certaine attitude qui a emmené les enfants dans la salle courbe de la Galerie.

Liz jeta un coup d'œil à Hamish puis à Ben. Quelque chose n'allait pas et il lui en parlerait plus tard. Reuben observa les deux mais personne d'autre ne sembla le remarquer, alors que Meg présentait d'autres images.

— Voici deux autres vues. Ce que je fais en ce moment, bien que vous ne puissiez pas me voir le faire, c'est créer un modèle 3D de cette femme. Ainsi que de chaque personne qui apparaît à l'un des événements.

— Je pense que c'est elle. Annette se redressa. Quand cela a-t-il été pris ? Quelle année ?

— 1991.

— Donc quelques années avant que je ne l'aie rencontrée. Cette femme a les cheveux en arrière. Elle sourit. Je n'ai jamais vu l'autre femme sourire. Et celle-ci est habillée de façon presque provocante.

— Une fois que Meg aura trié plus d'images, nous pourrons vous montrer à quoi elle ressemble plus tard... mais pour l'instant, pensez-vous que c'est elle ? demanda Liz.

Annette hocha la tête.

— Presque sûre.

— Alors nous devons découvrir qui elle est en priorité, dit Ben. Autre chose que vous aimeriez soulever, Liz ?

— Seulement que j'aimerais parler à Lyndall. Face à face et avec une copie de la version la plus claire possible de la vidéo prise lors du dîner auquel elle a assisté et où Kyle était également présent.

— Je viendrai avec toi, dit Candace. Ou je serai présente où que cela se passe.

— Bien, merci pour ça. Une fois que nous aurons terminé, pourriez-vous toutes les deux venir me voir ? C'était le mieux qu'il pouvait faire pour l'instant. Sans connaître l'étendue du réseau actuel de Kyle Moorland, il était risqué de laisser Liz aller voir Lyndall.

— Bien, qui est le suivant ?

VINGT-HUIT

Dans deux heures, Liz et Candace seraient dans une petite ville entre Bacchus Marsh et Geelong. C'est là que se trouvait un magasin d'aliments pour bétail où Lyndall se rendait régulièrement pour s'approvisionner, et qui avait la chance d'avoir un petit café discret à proximité. L'espoir était que si Lyndall faisait ce qu'elle faisait habituellement, leur rencontre passerait inaperçue.

Ça lui prenait la tête de penser à Kyle et à l'étendue possible de son influence.

À l'époque où elle était simplement une inspectrice de la brigade criminelle avec une lourde charge de travail et un bon taux d'arrestations et de condamnations, elle aurait considéré le concept d'un criminel avec un réseau invasif comme improbable. Pas en Australie. Pas à moins qu'ils ne soient liés au crime organisé.

Mais son père était différent. Oui, il semblait avoir des liens avec plusieurs organisations, mais c'étaient des sectes religieuses plutôt que des groupes complexes illégaux. Si quelqu'un lui avait présenté le scénario actuel, elle aurait été sceptique. Un seul homme qui avait construit un réseau ingénieux de personnes apparemment normales pour travailler avec lui quand ça l'arrangeait. Son programme à lui qu'ils suivaient. Pourtant, c'était réel et comme si peu de ses contacts avaient été arrêtés, et parmi ceux-là, encore moins étaient prêts à parler, cela laissait beaucoup de place à la spéculation.

Peut-être était-il seul maintenant.

Ou peut-être avait-il des centaines de personnes en place, surveillant Liz et Lyndall et Vince et Melanie.

— Lizzie ? On se rapproche de lui.

Pete s'appuya les bras sur la rangée supérieure de briques au bord du bâtiment. Elle n'avait entendu ni la porte se refermer derrière lui ni ses pas sur le sol en béton du toit.

Il la regardait fixement. Elle pouvait sentir ses yeux sur elle.

Les siens étaient sur les bâtiments de l'autre côté de la rue. La rue elle-même. Bougeant sans cesse au cas où... quoi ? Kyle apparaîtrait ?

— Et si on ne peut pas l'attraper ? Elle en avait marre de chercher constamment des assurances mais ne pouvait pas s'en empêcher.

— Sauf qu'on va y arriver. Tu ne sais pas encore à quel point Opération Nobody est efficace ? Sans parler de moi, personnellement ?

Oui, mais mon père est-il meilleur ?

— Qu'est-ce qui s'est passé pendant le briefing ? Hamish a dit quelque chose et toi et Ben avez tous les deux réagi. Reuben aussi, sauf que je pense que c'était juste parce que tu l'as fait.

— Et qu'est-ce que ça veut dire, mon pote ? Pourquoi réagirait-il parce que je l'ai fait ?

— Tu devrais demander à Reuben.

Elle le regarda finalement. Il ne plaisantait pas pour une fois et c'était pire que s'il la taquinait. Pete était doué pour observer les gens sur une longue période et repérer les moindres changements de comportement ou d'habitudes. Mais Liz n'allait pas se laisser entraîner dans ce qu'il pensait savoir. Il n'y avait rien et elle ne perdrait pas son souffle à expliquer cela.

— Hamish a mentionné certaines choses dont il n'aurait pas

pu nous entendre discuter. Moi et Annette, je veux dire. Il était déjà retourné travailler avec Ben quelque part dans le bâtiment, mais j'avais besoin de le confirmer avec Ben.

— Ce que tu as maintenant fait.

— Ben dit que lui et Hamish étaient ensemble pendant qu'Annette et moi remontions le temps. Aucune chance qu'il ait entendu notre conversation.

— Merde.

— Double merde. Mais pour ce qu'on en sait, Annette lui en a peut-être parlé. À d'autres même. On saute sur des ombres.

— Ce qui est notre boulot, Liz. Tu veux que je vous suive, toi et Candace aujourd'hui ? Je peux rester hors de vue. Tuer tous les méchants.

L'idée lui avait déjà traversé l'esprit. Ce n'était pas qu'elle ne pouvait pas gérer Kyle, ou quiconque il enverrait, mais elle devait penser à Lyndall et Candace. Et Pete tenait à Lyndall. Quelque part non loin, une sirène de police retentit et tous deux cherchèrent immédiatement le véhicule. Il n'apparut pas et en un instant le bruit s'estompa.

— Tu n'es pas trop occupé pour jouer les baby-sitters ?

— Annette peut emmener Reuben faire les entretiens avec la gouvernante et le reste du personnel.

Liz vérifia l'heure.

— Je dois parler à Meg. Sois prêt dans une heure.

La ville comptait une centaine de maisons avec une seule rue commerçante. Il y avait un pub à chaque extrémité et une douzaine de magasins. Elle était située hors de l'axe principal, le long d'une route sinueuse descendant une colline, et assez jolie, d'une façon pittoresque et ancienne.

— Je devrais sortir de Melbourne plus souvent, dit Candace. Elle regardait par la fenêtre d'une des voitures de l'équipe, une berline basique à l'extérieur mais avec beaucoup de puissance et un coffre rempli d'armes et d'équipements. Jusqu'à il y a environ cinq ans, je voyageais aussi souvent que mon travail me le permettait. Surtout à l'étranger. Europe. Inde. Arctique.

— Arctique ? Qui es-tu... une sorte d'exploratrice moderne ?

Candace rit doucement.

— Pas vraiment. Mais nous vivons sur une planète magnifique et fascinante.

— Alors pourquoi n'as-tu pas continué à sauter d'un continent à l'autre depuis si longtemps ? Juste la charge de travail ?

Liz passa devant le magasin d'aliments pour bétail. Le café était un peu plus loin et elle voulait se garer loin des regards indiscrets.

— Pas la charge de travail. Une perte dans ma vie qui m'a complètement bouleversée.

Les mots furent prononcés calmement, mais un rapide coup d'œil au visage de Candace provoqua une vague d'empathie chez Liz. Elle semblait hantée. Plus âgée. Puis elle pointa un endroit du doigt.

— Il y a un petit parking près de ces arbres. On pourrait cacher la voiture.

Liz l'avait vu.

— Je ne suis pas sûre qu'on ait besoin de la cacher. Mais bien vu.

Elle se gara entre un arbre et un vieux pick-up et coupa le moteur. Elles voyaient facilement le café et le magasin d'alimentation. Le 4x4 de Lyndall était garé devant ce dernier, mais aucun signe d'elle.

— Quand allons-nous au café ?

— Je veux observer quelques minutes d'abord. M'assurer que Lyndall a terminé ce qu'elle fait habituellement et probablement attendre qu'elle se dirige vers le café.

— Dommage qu'on n'ait pas une autre paire d'yeux.

— On en aura.

Candace sembla confuse.

— Encore quelques minutes et tu verras. Et... je suis vraiment désolée pour ta perte. L'envie de tendre la main vers Candace était irrésistible et après la plus légère hésitation, Liz toucha le bras de l'autre femme. Elle ne savait pas quoi dire d'autre. Elle n'était ni thérapeute ni douée avec les mots, mais son cœur souffrait pour Candace.

Pendant un moment, elles restèrent assises comme ça, la main de Liz sur le bras de Candace. Puis Candace couvrit la main de Liz avec la sienne.

— Merci.

Elles restèrent ainsi une minute de plus et l'atmosphère fut riche d'émotions. Compréhension partagée. Chagrin. Compassion. Liz réalisa finalement que c'était une amitié. Non exprimée mais réelle.

Le rugissement d'une moto attira leur attention et toutes deux se tournèrent pour regarder une bête de machine ralentir en entrant dans leur champ de vision. Le motard était tout en noir de la tête aux pieds, y compris le casque et la visière. Pendant un instant, la peur traversa Liz. Ça pourrait bien être son père. S'il les avait suivies...

— C'est Pete ? demanda Candace. C'est une de nos motos.

Juste pas en débarquant comme un membre de gang badass. Bravo pour la discrétion, mec.

— Il surveillera le reste de la ville pendant qu'on parle avec Lyndall. Mais sérieusement, il aurait aussi bien pu amener des feux d'artifice vu à quel point il se fait remarquer.

Candace sourit.

— Un homme intelligent. Être si visible que quoi que toi et moi fassions, ce n'est que du bruit de fond.

Elle avait raison. Les gens s'arrêtaient déjà pour regarder Pete alors qu'il glissait la moto sur une place de stationnement. Moteur coupé, il resta assis sans même regarder autour de lui, mais le connaissant, il les avait repérées ainsi que le 4x4 de Lyndall.

— Pourquoi n'irions-nous pas au café ? demanda

Candace. Moins évident que si nous bougeons dès que Lyndall le fait.

Il n'y avait toujours aucun signe de Lyndall. Ça avait du sens d'entrer et d'être préparées. Liz ouvrit sa portière.

— Allons-y alors.

Bien que situé dans une petite ville éloignée des routes principales, le café aurait pu se trouver en plein centre-ville. L'intérieur était sombre avec des murs couverts d'art moderne et de magnifiques présentoirs de plantes tombant en cascade vers le sol. Le menu était haut de gamme et plutôt cher. Pourtant, presque toutes les tables étaient soit occupées soit réservées.

— Avez-vous une réservation ? demanda une jeune femme avec de multiples piercings au visage et un sourire amical.

— Au nom de Lyndall ?

— Oh, dans ce cas, bien sûr que vous avez une réservation. Lyndall est l'une de mes clientes préférées. Voulez-vous commander maintenant ou attendre qu'elle vous rejoigne ?

— Nous allons attendre. Je suis sûre qu'elle n'est pas loin. Candace parla doucement. Quel endroit cool vous avez ici.

— On l'adore. Ma copine est la cuisinière. On ne pourrait jamais se permettre un loyer en ville et on adore la campagne, alors nous voilà. La table douze est réservée pour vous et une fois que Lyndall sera arrivée, je viendrai prendre vos commandes. Il y a des menus là-bas.

La table en question était nichée au fond, avec rien derrière elle qu'un mur. C'était idéal pour l'intimité.

— J'adore que cet endroit soit si... décalé ici. Et qu'il prospère malgré tout. Bravo à elles, dit Liz. Elle prit la chaise face à l'entrée du bâtiment. C'était son choix naturel pour évaluer tout danger et elle l'avait fait presque toute sa vie. Aujourd'hui, cela semblait encore plus important car elle avait deux civils à surveiller.

— Oh, j'ai presque oublié. Il y a bien un appartement à

vendre dans mon immeuble. Si tu es toujours intéressée, dit Candace.

— Vraiment ?

— Deux étages plus bas et un appartement d'angle, donc des balcons sur deux côtés. Il fait environ la moitié de la taille du mien.

— Ça semble parfait. À qui dois-je m'adresser pour une visite ?

Candace tapa sur son téléphone et un message arriva pour Liz.

— Il ne sera pas sur le marché avant deux semaines, mais Dale s'occupera de toi. Dis-lui que je t'envoie.

Une petite lueur d'un avenir meilleur. Une fois que Kyle serait définitivement hors jeu, Liz pourrait redessiner sa vie. C'était trop tard pour le mariage et les enfants, mais elle aspirait à entretenir des amitiés et à s'impliquer davantage auprès de sa famille restante. Acheter un logement serait un bon début.

— Voilà Lyndall.

Vêtue de son typique jean, bottes et chemise à carreaux, Lyndall fit signe à la femme derrière le comptoir et se dirigea droit vers la table douze. Elle prit le siège en face de Liz mais tourna la chaise pour mettre son dos contre un mur et pouvoir regarder les autres clients.

Sa main chercha celle de Liz.

— Tellement bon de te voir, ma chérie. Et toi aussi, Candace. Il nous faudrait juste de meilleures circonstances.

— On fait de vrais progrès, dit Liz. Et je suis désolée pour toutes ces précautions et pour le bouleversement de ta vie.

Le sourire de Lyndall était fatigué. Elle semblait aussi épuisée que Liz se sentait et c'était suffisant pour arrêter de s'apitoyer sur son sort. Tout le monde était affecté. La jeune femme s'approcha pour prendre leur commande, juste du thé et du café.

Une fois qu'elles furent à nouveau seules, Lyndall sourit soudainement.

— J'ai remarqué le jeune Peter sur sa moto. Ne t'inquiète pas.

On s'est ignorés mais il a l'air plutôt élégant dans tout cet équipement noir.

— Si tu l'as reconnu...

— Personne d'autre ne le fera.

Elles bavardèrent jusqu'à l'arrivée de leurs boissons, puis Liz déverrouilla sa tablette.

— Nous avons une vieille vidéo sur laquelle nous aimerions ton avis. Mais je veux te prévenir d'abord que ceci date de 1991.

L'expression de Lyndall ne changea pas.

— Du dîner ?

— Oui.

— Pas surprenant. Les Baxter m'ont semblé être conscients de la sécurité, mais comment est-il possible qu'il y ait encore des images après toutes ces années ?

— Nous avons trouvé une boîte remplie de cassettes VHS à Heberden House. Bien que nous n'ayons pas encore tout visionné, la date sur celle-ci signifiait qu'il fallait l'examiner parce que nous savions que tu étais là et Marcus aussi. Nous cherchons actuellement à identifier une femme qui était présente.

Candace se rapprocha un peu de Lyndall.

— Ceci a été modifié pour montrer environ dix minutes d'images avec la femme en question. Mais tu dois savoir que tous les invités de cette soirée apparaissent à un moment donné.

— Tu veux dire Alain. Lyndall prit la tablette. Y a-t-il du son ?

— Pas de son. Appuie simplement sur « lecture » quand tu veux et mets en pause si tu as besoin de regarder de plus près.

Liz souleva son café et prit une gorgée, en observant. Candace aussi.

À deux reprises, Lyndall mit l'écran en pause et le fixa, puis appuya sur « lecture » à nouveau. Elle la regarda deux fois puis l'arrêta sur une image claire de la femme.

— C'est Kirsten Bonner.

— Quoi ? C'est la femme de Marcus ?

— Oh non. Sa sœur. Elle a quelques années de moins et a

travaillé avec lui en France pendant un moment durant mon séjour en Europe. Pas du tout amicale. Assez secrète et avant que tu ne demandes, je n'ai aucune idée d'où elle pourrait être aujourd'hui.

C'était bien. Un nom. Une connexion inattendue.

— Connais-tu cette personne ? Liz localisa une image montrant Kyle.

Lyndall frissonna et a rendit la tablette.

— Un des hommes les plus froids et les plus cruels que j'ai jamais rencontrés, et Dieu merci, ce n'a été que deux ou trois fois.

Les yeux de Candace fixèrent Liz et elle prit une respiration rapide.

— Son nom ?

Elle va dire Kyle Moorland parce qu'il ne s'était pas encore transformé en Garry Ford à cette époque.

— Tu ne le connais pas ? Peut-être a-t-il quitté l'Australie comme Kirsten. Cet homme est Etienne Finn.

— Mais... non.

Lyndall hocha la tête.

— Si, ma chérie. C'était un membre important d'une horrible secte suprémaciste blanche et son nom était définitivement Etienne Finn. La seule personne qui s'entendait avec lui était Kirsten. Pourquoi as-tu l'air si bouleversée, Lizzie ?

Clignant des yeux pour chasser des larmes soudaines, Liz éteignit la tablette et la glissa dans son sac pour se donner un moment. Un autre pseudonyme ?

— Parce que c'est mon père. C'est Kyle.

VINGT-NEUF

— C'est une mine d'or, dit Jeff. Il contemplait la machine à laver démontée, désormais en dizaines de pièces principalement empilées les unes sur les autres, avec le tambour et la tuyauterie sur leur propre table. Je n'arrive pas à croire que tu ne t'y sois pas plongée dès son arrivée. Ça et les vêtements.

— Ça pourrait avoir un rapport avec une centaine de besoins concurrents, y compris ceux de mes patrons et occasionnellement les miens. Comme dormir et manger.

— Les deux sont surestimés.

— Qu'as-tu trouvé ?

— Du sang. Assez pour déterminer le groupe sanguin. On n'aurait jamais pu faire une telle chose jusqu'à ces deux dernières années, pas avec l'âge et l'état des échantillons. Je continue à analyser les traces et l'ADN va suivre, mais Meg, j'ai isolé trois groupes sanguins.

— Trois ?

Jeff sembla assez impressionné par lui-même.

— En effet. L'un correspond à celui de la victime masculine et un autre à celui de la victime féminine. Quant au troisième... c'est celui sur lequel j'ai l'intention de concentrer mes efforts.

Oh, Dieu merci. C'est exactement pour ça que j'avais besoin de toi ici.

— Ça semble un peu... difficile.

— Megan !

Elle ne put garder son sérieux.

— Jeffrey !

— Bon sang, il n'y a que ma mère qui m'appelle comme ça. J'aurai les résultats ADN d'ici une semaine grâce au fait que je ne travaille pas pour la police. Il grimaça. Sans vouloir manquer de respect, mais comment as-tu supporté d'attendre les résultats ? Des semaines, voire des mois pour obtenir une correspondance qui pourrait arrêter un tueur ou résoudre un crime ?

— L'argent, mec. Tu sais aussi bien que moi combien peu est mis à disposition des forces de l'ordre, peu importe quel gouvernement est au pouvoir. C'était un sujet qui tenait à cœur à Meg. Les délais pour des résultats simples sont ridicules. Le grand public peut obtenir quelque chose plus rapidement tant qu'il paie un laboratoire privé. Pendant ce temps, nous traquons des tueurs en série et des affaires non résolues déchirantes, et nous devons faire la queue derrière les délinquants liés à la drogue et à l'alcool.

Jeff ouvrit grand les bras et Meg s'avança pour un câlin.

— Tu prêches un converti, ma chérie. C'est pour ça je me suis tourné vers le privé.

— Peut-être que j'aurais dû faire pareil.

Il la serra fort puis la relâcha.

— Tu as eu de bonnes offres, mais je comprends pourquoi tu as choisi ta voie. Au fond de toi, Meggie, tu es une idéaliste.

— Je le suis ?

— Tu l'es. Trouver des solutions aux problèmes des autres est en haut de ta liste de choses à faire, mais les temps changent. La science avance rapidement et l'Australie a la chance d'avoir des gens intelligents qui restent sur place pour développer de nouvelles techniques. Je suppose que cette équipe est ta façon de rester proche de la police tout en ayant la liberté et les fonds pour accélérer et adopter ces changements. Non ?

— Oui.

Quelque chose émit un signal sonore et ils se dirigèrent vers la source. L'un des nombreux écrans dans la pièce. Jeff en avait apporté deux des siens et Meg en avait déjà plusieurs en place, tous sauf un connectés à différentes stations de test. L'autre était un ordinateur normal et faisait partie de son réseau. Et c'était celui qui réclamait leur attention.

— Y a-t-il un moyen d'avoir une ligne fixe ici ? demanda Jeff. Je comprends la nécessité de garder tout le numérique hors d'ici, mais que faire si mon mari a besoin de moi ?

Meg s'interrompit en ouvrant l'alerte et le regarda.

— Oh... je suis vraiment désolée. Je vais demander à Ben de s'en occuper. Tu peux recevoir des alertes de ton téléphone sur cet ordinateur maintenant, mais tu devras sortir pour passer un appel. Dois-je configurer ça pour toi jusqu'à ce qu'on puisse installer une ligne fixe ?

— S'il te plaît. Ce n'est pas que je m'attends à ce que quelque chose aille mal, mais je suis habitué à un peu moins de sécurité. Ne te méprends pas. Avoir ce laboratoire si protégé a parfaitement sens avec le travail qui s'y fait.

Prenant son téléphone, Meg passa quelques minutes à créer une alerte qu'il entendrait peu importe où il se trouverait dans le laboratoire.

— Il y en a une pour le numéro de téléphone de ton mari et un signal plus discret pour tous les autres appels et messages. Je la testerai une fois de retour dans le hub. Maintenant, voyons ce qui nous est parvenu. Elle cliqua sur le message qui les avait amenés à l'ordinateur. Oh, bon sang.

— Qu'est-ce qui ne va pas ?

— Liz a découvert encore un autre faux nom que son père a utilisé. Je vais devoir commencer une recherche.

Jeff fit un geste vers une autre table en acier inoxydable où une longue rangée de sacs d'échantillons était étiquetée.

— Une minute de plus de ton temps ? Il se précipita vers la table. Ce sont des échantillons de test des vêtements laissés dans la machine à laver.

Meg le rejoignit.

— Chacun d'eux raconte une histoire. Nous n'avons pas le bon équipement pour un test que je veux effectuer, alors avec ta permission, j'enverrai une sélection par coursier à mon autre laboratoire dans le but de dater le tissu et d'extraire d'autres informations. Ce n'est en aucun cas rapide, mais si cela en vient à des poursuites, nous serons prêts.

— Intelligent. Prévoyant et très intelligent. Vas-y. Et ça te dérange d'écrire une mise à jour rapide pour moi ?

— Prochaine tâche. Ensuite, je traiterai les moulages de preuves du puits et de derrière la maison. Et merci. Pour les trucs de téléphone.

— Facile à faire. Meg poussa la première porte. Je t'appellerai dans une minute donc envoie-moi un e-mail si ça ne fonctionne pas.

Elle jeta un coup d'œil en arrière. Jeff tendait la main vers l'appareil qu'il préférait pour la dictée. Le connaissant, elle aurait son rapport avant même d'avoir préparé un café et de s'être assise à son bureau.

Pete était presque de retour au hub quand son téléphone sonna. Bien qu'il ne reconnût pas le numéro, il supposa que ce n'était pas Kyle jouant encore à des jeux car il avait tendance à masquer ses appels.

— Détective McNamara.

— C'est Madame Betty Carrigan. Vous avez laissé votre carte sous notre porte d'entrée l'autre jour et demandé à propos de nos caméras. La voix était âgée et féminine.

— Merci de m'appeler, Madame Carrigan.

— Mon mari et moi avons bien regardé et vous avons trouvé

en train de vous promener. Alors nous sommes revenus en arrière pour voir ce que vous cherchiez dans notre jardin.

— Désolé pour l'intrusion.

— Ne soyez pas ridicule. Nous avons trouvé quelqu'un d'autre et elle a secoué la porte d'entrée et a même essayé d'ouvrir une fenêtre ! Quelle audace ! Et bien sûr, nous gardons tout verrouillé, donc elle n'a pas réussi, mais il était évident qu'elle voulait soit nous voler, soit se cacher.

— Savez-vous combien de temps s'est écoulé entre son départ et mon arrivée ?

— Nous le savons. Quatre minutes.

Il jura dans sa barbe. Si terriblement proche.

— Y a-t-il une chance que je puisse obtenir les images ? Je peux vous guider dans le processus ou venir en personne.

— Pas nécessaire, Détective. Mon mari a sauvegardé le fichier et dit que si vous fournissez une adresse e-mail, il peut l'envoyer tout de suite.

— Madame C, vous êtes vraiment formidable. Et votre mari aussi.

Il dicta l'une des adresses e-mail de Meg qu'ils utilisaient pour les communications externes, la remercia à nouveau et raccrocha.

Si seulement j'avais regardé dehors en premier, j'aurais pu attraper cette personne.

Quand l'équipe avait trouvé la serrure cassée à Heberden House l'autre jour, leur premier instinct avait été de vérifier à l'intérieur. Cela avait fait perdre de précieuses minutes et permis à l'intrus de s'échapper par-dessus le mur et à travers le jardin des Carrigan. Au moins, son arrivée avait peut-être suffi à empêcher la personne d'entrer par effraction dans leur maison et potentiellement de leur causer du mal à leur retour.

Alors qu'il quittait l'autoroute, une pluie régulière commença à tomber. Liz et Candace devaient déjà être de retour car il avait suivi Lyndall jusqu'à ce qu'elle soit en sécurité chez elle. Il y avait tant à rattraper de leur réunion et ces nouvelles images à examiner. Les choses avançaient dans une direction positive et maintenant, tout ce dont ils avaient besoin était que Kyle se montre.

Il dut s'arrêter à l'allée qui menait à l'accès du parking, à cause d'un sans-abri qui luttait pour pousser un caddie sur le trottoir. L'homme était corpulent et voûté, et semblait marmonner tout seul. Pendant qu'il attendait, Pete jeta un coup d'œil vers le toit du bâtiment. Hamish regardait en bas et lui fit un signe. Comme c'était étrange qu'il soit sur le toit sous la pluie. Pete regarda à nouveau l'homme et s'apprêtait à descendre de la moto pour l'aider quand, avec une grosse poussée, le caddie y parvint. L'homme fit un geste à Pete comme pour lui dire de partir, ce qu'il fit, parce qu'à l'étage l'attendait un café à son nom. Il avança la moto au-delà des déchets et des graffitis, puis utilisa un clavier pour ouvrir une porte roulante. Une fois à l'intérieur, il appuya sur le gros bouton plat pour abaisser à nouveau la porte, et un mouvement attira son attention sur les moniteurs de sécurité.

Le sans-abri se tenait à l'extrémité de la ruelle et, pendant que Pete regardait, il commença à retirer ses vêtements. Un long manteau surdimensionné. Une grosse écharpe. Une deuxième veste. Un pantalon épais. Il laissa tomber chaque article au milieu de la route.

— Mais qu'est-ce que tu fabriques ?

Pete descendit de la moto et enleva son casque et ses gants. L'homme n'était manifestement pas en surpoids et courbé, mais mince et grand. Il ramassa un grand morceau de carton blanc avec des inscriptions noires et le tint en direction de la caméra au-dessus de la porte roulante. C'était trop loin pour lire.

— Non, non, non. Pete frappa sa main sur le bouton pour ouvrir à nouveau la porte.

L'attention de l'homme se tourna vers la porte roulante qui bougeait lentement et avec un large sourire, il retira un bonnet et des lunettes de soleil de sa tête. Pendant quelques secondes, il resta immobile, son visage visible, puis après avoir placé le panneau au sol, il s'éloigna à grands pas.

Pete jeta son casque et composa le numéro de Ben, donnant un coup de pied à la porte roulante qui mettait trop de temps à se lever.

— Kyle Moorland est dehors. J'essaie de sortir du parking. Il est à pied et traverse le devant du bâtiment.

— On arrive.

Raccrochant, Pete prit un pistolet dans l'une des sacoches, le chargea et le fourra à l'avant de sa veste. La porte était juste assez ouverte pour qu'il puisse sortir, son corps aplati contre le châssis pour se glisser dessous. À la fin de la ruelle, il contourna les vêtements et le panneau et tourna à droite.

Où es-tu, espèce de salopard ?

Il roulait lentement, les yeux passant d'un côté à l'autre de la rue vide, puis s'arrêtant au coin suivant. Quatre directions. Aucune activité. Pas une personne. Quelques voitures garées.

Passant une vitesse, Pete démarra, roulant plus vite que l'idéal mais désespéré d'attraper Kyle. Mais il était seul et faire le tour des pâtés de maisons ne lui donnait pas de résultats. Il retourna au bâtiment où Ben et Liz faisaient une recherche à pied.

— Où est Hamish ?

— Sur le toit en train de chercher, dit Liz. Mets ton casque.

— Il était sur le toit quand Kyle était exactement là où nous sommes maintenant !

Liz traversa la route en courant et appela Hamish.

— Tu peux le voir ?

La tête de Hamish apparut.

— Non, mais il a couru dans la rue où Pete vient d'aller.

Jurant à haute voix, Pete fit demi-tour avec la moto et accéléra à fond.

Il était à trois pâtés de maisons quand quelque chose de gros surgit dans sa vision périphérique depuis une ruelle latérale.

Alors qu'il tordait les poignées pour éviter l'impact, la moto dérapa sur le bitume mouillé et le sol s'éleva.

Un bruit sourd et écœurant.

Douleur.

Plus rien.

Liz avait suivi Pete, mais le temps qu'elle atteigne le premier coin, il était hors de vue. Elle appela Hamish tout en revenant au bâtiment.

— Je peux voir Pete mais pas Kyle. Trop d'obstacles.

— Alors descends et aide à chercher. Prends une voiture ou une moto.

— Et un fusil.

Elle n'allait pas discuter. À ce moment, elle aurait tiré à bout portant sur son père. Deux fois.

Ben revenait en courant, son téléphone à la main. Liz le retrouva près de l'entrée de la ruelle. Il y avait un caddie de supermarché rempli d'ordures poussé contre le mur et un assortiment de vêtements sur le bitume. Et un panneau.

— Jeff descend pour recueillir des traces. Ben était essoufflé. Meg envoie une alerte à la police, y compris de ne pas l'approcher.

Je n'arrive pas à y croire. Nous l'avions juste là.

Pete avait dû le manquer de quelques secondes.

Liz fixa le carton. En épaisses lettres noires, il y avait un message. La pluie faisant déjà couler l'encre, elle prit rapidement une photo puis souleva la feuille pour l'appuyer, côté écrit contre le mur. Le message lui donna des frissons.

Un par un tu les verras tomber.
À toi seule d'arrêter cette horreur.
Fais-le vite, Elizabeth.
Ou regarde-les rendre leur dernier souffle.

Le téléphone de Liz commença à sonner... pas une sonnerie. Un son de sirène. Pareil pour celui de Ben.

Les deux écrans clignotaient en caractères rouges.

Pete est à terre. Touchez pour les coordonnées. Assistance d'urgence appelée.

Liz n'avait jamais couru aussi vite de sa vie. Ses pieds martelèrent le sol tandis que la pluie trempait ses cheveux et ses vêtements et brouillait sa vision. Ben était à proximité. Elle pouvait entendre sa respiration rauque.

Pete devait être vivant. Il devait aller bien. Rien d'autre n'était envisageable.

La route devant était un désastre.

La moto était couchée sur le côté, des pièces éparpillées autour suite à un impact.

Il y avait des gens. Certains debout. D'autres au téléphone. D'autres encore accourant des bâtiments pour voir. Quelqu'un était au sol.

— Pete ! Peter !

Liz se fraya un chemin et tomba à genoux à côté de Pete. Il était en position fœtale, les bras entourant sa tête, et il y avait du sang sur le sol. Beaucoup. Elle se déplaça de l'autre côté pour voir son visage et se pencha, tout près. Ses yeux étaient fermés, mais il respirait.

Dieu merci.

Ben était juste à côté d'elle, vérifiant le pouls de Pete.

— Pete, nous sommes là et de l'aide arrive.

Liz tendit son téléphone à Ben quand il se redressa.

— J'ai pris une photo du panneau. Jeff n'est pas en sécurité seul dehors.

Un moment plus tard, Ben parlait à quelqu'un, probablement Meg. Liz n'écoutait pas. Elle s'allongea sur le côté pour pouvoir voir tout changement sur le visage de Pete, souhaitant ardemment le toucher pour le réconforter mais craignant d'aggraver la situation.

— N'ose même pas mourir. Nous avons une fête à organiser. Tu te souviens ? Chez toi. Nous tous débordant dans les rues et les voisins appelant les flics. Et Lyndall ? Qui d'autre va faire des peintures nulles chez elle ?

— P..as nulles.

Les mots sortirent à peine, mais il était conscient.

Quelqu'un couvrit le torse de Pete d'une couverture et d'autres tenaient des parapluies au-dessus de lui et Liz. Une sirène se rapprochait.

— Pas nulles ? Eh bien, tu ferais mieux de te ressaisir et de me prouver le contraire en m'en montrant une.

— Liz... Lizzie...

Elle était si proche maintenant pour l'entendre.

— Je suis là, Peter.

— Je t'... aime.

— Je sais. Je t'aime aussi. Tu es mon meilleur ami.

Ses yeux s'entrouvrirent puis se refermèrent et il poussa une sorte de soupir.

Ou regarde-les rendre leur dernier souffle.

Liz leva la tête.

— Ben, fais venir cette ambulance ici.

TRENTE

Il n'y avait rien qu'elle puisse faire pour Pete. Pas maintenant. Il avait repris conscience en étant installé sur la civière, ses cris aigus de douleur brisant à nouveau le cœur de Liz. Les ambulanciers avaient répondu avec des antidouleurs et des paroles rassurantes.

La police était arrivée juste après les ambulanciers et avait commencé son travail. Ben était plus souvent au téléphone qu'autre chose et Liz recevait sans cesse des messages paniqués du reste de l'équipe. Elle répondait à chacun avec un message copié-collé indiquant que Pete était gravement blessé mais conscient et en route vers l'hôpital, qui heureusement n'était qu'à quelques kilomètres.

— Reuben et Annette ne sont pas loin. Ben passa son bras autour des épaules de Liz. Ils vont venir ici avec Meg pour mener notre propre enquête, mais pour l'instant, toi et moi devons retourner au bureau.

La sirène s'était estompée jusqu'à disparaître complètement, alors elle hocha la tête et ils se dépêchèrent de parcourir les quelques rues jusqu'au bâtiment. Les vêtements, le chariot et le panneau avaient disparu, et la pluie avait effacé toute trace de leur présence. Ben tapa un code pour ouvrir la lourde porte d'accès latérale à côté de celle du parking et la tint pour laisser passer Liz.

C'était par là qu'elle était entrée dans le bâtiment le premier jour en tant que membre de l'équipe, et cette entrée était rarement utilisée. À l'intérieur se trouvaient trois volées d'escaliers et une porte qui ressemblait à un mur et dont l'activation nécessitait une astuce.

Elle avait pensé que c'était Pete qui l'avait envoyée par-là, la forçant à résoudre différentes énigmes pour entrer. Mais c'était Candace qui en était responsable, dans le cadre d'une évaluation.

J'ai blâmé Pete pour rien.

La seule personne à blâmer était Kyle Moorland. Garry Ford. Etienne Finn. Ou peu importe comment le monstre voulait s'appeler. Ses mains se crispèrent en poings.

À l'intérieur du hub régnait un silence inquiétant alors que tout le monde avait cessé de parler. Tous les regards se tournèrent vers Liz et Ben. Personne n'était à son poste de travail, ils erraient tous. Désemparés. Meg avait retiré ses lunettes, ses yeux étaient rouges. Jeff lui tenait la main. Candace fit un pas en avant puis s'arrêta. Hamish baissa la tête.

Tu as laissé cela arriver. Tu as aidé à ce que ça arrive.

Liz traversa la pièce en quelques secondes, s'arrêtant à quelques centimètres d'Hamish, qui releva brusquement la tête.

— Liz, je suis vraiment désolé de ne pas avoir pu arriver à temps pour…

— Pourquoi étais-tu là-haut ?

— Attends, quoi ?

— Ne joue pas à ça, Hamish. Sa voix s'éleva et du coin de l'œil, elle vit Ben se diriger vers eux. Pete a dit que tu étais sur le toit plus tôt. C'était quand Kyle attendait Pete ?

— Je n'ai aucune idée de ce que tu veux dire.

— As-tu vu mon père ?

— Oui, je l'ai dit. Il courait…

Liz posa ses deux mains sur sa poitrine et poussa avec une

pression constante qui le déséquilibra suffisamment pour qu'elle le force à reculer de quelques pas. Il s'arrêta contre un mur, levant ses propres mains en l'air en signe de passivité.

— Liz, ça suffit ! hurla Ben.

— Hamish va nous expliquer pourquoi il était sur le toit au même moment où mon père attendait en bas. N'est-ce pas ? Liz baissa les mains mais ne recula pas. Tu faisais le guet ? Tu as aidé Kyle à choisir son moment ? De là-haut, tu peux voir l'un d'entre nous revenir. Est-ce que ça t'importait que ce soit Pete ? Ou cela aurait-il pu être Phoebe ?

Hamish recula et le nuage brumeux dans sa tête se dissipa.

Mais qu'est-ce que je suis en train de faire ?

Ben était face à elle.

— J'ai dit assez, *Détective*. Recule maintenant.

Quelqu'un tirait sur son bras.

Meg.

Pourquoi pleures-tu ?

— Tu es couverte de sang, Liz. As-tu été blessée aussi ?

Liz baissa les yeux. Sa chemise blanche était trempée du sang de Pete.

Il y avait des conversations autour d'elle. Hamish ne cessait de la regarder, mais il y avait des larmes dans ses yeux et cela la rendit si honteuse.

— Elle est en état de choc. Lizzie... regarde-moi, s'il te plaît. La voix de Candace était douce. Au moins comparée à celle de Ben. Allons te nettoyer. Viens.

Ses jambes ne fonctionnaient pas correctement. Elles tremblaient. Candace lui tenait la main et quelqu'un d'autre, Jeff, passa un bras de soutien autour de sa taille. Alors qu'ils se dirigeaient vers les vestiaires, la porte principale s'ouvrit et Annette, suivie de Reuben, entra. Les mains d'Annette volèrent à sa bouche et elle éclata en sanglots. Reuben sembla prêt à aller vers Liz, mais à la place, il prit une chaise pour Annette.

— C'est dur pour nous tous. Merci, Jeff, on va s'en sortir, dit

Candace. Elle resserra son emprise sur Liz. Appuie-toi sur moi si tu en as besoin.

— Mais je suis trempée de sang.

— Tu es plus importante que ce que je porte.

En un instant, elles étaient dans les vestiaires et Liz commença à enlever ses vêtements. Le sang était sur tout.

Candace se retourna.

— Une fois que tu seras sous la douche, je mettrai tout ça dans un sac.

Liz empila tout à un endroit et alluma la douche.

— Tu veux que je reste dehors au cas où tu ne te sentirais pas bien ?

Je ne sens rien du tout.

— Merci. Non. Dis à Ben que je serai bientôt là pour aider.

Elle se plaça sous l'eau fumante. Est-ce que Ben allait la renvoyer ? À ce moment-là, elle s'en fichait, sauf que sans l'équipe, ses chances de trouver Kyle seraient considérablement réduites. Pas impossibles. Il y avait des endroits où elle pouvait se rendre visible. La marina, par exemple.

Liz mit sa tête sous la douche et regarda vers le bas. Du sang coula le long de son ventre et de ses jambes puis de ses pieds, l'eau diluant la couleur. Le sang de Pete.

Elle s'effondra sur le sol et pleura.

— Es-tu prêt à prendre le rôle de Liz ? Si cela devient nécessaire ?

Ben et Reuben étaient seuls dans la salle de conférence, la porte fermée. Il avait besoin d'un moment pour réfléchir. Une heure aurait été préférable, mais le temps ne lui appartenait pas. Au cours de la dernière heure, l'équipe avait été brisée et risquait fortement d'être complètement déchirée.

— Bien sûr. Mais elle est solide.

— Mon vieux, tu ne l'as pas vue. Elle a poussé Hamish contre un mur et l'a accusé d'être le chien de garde de Kyle. Ben laissa tomber sa tête dans ses mains. Nous sommes sous la menace de nouvelles attaques contre l'équipe.

— Je ferai tout ce dont tu as besoin, patron. Par quoi commencer ?

Un petit poids s'allégea avec le soutien sans questions de Reuben, et Ben se redressa.

— Dès que Liz sera de retour, nous aurons une réunion d'équipe. Meg a déjà téléchargé notre surveillance et travaille avec notre autre équipe pour évaluer les risques ainsi que pour utiliser leur expertise et leurs forces vives afin de resserrer le filet autour de ce fou.

— *Notre* autre équipe ? La police locale ?

— Il y a une deuxième équipe comme la nôtre à Victoria. Ils ont leurs propres affaires et idéalement, nos chemins ne se croisent pas. Mais aujourd'hui... Il ne pouvait pas parler de Pete sans avoir envie de pleurer.

— Aujourd'hui, nous faisons ce qu'il faut pour en finir.

Reuben était le bon choix pour prendre le relais. C'était un opérateur calme et stable avec des compétences exception-nelles, notamment son approche pour gérer les gens.

— Pour l'instant, pourrais-tu voir comment va Candace ? Voir ce dont elle a besoin. Et demande à Hamish de venir me voir.

L'autre homme s'arrêta à la porte et regarda en arrière.

— Nous aurions dû capturer Kyle depuis longtemps. Si nous trouvons celui qui l'aide, alors *nous* pourrons l'avoir.

Ben hocha la tête tandis que Reuben sortait.

Avait-il entravé l'enquête en gardant les soupçons concernant un complice interne au sein du groupe central ? Pourquoi n'avait-il pas fait plus d'efforts pour interroger Hamish et Annette et faire en sorte que Meg plonge encore plus profondé-ment dans leurs histoires qu'elle ne l'avait déjà fait ?

Parce que je fais face à un criminel qui est en dehors de mon expérience.

Il démissionnerait. Une fois que tout cela serait terminé.

Laisser quelqu'un capable de diriger l'équipe avec une meilleure gestion du temps et un esprit plus vif prendre le relais. Quelqu'un qui ne ferait pas de telles erreurs.

Il y eut un coup à la porte et Hamish entra, la fermant mais sans bouger. Son expression était vide. Il était fort probable que l'homme voudrait que des mesures soient prises contre Liz.

— Viens t'asseoir, mon vieux.

Hamish s'approcha de la table mais resta debout, les mains le long du corps.

— Je ne suis pas un traître, monsieur.

Ben se leva et alla vers Hamish, posant doucement une main sur son épaule.

— Tu t'es bien comporté tout à l'heure. Pas du tout comme un traître. Veux-tu bien t'asseoir ? Nous avons besoin d'une minute pour nous poser.

Avec un hochement de tête, Hamish prit un siège et son visage se détendit un peu.

— La seule raison pour laquelle je t'ai fait venir est de voir comment tu vas. Kyle Moorland a jeté son gant aujourd'hui. Je ne sais pas si tu es au courant du panneau qu'il a laissé pour Liz, mais on dirait une menace pour chacun d'entre nous. Personnellement.

— Je ne l'étais pas. Alors Pete a été le premier à être ciblé ?

— Le truc, c'est qu'on ne sait pas si c'était Pete ou simplement la prochaine personne à revenir au hub. Candace et Liz n'avaient qu'une demi-heure d'avance sur lui.

Finalement, Hamish regarda Ben droit dans les yeux.

— Sauf que Kyle ne fera pas de mal à Lizzie. Pas avant qu'il ne comprenne qu'elle ne cédera jamais à ses exigences. Nous devons le tuer pour l'arrêter et ensuite elle sera libre.

— Nous allons avoir une réunion d'équipe très bientôt et coincer ce salaud.

Les coins des lèvres d'Hamish se soulevèrent pendant une seconde.

— J'offre mes services pour abattre ce salaud. Monsieur.

— Je suis presque sûr d'avoir dit coincer. Ben sourit. Es-tu prêt à continuer à travailler avec Liz ? Je préfèrerais ne pas la mettre à l'écart avec tant d'enjeux, mais…

— Je n'ai pas l'intention d'aller plus loin. Mais je suis loyal. Ben ? Je te promets que je suis loyal.

TRENTE-ET-UN

Jamais il n'y avait eu un groupe plus lugubre que celui autour de la table en ce moment. Tout le monde était assis sur un tabouret parce que Ben ne cessait de dire aux gens de s'asseoir. Meg pensait que c'était sa façon de materner une équipe brisée. Pour une fois, elle était heureuse de se percher sur un tabouret plutôt que de se tenir debout au bout de la table.

Reuben était à l'autre extrémité et vigilant. C'était le seul mot qu'elle pouvait appliquer à son comportement. Quoi que Ben lui ait dit lors de leur réunion à huis clos, Reuben était différent. Ses yeux s'arrêtaient sur quelqu'un et se plissaient, puis passaient à un autre. Quand Liz sortit de la cuisine avec un café, il la suivit du regard tout le long de la pièce et ne prit son tabouret que lorsqu'elle se fut assise.

Liz avait l'air affreuse. Le sang avait disparu mais ses yeux étaient hantés et sa peau pâle.

J'ai envie de t'envelopper dans une couverture chaude et de te mettre quelque part en sécurité.

Candace s'éclaircit la gorge et tous les yeux se tournèrent vers elle.

— Avant de commencer, je viens de raccrocher avec un ami médecin à l'hôpital Royal Melbourne. Pete subit une série de tests pour détecter un gonflement ou un saignement au cerveau. Il est conscient. Il a des fractures. Nous aurons d'autres nouvelles plus tard aujourd'hui, y compris des indications sur les protocoles de visite. J'ai parlé à sa mère qui prend des dispositions pour venir à Melbourne.

Un chœur de « Dieu merci » et « c'est encourageant » et « sa pauvre maman » s'éleva jusqu'à ce que Ben reprenne la parole.

— Je sais que nous pensons tous que nous devrions être à l'hôpital, mais pour l'instant, attraper ceux qui ont blessé Pete est notre priorité. Il parlait posément. Nous n'avons pas vu cette attaque venir. Notre réponse a été la meilleure possible dans les circonstances. Des erreurs ont été commises et nous en tirons les leçons.

Liz et Hamish se regardaient fixement de part et d'autre de la table. Meg n'avait aucune idée s'ils s'étaient parlé depuis que Liz avait perdu son sang-froid, ou si c'était réparable. Heureusement que Phoebe n'avait pas été là pour assister à la confrontation, car voir Liz traiter un ami comme un ennemi était déjà assez pénible pour Meg. Cela perturbait tout le monde. C'était la deuxième fois que Liz manipulait physiquement Hamish, mais pour être juste, la première fois, elle croyait qu'il était un kidnappeur et protégeait des civils.

Ma belle équipe souffre.

Ben les regarda tous.

— J'ai demandé à Phoebe de rester chez elle pour le moment. Elle a un garde de sécurité assigné à ce qui est déjà un bâtiment sécurisé et un protocole à suivre. Nous devons gérer les risques avant tout, ce qui pourrait inclure de se déplacer en binôme à l'extérieur du bâtiment. Meg, Jeff et Candace auront également des gardes de sécurité à partir de ce soir.

— Je n'en ai pas besoin, dit Candace. Tu sais bien que personne ne peut entrer dans mon appartement.

— Et si quelqu'un appelle anonymement pour signaler un incendie ? Une bombe ? La voix de Liz était tendue. Et si Kyle attend simplement que tu sortes pour la journée ?

— Hamish s'occupe de l'attribution de la sécurité et parlera à chacun d'entre nous après la réunion, dit Ben. Il regarda Liz comme s'il s'attendait à une réaction, mais elle se contenta de hocher légèrement la tête. Il poursuivit. Meg, où en sommes-nous avec les informations ?

— En fait, il y en a pas mal. Grâce à notre excellente surveillance ici, nous avons retracé les mouvements de Kyle depuis sa première apparition jusqu'à la dernière. J'ai envoyé des images sur la tablette de chacun, alors veuillez les consulter aujourd'hui pour vous familiariser avec sa capacité à utiliser le déguisement. Maintenant, j'ai regardé longuement sous tous les angles possibles et je crois qu'il a été à la vue de tous pendant de nombreuses heures. Regardez. Elle fit apparaître des images sur l'écran vertical. C'était tôt ce matin, avant le lever du jour.

Elle zooma sur un entrepôt abandonné de l'autre côté de la rue. C'était un endroit que l'équipe vérifiait régulièrement pour détecter d'éventuelles caméras de représailles et autres, et il était toujours propre. Mais dans son entrée se trouvait une forme sombre.

— C'est Kyle. Vous voyez le chariot juste à côté de lui ? Il ne dormait pas, il observait simplement avec des jumelles et un appareil photo. Et il est arrivé là en passant devant le bâtiment.

Annette se leva pour regarder de plus près.

— Il est resté là toute la journée ? Nous sommes passés en voiture devant lui.

— Les sans-abri sont souvent invisibles. Tout comme les personnes âgées et quelques autres catégories démographiques, dit Candace. La société a besoin d'un nouveau départ, mais en attendant, des gens comme Kyle peuvent en tirer profit. Et Liz... il est fort probable que c'est ainsi qu'il savait où tu te trouvais à différents moments. Si nous avions le temps de chercher, nous pourrions le découvrir en train de rôder à la vue de tous, suffi-samment près de ton appartement pour te suivre facilement. N'importe lequel d'entre nous, en fait.

Liz se leva brusquement et se dirigea vers le côté de la pièce qui donnait sur l'entrepôt.

Annette fit un geste pour la suivre, mais Candace lui fit signe de rester.

— Maintenant que j'ai ces données, je lance plusieurs recherches et j'alerte certains de nos alliés dans différents domaines des forces de l'ordre. Meg avait besoin de terminer cela. Il y avait tellement de choses à couvrir. Je veux toujours aller examiner le lieu de l'attaque contre Pete, mais une équipe y est actuellement. Jeff sera tenu au courant et a pris des dispositions pour que nous ayons accès aux traces, dans la mesure du possible, pour nos propres tests. Des enquêtes sont menées auprès des bâtiments proches du lieu pour obtenir d'éventuelles séquences vidéo.

Le téléphone de Ben sonna et il s'excusa.

— Je suppose que pendant que le patron est occupé, je vais continuer à bavarder sur la puissance de la surveillance. Une piste a abouti et c'est entièrement grâce à Pete.

Les fenêtres du hub étaient toutes à vision unidirectionnelle. Correctement réalisées plutôt que les installations bon marché qui permettaient encore au « mauvais » côté de voir à l'intérieur s'il y avait une lumière allumée. Liz fixait l'entrée à quelques centaines de mètres de là.

Tu étais là tout le temps. Tu as attendu, observé et planifié.

Elle était passée deux fois en voiture devant son père aujourd'hui.

Si elle avait été le moindre bon flic, elle l'aurait repéré. Au moins, elle aurait remarqué qu'il y avait quelqu'un là. Où était sa compassion, sinon ? Ce n'était pas son genre d'ignorer quiconque dans le besoin.

Liz écoutait la conversation. Elle ne pouvait tout simplement pas y participer pour l'instant. Son cœur était lourd de honte, d'embarras et de dégoût face à son manquement professionnel. Elle valait mieux que ça.

Meg commença à parler de Pete. Du fait qu'il était responsable d'une piste.

Je ne peux pas aider Pete. Mais je peux poursuivre ce qu'il a commencé.

Elle retourna au tabouret. Jeff était d'un côté et il prit discrètement la main qu'elle avait laissée tomber sur sa jambe et la serra.

— Notre compte e-mail général a reçu une charmante lettre d'une certaine Mme Betty Carrigan. Elle a expliqué qu'elle avait parlé à un charmant officier de police nommé Pete McNamara qui rôdait autour de sa maison il y a peu.

Une image fixe d'un joli jardin apparut sur l'écran tandis que Ben reprenait place.

— C'est la propriété qui donne sur Heberden House ? Reuben parlait pour la première fois depuis le début de la réunion. Pete a laissé sa carte sous leur porte.

— Exact. C'est aussi la propriété qu'il a identifiée lors de notre première visite comme étant d'intérêt.

— Pourquoi d'intérêt ? demanda Annette.

Le regard fixe de Reuben encourageait Liz à s'impliquer. Ou peut-être essayait-il de comprendre pourquoi il entretenait une si bonne relation avec une telle idiote. Elle avait envie de pleurer, de crier et de courir. En particulier, elle avait besoin de courir.

Liz releva le menton.

— C'est un observateur, Annette. Tu le sais bien. Pete a examiné les contours du terrain à l'intérieur et autour du manoir, qui est plutôt plat, pour la plupart. Mais cette propriété d'environ un demi-hectare est adossée à une partie du mur qui est plus basse à cet endroit. Il a pensé que cela offrait un site potentiel où quelqu'un pourrait grimper sans avoir besoin d'une échelle ou de l'aide d'une autre personne.

— Quand nous sommes revenus et avons trouvé une serrure cassée, Pete et moi avons jeté un coup d'œil à l'intérieur puis sommes allés sécuriser l'extérieur. Presque immédiatement, nous avons trouvé des traces, notamment une empreinte de pas claire, alors Pete a continué là où il croyait que l'intrus irait et j'ai fait un moulage. Reuben regarda Jeff. Est-ce que nous avons quelque chose à ce sujet ?

Jeff rayonna.

— Certainement. Elle provient d'une femme. J'en suis certain, non seulement à cause de la taille de l'empreinte, mais aussi de la structure du pied et de la profondeur qui indique une personne d'environ cinquante-deux kilos. J'ai réduit le type de chaussure à une des trois marques et j'ai envoyé des demandes à mon laboratoire pour obtenir de l'aide.

— Puis-je demander quelque chose ? Hamish jeta un coup d'œil à Liz comme pour vérifier qu'elle n'allait pas bondir par-dessus la table pour l'étrangler. Y a-t-il quelque chose sur l'empreinte trouvée au fond du puits ? Et sur le morceau de tissu trouvé là-bas.

— Cela n'a pas donné grand-chose, si ce n'est que c'était du coton arraché d'un morceau plus grand. Étant donné qu'il y a une porte, il se peut qu'un vêtement ait été pris et déchiré. Jeff était maintenant mortellement sérieux. Ce que je peux vous dire, c'est que l'empreinte moulée du puits montre une empreinte de botte assez large et profonde pour indiquer un porteur masculin. Et elle est relativement récente.

— Récente ? Genre, vraiment récente ? demanda Annette. Je me demande combien de personnes utilisent cette propriété pour leurs besoins personnels.

— J'estime que cette empreinte date de quelques mois, pas plus de trois, mais tu soulèves un bon point. Au moins deux personnes ont accédé à la propriété sans raison d'y être.

Kyle, peut-être ? Et la mystérieuse Kirsten ?

Meg attira à nouveau l'attention sur l'écran.

— Mme Carrigan a joint une série de courts clips à son e-mail. Elle a mentionné que son mari est doué en technologie et je dois être d'accord. Chaque clip est coupé à environ dix secondes de part et d'autre du mouvement et la qualité de la caméra est excellente.

Il y avait cinq clips différents pris à partir de trois caméras, toutes à l'avant de la maison. Visionnés ensemble, ils montraient une silhouette apparaissant le long d'une clôture, regardant par-dessus son épaule, puis courant vers le coin de la maison. La personne vérifiait dans la direction d'où elle venait, puis plusieurs tentatives furent faites pour ouvrir les fenêtres et il y eut une recherche précipitée sous les plantes en pot et le paillasson, probablement pour trouver une clé. Finalement, la personne courut jusqu'au portail électronique et fit facilement basculer son corps par-dessus.

— Elle est en forme et forte, observa Candace. Avez-vous remarqué son oreille droite ?

D'un signe de tête, Meg fit apparaître plusieurs images fixes, toutes zoomées sur la femme sous différents angles.

Annette poussa un cri.

— Oh mon... elle est plus âgée, bien sûr, mais c'est la femme de la Galerie Bonner. Quand j'avais seize ans.

Liz avait la nausée. La femme lui était familière malgré l'expression sévère, presque froide, sur cette image. Tout était étrangement familier, la musique et l'arôme des cocktails et des amuse-gueules. Et la danse. Cette femme, les cheveux détachés sur les épaules nues, dansant avec Kyle à Heberden House. Elle sentit des yeux sur elle. Reuben avec ces lignes d'inquiétude de retour.

Candace pointa une photo claire de la femme de face. Ses cheveux étaient tirés en arrière dans un chignon serré qui exposait ses deux oreilles. Sur la gauche se trouvait une boucle d'oreille pendante qui pourrait bien être la partenaire de celle trouvée dans la cave. Et l'oreille droite était nue.

— J'ai eu des nouvelles du fabricant de la boucle d'oreille en forme d'épée, dit Jeff. Ils ont pu fournir les détails de la vente, car ils conservent des registres manuscrits remontant aux années 1800.

Meg était presque en train de rebondir sur son siège.

— Et grâce au travail de Jeff et à toutes les cassettes VHS, et à Lyndall pour avoir aidé à identifier les personnes, et à Pete pour avoir trouvé ces images, et à nous tous parce que nous sommes géniaux... voici Kirsten Bonner. Sœur cadette de Marcus Bonner, probablement héritière de la galerie, et actuellement en Australie depuis l'Allemagne avec un visa touristique. Selon ma source, elle n'est pas revenue ici depuis 2012 et avant cela, 1995.

— Alors pourquoi était-elle dans la cave de Heberden House ? demanda Hamish. En fait, je suggère que c'était pour accéder à la pièce derrière le mur de trois rangées de briques. Et voler le contenu. Après tout, nous savons qu'il y avait un certain nombre de caisses vides, alors était-elle déjà entrée là-dedans ?

— Meg, savons-nous autre chose sur la maison de Mme Carrigan ? Étaient-ils simplement sortis pour la matinée ou plus longtemps ? Ben fronça les sourcils. Je me demande si Kirsten Bonner avait progressivement vidé la pièce avec plusieurs passages par-dessus le mur.

— Cela expliquerait pourquoi les caisses étaient au pied du mur. Si elle utilisait la propriété Carrigan comme point d'accès. Hamish sembla content de lui.

— Je vais lui envoyer un e-mail avec quelques questions et voir si son mari pourrait regarder plus loin dans le passé. Meg prit sa tablette. Je l'envoie maintenant.

— Mais ça n'a pas de sens ! Annette désigna l'image sur l'écran. Je sais qu'elle était impliquée dans la galerie, mais pourquoi être à Heberden House après toutes ces années ?

Liz se leva.

— Je sais pourquoi.

TRENTE-DEUX

Dieu merci, tu es de retour parmi nous.

Pendant toute la réunion d'équipe, Ben n'avait cessé de surveiller Liz, souhaitant qu'elle s'implique dans la discussion. Elle n'avait parlé qu'une fois, pour répondre à Annette plus tôt. Mais maintenant, ses joues avaient retrouvé leurs couleurs et une flamme brillait dans ses yeux. Contenue, certes, mais une flamme tout de même.

L'énergie de toute l'équipe semblait se raviver, même celle de Hamish, leur attention se portant sur elle tandis qu'elle se dirigeait vers la fenêtre où elle était restée pendant la moitié de la réunion.

— La plupart d'entre nous sont passés devant Kyle au moins une fois aujourd'hui. Moi, trois fois. Je ne l'ai pas vu. Aucun de nous ne l'a vu parce que nous ne le cherchions pas. Je ne sais pas pour les autres, mais quand je rentre chez moi le soir, je vérifie mon appartement et j'entends par là que je le vérifie vraiment. Mon arme à la main. Je regarde dans tous les endroits où un homme pourrait se cacher, m'attendant à ce qu'il s'introduise chez moi. Je le guette partout et pourtant, il était là. Juste devant moi, et ce n'était pas la première fois.

Elle revint vers la table.

— Quand nous avons découvert des liens avec le réseau criminel européen dans lequel Marcus Bonner était si impliqué, plusieurs éléments indiquaient que Kyle était le chef de l'organisation en Australie. Avec ses penchants pour la suprématie blanche, les bribes d'informations provenant de personnes comme Tony Shaw et d'autres subalternes, et la façon troublante dont Kyle semblait connaître certains de nos mouvements... y a-t-il quelqu'un ici qui n'est pas d'accord avec ce résumé ?

Un murmure parcourut l'équipe et toutes les têtes firent signe que non. Ils étaient tous arrivés aux mêmes conclusions. Candace avait les mains sur le bord de la table, la serrant, penchée en avant avec un visage indéchiffrable.

— Il ne fait aucun doute qu'il était étroitement lié à Marcus. Et l'enlèvement de Lyndall sembla être son œuvre. Nous avons vu des images de lui donnant apparemment des instructions à Marcus, et Lyndall a surpris Marcus parlant à quelqu'un que nous avons tous cru être mon père. Mais était-ce lui ? Pourquoi Kyle se serait-il donné la peine de se transformer en vieux pêcheur, avec un chalutier délabré, et de secourir Lyndall de la baie s'il avait orchestré son enlèvement ? Pourquoi ?

Hamish leva la main comme à l'école, puis la baissa.

— Liz, désolé, mais suggères-tu que Kyle ne dirige pas un réseau criminel ?

— Oui.

— Il les a utilisés pour ses propres objectifs néfastes.

Liz sourit à Hamish.

— Tu y es presque, mon pote. Vraiment presque.

Hamish rougit violemment et hocha vigoureusement la tête, et Ben eut pitié de lui. Le jeune homme avait des sentiments pour Liz. Probablement une sorte d'admiration. Son approbation comptait plus que Ben ne l'avait réalisé, ce qui présentait des problèmes auxquels il ne pouvait pas réfléchir pour l'instant.

Reuben pencha la tête.

— Donc Kyle avait une sorte d'influence dans l'organisation de Marcus. Ou il était une sorte de consultant. Ou... ah.

— Mon Dieu. Candace bondit sur ses pieds, agitée. Comment ai-je pu passer à côté de ça ?

— À côté de quoi ? Annette fixa Candace, les mains jointes. Je suis généralement douée pour les énigmes, mais vous m'avez tous perdue. Quelle est la position de Kyle ?

Candace prit une respiration rapide.

— Kyle est obsédé par Liz. Nous le savons tous. Mais j'avais considéré à tort que cela était entièrement lié à ses croyances, car la petite Liz était son enfant aux cheveux d'or, contrairement à sa femme et à sa fille aînée, qu'il considérait comme inférieures. C'est certainement un facteur, mais ce n'est pas toute l'histoire.

Reprenant lentement sa place, Liz regarda directement Ben. Elle souffrait terriblement. Il la connaissait assez bien pour voir la douleur dans ses yeux. C'était Pete, puis le terrible jugement sur ses actions avec Hamish, le tout aggravé par ce qu'elle avait découvert au sujet de son père. Il n'avait pas encore compris, mais quelque chose se mettait en place. Il sourit à Liz pour l'encourager.

Continue. Nous sommes là pour toi.

— Kyle Moorland est beaucoup de choses, commença Liz. Et beaucoup de personnes. Nous le connaissons comme Kyle, mon père, Garry Ford, qu'il a tué pour prendre sa place, et Etienne Finn. Sur ce dernier, nous avons peu d'informations et cela soulève la question de savoir s'il y a d'autres identités à découvrir et laquelle est réellement la sienne. Annette, tu as demandé pourquoi Kirsten Bonner était récemment à Heberden House et c'est une excellente question. Mais je veux demander pourquoi *Kyle* y était.

Cela provoqua une vague d'intérêt renouvelé.

— Meg travaille dur pour en savoir plus sur Kirsten Bonner et, d'ailleurs, sur ce qui liait son frère aux Baxter. *C'est* le problème que nous n'avons pas résolu. Qui les a tués et pourquoi ? Je me demande si le couple faisait partie du réseau criminel européen. Liz but une gorgée de café qui était resté trop longtemps et grimaça. Merci de me supporter. J'élabore ma réflexion en parlant, mais de plus en plus d'éléments se mettent en place dans mon esprit.

— Tu te débrouilles bien. Candace se rassit.

— Je n'en ai pas l'impression. Rien ne m'a semblé juste depuis que Pete... bref. Kyle est obsédé par moi, oui. À un niveau d'obsession auquel Candace donnerait un nom. Pourquoi serait-ce juste moi ? Je crois que ce n'est pas le cas. Elle baissa les yeux un instant, puis sembla tout rassembler. Phoebe et moi avons vu mon père, que Lyndall a reconnu comme Etienne Finn, lors d'un dîner chez les Baxter à leur domicile de Melbourne en 1991 sur l'une des cassettes VHS. Kirsten était présente. J'ai des souvenirs d'avoir regardé un événement en tenue de soirée à Heberden House quand j'étais petite. Je ne connais pas mon âge, mais moins de cinq ans. Dans mes souvenirs, que Candace m'aide à explorer, j'ai vu Kyle danser. Et il dansait avec Kirsten.

Il y eut un hoquet de surprise de la part d'Annette. Hamish marmonna quelque chose sur le fait que tout prenait sens. Et Candace mit sa tête dans ses mains.

Liz rit. Un rire bref, de colère.

— Dites-moi que je suis folle, mais et si mon père était obsédé par Kirsten Bonner ? Et si son obsession l'avait lié à un réseau criminel qu'il n'apprécie même pas ? Je pense qu'elle est ici après tant d'années parce que son frère est mort et a laissé un énorme gâchis, et que mon père est censé aider à le nettoyer.

Candace se redressa.

— Kyle est pris entre ses deux grandes obsessions. Et cela fait de lui un être incroyablement dangereux. Je pense que tu as tout à fait raison, Liz.

Annette annonça qu'elle avait besoin d'une cigarette et sortit.

— Par deux, les gens, dit Ben. Quelqu'un doit l'accompagner. S'il vous plaît.

Hamish la suivit. Il partagerait au moins une bouffée avec elle et ils pourraient tous deux calmer leurs nerfs.

Liz voulait aller courir longtemps. Que se passerait-il si elle le faisait ? Si Pete était là, il l'accompagnerait mais se plaindrait à chaque pas, et pour une fois, elle le souhaitait de tout son cœur.

Sa théorie sur Kyle tenait la route. Pas seulement pour Liz, mais pour le reste de l'équipe. Maintenant, ils devaient trouver des preuves et suffisamment d'éléments pour poursuivre en justice. Kirsten Bonner avait commis une erreur en revenant en Australie, car Meg veillerait à ce que les douanes et la Police Fédérale Australienne disposent de toutes les informations la concernant et l'arrêtent à l'aéroport.

Sauf que... et si, comme Kyle, elle avait plusieurs identités ?

— Liz. Une minute s'il te plaît ?

Elle s'y attendait depuis qu'elle avait vu les larmes dans les yeux d'Hamish. Se planter n'avait jamais été aussi personnel. Liz ferait face à son licenciement. À son éviction de l'équipe qu'elle avait appris à aimer. Un jour, elle pourrait même dormir sans se flageller pour une si terrible erreur de jugement. Mais si Pete mourait...

Ben ferma la porte derrière eux et lui fit signe de s'asseoir. Elle s'exécuta. Il vérifia ses e-mails et son téléphone et elle attendit.

— Des nouvelles de Pete. Il sera opéré ce soir pour réparer des fractures osseuses à un bras. Aucun signe de gonflement cérébral ou d'hémorragie. Plusieurs côtes cassées. Des ecchymoses massives. Il a eu beaucoup de chance.

Liz sentit les larmes venir et déglutit avec peine. Cela ne changea rien et elles coulèrent sur ses joues.

— Pleure. Nous l'avons tous fait, Lizzie. Nous aimons Pete et quand il reviendra, je vais m'assurer qu'il comprenne qu'il ne doit jamais monter sur une satanée moto sans casque.

Cela la fit rire. En quelque sorte. Elle essuya son visage.

— Tu as présenté un argument convaincant concernant Kyle. Meg essaie de localiser Kirsten Bonner maintenant et une fois que nous l'aurons fait, notre position sera plus forte. Ce que j'ai besoin de savoir de toi, c'est si tu es capable de continuer à travailler en ce moment.

— À cause de ma réaction envers Hamish. C'est juste. Si vous voulez que je parte alors…

— Ai-je dit ça ? Je m'inquiète pour ta santé. Mentale et physique. Hamish n'a pas l'intention d'aller plus loin, donc le sujet peut être mis de côté pour l'instant. Ma priorité est de garder cette équipe en sécurité et d'empêcher d'autres attaques, et pour cela j'ai besoin de force et de concentration. Si tu préfères aller à l'hôpital pour veiller sur Pete et prendre un peu de repos toi-même, c'est très bien. Dis-le-moi simplement.

Sa voix était égale, mais Ben semblait aussi inquiet qu'elle. Et elle avait ajouté à ses problèmes.

— Je suis tellement en colère, chef. Tellement en colère. Elle prit une profonde respiration. Bien sûr que je veux être avec Pete, mais ça ne changera rien. Sa famille arrive et s'il est en chirurgie, il ne saura pas que je suis là. Dis-moi quoi faire et je ne te décevrai pas.

— Trouve Reuben et vous deux, retravaillez la charge de travail de chacun. Nous devons couvrir celle de Pete et nous adapter aux nouvelles informations. Pourrais-je avoir une liste des enquêtes en cours dans la prochaine demi-heure ?

— Pas de problème. Pouvons-nous renforcer la sécurité pour ma famille ainsi que pour Lyndall, Vince et Melanie ?

Leur sécurité avait constamment occupé son esprit. Le message de Kyle pourrait s'étendre à n'importe qui dans son réseau.

— C'est déjà fait.

Liz vérifia l'heure en sortant. Presque cinq heures. Dans une heure, le soleil se coucherait, rendant les déplacements à l'extérieur du centre un peu plus dangereux.

Reuben était dans la salle de conférence avec un tableau blanc et un ordinateur portable. Il écrivait sur le premier et s'arrêta pour jeter un long regard scrutateur à Liz. Était-il déçu d'elle ou évaluait-il les chances qu'elle puisse l'attaquer ?

Posant le marqueur, il l'étreignit, la tenant fermement dans ses bras pendant ce qui sembla être un long moment. Puis il recula.

— Les gens ont besoin d'au moins neuf câlins par jour, chacun durant plus de vingt secondes.

— Même les personnes revêches et peu aimables ?

— Si tu parles de toi... arrête ça. Ou je te ferai un autre câlin.

Son cœur s'allégea un peu.

— Ben m'a dit de travailler avec toi pour réattribuer la charge de travail. Comment puis-je aider ?

— Lis depuis le tableau. Il tapota le tableau blanc. Comme tu peux le voir, j'ai fait une colonne pour chacun d'entre nous, y compris Pete. Mettons tout ici et nous commencerons à utiliser les marqueurs colorés pour dessiner des flèches.

Dix minutes plus tard, le tableau blanc était complet et il était déprimant de voir combien il restait encore à faire.

— Stylo rouge pour rayer des choses ? Reuben le prit. Je vois une douzaine de domaines que nous pouvons écarter pour l'instant. Comme l'origine de la boucle d'oreille. Il la raya d'un trait. En voici un autre dont tu n'es pas au courant. Il aurait été soulevé lors de la réunion d'équipe, mais trop d'autres choses nécessitaient de l'attention. Il y a eu un appel Zoom avec Bob plus tôt. Le nettoyeur qui a contacté Phoebe ?

— Il avait dit quelque chose à propos de ne pas comprendre pourquoi les autres policiers ne lui avaient pas parlé après l'événement.

Reuben s'assit à côté de Liz et chercha sur son ordinateur portable.

— Le voici. Bob se souvient clairement des meurtres car il était un nettoyeur et homme à tout faire occasionnel à Heberden House. Il a été appelé quelques jours après les décès pour aider à enlever un certain nombre d'objets endommagés par le sang.

— Quoi ? Enlevés où ?

— À la décharge. Il leva les yeux avec une expression grave. Cela incluait le tapis de couloir, le matelas et le lit.

— Mais... bon sang ! Même si tout le travail médico-légal avait été terminé, étant donné la gravité du crime, ces choses auraient dû être correctement emballées et stockées. Est-il sûr qu'elles sont allées à la décharge ?

— Ouaip. C'est lui qui les y a conduites. Et puis un autre policier s'est présenté pour donner à chaque membre du personnel une enveloppe remplie d'argent. Son montant était de cinq mille dollars. On leur a dit que cela avait été autorisé par l'inspecteur Baxter et il était clair qu'ils ne devaient pas parler aux médias ni faire d'autres entretiens avec la police sans un avocat présent. À l'intérieur de l'enveloppe se trouvait le nom et le numéro de téléphone de l'avocat à appeler. Au cas où.

L'esprit de Liz s'emballa. Cela lui semblait familier.

— Donc je raye le fait que nous devons interroger Bob et j'ai envoyé les infos à Annette pour les recouper avec les rapports de police qu'elle a encore. Qu'est-ce qui ne va pas ?

— Quelque chose... à propos d'un policier et d'argent. Liz se leva d'un bond. J'ai besoin de ma tablette.

Reuben suivit Liz alors qu'elle se précipitait vers son bureau. La pièce était occupée, tout le monde travaillant à son poste sauf Phoebe et Pete. Elle ignora les sentiments qui montaient et ouvrit sa tablette.

— Que cherches-tu ? Il observa par-dessus son épaule.

— Lyndall... Ben et moi lui avons parlé un moment après son enlèvement et elle nous a beaucoup raconté sur l'époque où elle essayait de négocier avec Marcus qui voulait que la micropuce soit rendue. Son mari et son fils aîné ont été tués, puis son fils restant a été enlevé. Attends, c'est ici.

Elle parcourait la transcription de l'entretien.

— Elle a signalé l'enlèvement de son fils et le meurtre de l'ami qui s'occupait de lui. Un policier est arrivé et a remis à Lyndall un sac en lui disant de disparaître si elle voulait que son fils reste en sécurité. Il y avait assez d'argent pour qu'elle construise sa maison avec sa pièce de sécurité et reste sous les radars pendant près de trois décennies.

Liz leva les yeux vers Reuben.

— Le même policier ? Nous avons toujours pensé que quelqu'un dans la police avait interféré avec l'enquête.

— Désolée de vous interrompre, mais je pense que c'était une coïncidence. Annette était au bout du poste de travail. J'ai reçu les notes de Reuben et je me suis souvenue avoir lu des allégations concernant ces enveloppes dans les dossiers. Une enquête a été menée, mais apparemment l'inspecteur Baxter *était* le responsable.

Reuben secoua la tête.

— Comment cela peut-il avoir du sens ? Il venait de perdre ses parents bien-aimés et ne se soucierait guère du personnel. Particulièrement comme il y avait une implication que l'acceptation de l'argent garantissait le silence médiatique. Il voulait que le monde sache. Que les gens se manifestent avec des informations.

— Heureuse de jeter un autre coup d'œil. Je suis certaine cependant que les policiers dans les deux cas n'ont jamais été nommés.

Annette se précipita vers son bureau.

— Je dois fournir à Ben la liste des tâches en suspens assez vite, dit Liz. Ça te dérange si nous continuons sur ça ?

Et je continuerai à réfléchir à ce policier qui remet de l'argent aux gens parce que quelque chose à ce sujet est terriblement faux.

TRENTE-TROIS

— J'ai trouvé la voiture ! Pas une voiture mais vous voyez ce que je veux dire. Meg n'arrivait pas à sortir les mots assez vite. Tout le monde la fixait. Celle qui a percuté Pete !

La réaction fut immédiate et chaotique, une chaise heurtant le sol et d'autres tournoyant contre les murs. Même Ben et Candace, qui étaient tous deux dans leur bureau, se levèrent et suivirent les autres.

Meg les rejoignit tous à la table et avait déjà affiché les images avant que la dernière personne n'arrive.

— Que se passe-t-il, Meg ? demanda Ben.

— L'une de mes recherches a porté ses fruits. Elle concernait les véhicules s'éloignant du lieu de l'accident, après l'heure où Pete a été percuté. Il y a des caméras qu'il faut obligatoirement passer, peu importe l'itinéraire emprunté. Et il y avait cinq routes possibles. J'ai fait tourner le programme en remontant d'environ deux heures, au cas où ils se seraient mis à l'abri pendant un moment.

— Mais nous n'avons aucun témoin qui pourrait identifier la couleur, et encore moins la marque, dit Annette. Il n'y a que des bureaux et des entrepôts autour du lieu de l'accident, mais ensuite ça devient beaucoup plus fréquenté vers les routes principales.

— Oui, mais mon programme cherchait aussi un véhicule correspondant entrant dans la zone. Nous savons que Kyle est arrivé à pied de l'autre côté de la rue avant l'aube aujourd'hui, alors j'ai supposé qu'il était également le conducteur. J'ai défini des paramètres pour lui laisser le temps de garer en sécurité, de décharger tout ce dont il avait besoin pour créer son déguisement, et d'atteindre sa destination. Ce n'est pas une méthode de recherche parfaite, mais elle était basée sur les meilleures informations dont je disposais.

Liz était redevenue très silencieuse, son teint se vidant comme plus tôt. D'une certaine façon, Meg était surprise qu'elle travaille encore plutôt que d'être à l'hôpital, mais elle connaissait Liz. Hamish fit le tour de la table et se tint à côté de Liz, son bras entourant son épaule pendant un instant.

Toute l'équipe observait ce petit mais incroyablement fort signe d'allégeance tandis que Liz inclinait sa tête contre Hamish. Cela ne dura pas longtemps, mais une fois qu'il eut retiré son bras et qu'elle se fut redressée, ils échangèrent un rapide sourire.

Il était temps. Je ne peux pas laisser mes collègues en détresse ou en désaccord.

— Bien. J'ai donc obtenu un bon résultat avec ce véhicule.

Elle désigna un RAM noir.

— Assez courant pour passer inaperçu. Assez gros pour causer des dégâts sans se détruire. Celui-ci était garé dans cette ruelle à une heure ce matin. Du moins, il a franchi l'une des caméras à ce moment-là. Et il est parti deux minutes après que la moto de Pete a été percuté.

Je n'ai jamais été aussi satisfaite de mes choix de vie qu'en ce moment.

Des années d'éducation, de formation et d'expérience s'étaient combinées pour trouver la meilleure piste à ce jour pour retrouver Kyle Moorland.

— Donc il visait Pete ? Comment aurait-il su qu'il était à moto ? demanda Hamish.

— En fait, non. Je pense qu'il était prêt à s'adapter, comme toujours. Si une personne à pied s'était approchée, il aurait pu lui foncer dessus directement. Moins probable si c'était l'un des BearCat. Nous savons qu'il est patient. Meg en avait assez de cet homme.

— C'est un travail brillant. Candace examina l'image. Et maintenant ?

— Eh bien, j'ai extrait une plaque d'immatriculation qui, bizarrement, n'est pas volée. Le véhicule est enregistré au nom d'une entreprise dans la péninsule de Mornington. À la même adresse que celle de la Galerie Bonner.

— Il est bien lié à elle, murmura Liz. À Kirsten Bonner.

— Il semblerait, en effet.

Annette semblait excitée.

— Allons-nous à la galerie maintenant ? Je suis plus que prête à trouver ces personnes.

— Je ne suggérerais pas de gaspiller des ressources de cette façon. Kyle est intelligent. Il a peut-être négligé le fait que je suis plus intelligente, mais il semble peu probable qu'il traîne autour de la galerie en ce moment.

— Je suis d'accord avec toi, Meg. Pour ce que nous en savons, Kyle pourrait encore jouer avec nous. Ou au moins couvrir ses arrières au cas où nous identifierions le véhicule. Reuben avait son visage de réflexion. Y a-t-il un moyen de le localiser maintenant ?

— Est-ce une question sérieuse ? Je lance déjà tant de nouvelles recherches que vous n'y croiriez pas. Ça prend un peu de temps pour obtenir l'autorisation d'accéder à certaines caméras, mais une fois que je l'aurai, trouver où il est allé sera ma priorité.

L'énergie dans la pièce était palpable. Les gens étaient excités.

Le téléphone de Ben bipa et il vérifia le message. Son visage se vida de toute couleur et il faillit laisser tomber le téléphone.

— Non...

Candace prit le téléphone.

— C'est une photo de l'intérieur d'un restaurant. Il n'y a pas de message.

La voix enrouée par l'émotion, Ben parla.

— Le restaurant d'Ellie. Et il y *a* un message, regardez le tableau noir.

Meg prit le relais, projetant l'image sur le grand écran. Le tableau noir utilisé pour les spécialités avait été superposé avec du texte provenant du téléphone de l'expéditeur. Et les mots étaient glaçants.

Devinez qui est le prochain sur le menu ?

Sous les mots, une flèche pointait directement vers Ellie.

L'instinct et la formation de Liz prirent le dessus.

— Ben, va immédiatement téléphoner à Ellie. Assure-toi qu'elle et Michael sont en sécurité sans les effrayer. Nous allons organiser l'intervention d'une unité locale.

Il acquiesça et se précipita vers son bureau.

— Annette, s'il te plaît, demande aux policiers locaux de passer. Envoie-leur nos meilleures photos de Kyle et de Kirsten et conseille-leur de rester calmes et de juste jeter un coup d'œil discret.

— C'est parti.

— Meg. Est-il possible de savoir quand la photo a été prise ?

— Dès que j'aurai son téléphone, je pourrai vous le dire. Mais nous ne devrions pas supposer que Kyle l'a prise ou envoyée. Je vais surveiller Ben.

Candace fit l'un de ses sourires énigmatiques.

— Délégation impressionnante. Que vous faut-il de moi ?

Personne ne touchera à Ellie ou à Michael.

Elle regarda autour d'elle. Hamish et Reuben étaient les seuls restants à part Candace. Avec Phoebe et Jeff en sécurité à la maison et Pete... eh bien, cela laissait l'équipe affaiblie.

— Ne sommes-nous pas censés avoir de l'aide de l'autre opération ? Ce serait le moment idéal. Kyle a eu tout le temps d'aller jusqu'au Gippsland. S'il a quitté la ville immédiatement après son attaque contre Pete, il y sera en un peu plus de deux heures. Pour ce que nous en savons, il est peut-être assis là-bas à attendre une pizza.

— Nous devons y aller, dit Hamish. L'hélicoptère est le mieux.

— Pas avant d'avoir de meilleures informations qu'une seule image trafiquée. Reuben, ton avis ?

— Je ressens la même chose qu'Hamish et ne souhaite rien de plus que d'y aller et de trouver ce salaud. Mais c'est une réaction normale et cela diviserait l'équipe, ce qui pourrait bien être le motif de tout ceci. Ben doit y aller. Avec sa famille menacée, il va s'inquiéter à moins d'être certain qu'ils sont en sécurité.

Liz acquiesça. Que ce soit un autre jeu de Kyle ou mortellement sérieux, l'équipe n'avait d'autre choix que de le traiter comme ce dernier.

— D'accord, sauf indication contraire de Ben, nous resterons ici et continuerons notre travail. Candace, pourrais-tu m'envoyer le rapport sur lequel tu travailles concernant notre nouvelle perspective sur Kyle ?

— Il n'est pas complet, mais je vais te l'envoyer.

— Hamish et Reuben ? Veuillez préparer deux BearCat. Si nous devons bouger, je veux le faire rapidement.

— Oui, madame ! Hamish laissa presque échapper un cri de joie et fila en direction de la porte.

Reuben leva les yeux au ciel face au comportement de l'autre homme et suivit à un rythme normal.

Liz posa ses paumes sur la table et ferma les yeux. Pour la première fois depuis longtemps, elle fonctionnait à pleine capacité, son esprit clair et ses émotions enfouies. Aujourd'hui, elle avait vu son meilleur ami presque mourir. Elle avait traité un autre membre de l'équipe de façon abominable. Et elle avait touché le fond. Plus tard... beaucoup plus tard, elle examinerait tout cela. Mais pour l'instant, son équipe avait besoin d'elle.

Meg tapa à la fenêtre de Ben et fit signe à Liz.

Il aboyait des ordres sur la ligne fixe et elle tenait son portable. Elle sortit du bureau pour parler à Liz.

— L'image est passée par plusieurs appareils avant d'être envoyée à Ben, cependant je remonte la piste maintenant. La bonne nouvelle est qu'elle semble avoir circulé entre des téléphones depuis au moins un jour, peut-être plus longtemps.

— Donc quelqu'un a pris la photo il y a un moment. Il n'y a pas de menace immédiate pour Ellie et Michael ?

— Correct. Ellie a vérifié le restaurant et n'a que des habitués en ce moment. Des gens qu'elle connaît depuis longtemps.

— Tu as dit que c'était la bonne nouvelle ?

— Eh bien, ceci pourrait aussi être une bonne nouvelle, mais tout aussi probablement une autre fausse piste. Le message avec l'image a été envoyé depuis un endroit à quelques minutes de Heberden House.

— Alors nous devons y aller jeter un coup d'œil.

Annette les rejoignit alors que Ben terminait son appel.

— La police locale va passer voir Ellie, dit Annette. Je pense que tu devrais les contacter aussi, Ben. Dis-leur ce dont tu as besoin d'autre.

Il commença à ranger son ordinateur portable.

— C'est bien, merci. J'ai prévu un hélicoptère pour m'y emmener, car je veux être de retour ici ce soir. Ellie et Michael viendront avec moi et j'ai fait préparer une planque. Quelque chose d'adapté pour l'accessibilité de Michael.

— Mais si Kyle n'y est même plus, est-ce nécessaire ? demanda Annette.

Meg fronça les sourcils et leva les yeux un instant, puis son regard retourna à l'écran tandis qu'elle faisait ce qu'elle faisait pour trouver des informations.

— Liz, un mot rapide ?

Annette et Meg comprirent l'allusion et retournèrent à leur poste de travail. Candace sortit de son bureau.

— Je viens de t'envoyer ce que j'ai fait du rapport, Liz.

Ben continua à ranger ses affaires tout en parlant.

— Je ne devrais pas partir et je crains que ce ne soit rien de plus qu'une autre manœuvre pour nous diviser. Liz, tu as le dernier mot pendant mon absence, mais n'hésite pas à me consulter pour quoi que ce soit. Je devrais être joignable la plupart du temps. Considère Reuben comme ton adjoint. Candace, à moins que ce bâtiment ne soit en feu, toi et Meg ne quittez pas l'immeuble pour la nuit. Vous savez comment accéder au sous-sol en cas d'extrême nécessité.

Le sous-sol se trouvait sous le parking et contenait un bunker fortifié.

— Meg dit que l'image a été envoyée depuis près de Heberden House, dit Liz. Je veux aller voir.

Sa mallette bouclée, Ben s'arrêta et regarda Liz.

— Moi aussi. C'est risqué.

— Pas plus que tout le reste, avec tout le respect que je te dois. Kyle ne sait pas si nous avons tracé le téléphone qui a envoyé le message. Il ne lui appartient peut-être même pas, mais à l'un de ses hommes... s'il en a encore. Je demanderais à Reuben d'envoyer un drone à distance. J'aurais Hamish avec moi et nous jetterons un coup d'œil discret dans les environs.

— Parle-leur à tous les deux et à Meg. Si elle pense que c'est une piste viable, suivez-la. Je dois y aller.

— Bon voyage, Ben.

— Pareillement, Lizzie. Et tiens-moi informé.

Ben parti, tout le monde se rassembla dans la salle de

conférence pour manger. Reuben et Candace avaient préparé un plateau et il fut vidé en peu de temps.

Le tableau blanc avait été un peu repoussé, mais tous les membres de l'équipe l'avaient lu pendant le repas. Meg se leva et écrivit davantage sous son nom.

Trouver le policier qui a remis l'argent à Lyndall et au personnel de HH

Suivre l'historique des voyages australiens de Kirsten Bonner

Envoyer des fleurs à Pete

— Des fleurs de nous tous, bien sûr. Dès qu'il aura le droit d'en recevoir. Elle se rassit.

— Meg, j'ai déjà parcouru les boîtes que Hamish et moi avons récupérées avec les rapports de police originaux, dit Annette. C'était bien l'inspecteur Baxter qui a géré la question de l'argent. Je suppose qu'il avait pitié du personnel, car la plupart perdraient leur emploi.

— Oh, je sais que tu as été minutieuse. Et je ne suis pas surprise que ce soit ce qui figure dans les rapports, car nous soupçonnons une taupe dans la police concernant cette affaire. Hamish a envoyé d'excellents indicateurs sur où nous devrions commencer à chercher, mais nous n'avons pas encore eu le temps d'y travailler. Mais quand nous considérons que Lyndall a reçu une montagne d'argent d'un policier et qu'elle était également liée à Marcus Bonner... ça me rend un peu nerveuse.

Moi aussi. C'est un lien sérieux que nous devons découvrir.

La tablette de Meg s'alluma.

— D'accord. Le logiciel de reconnaissance de plaques d'immatriculation a repéré le RAM à environ cinq kilomètres de Heberden House. Laissez-moi vérifier les coordonnées du téléphone... correspondance assez bonne.

Liz fut debout quelques secondes seulement avant Reuben. Hamish les rejoignit avec un large sourire.

— Partons-nous à la chasse ?

TRENTE-QUATRE

La décision d'emmener Annette avait été prise à la dernière minute, mais elle était judicieuse. Avec Reuben aux commandes d'un drone, trois personnes sur le terrain augmentaient les chances de trouver Kyle. Ou quiconque s'y trouvait. Ils passèrent quelques minutes tous les quatre devant une carte de la propriété à élaborer un plan sommaire et à indiquer à Annette les points de repère qu'elle devait connaître. Pendant que Liz conduisait, elle lui donna plus de détails.

— Je sais que j'ai l'air de me répéter, mais tu es la seule à n'être jamais allée à Heberden House, et maintenant tu y vas dans l'obscurité avec un tueur potentiel qui rôde dans les parages.

— Non, j'apprécie, Liz. J'ai beaucoup étudié la propriété, comme nous tous, mais tu as plus d'expérience là-bas que n'importe qui. Même depuis ton enfance.

— Dont je n'ai pas de vrais souvenirs.

— Alors, de quoi te souviens-tu ?

— C'est bizarre parce que la première fois que nous sommes allés à la maison, je n'arrêtais pas de regarder le puits depuis une pièce à l'étage. Il n'y a aucune raison pour que j'aie été près de ce puits, mais encore une fois, pourquoi étais-je là pendant une fête ?

— Je n'imagine même pas ce que c'est de ne pas savoir ces choses-là. Ton père t'a emmenée à un événement d'adultes et tu étais à l'étage, à regarder les gens danser. Tu n'as jamais eu envie de les rejoindre ? Toutes ces belles robes, ces hommes séduisants et cette nourriture délicieuse. J'aurais adoré ça, je crois. Mais je n'ai jamais pu m'amuser quand j'étais enfant. Mon père m'a élevée, mais il était occupé à gagner sa vie, alors je me suis plus ou moins élevée toute seule. Ce n'est pas quelque chose que je ferais subir à un enfant.

Liz jeta un coup d'œil à Annette.

— Je suis vraiment désolée. On se connaît depuis si longtemps, mais je ne sais pas grand-chose de toi en dehors du travail.

— Tu n'as jamais demandé. On se ressemble, Liz. Tout ce que j'ai toujours voulu, c'était avoir ma mère dans ma vie, et toi, tu as été privée de ton père.

Le BearCat devant elles ralentit et les deux véhicules s'arrêtèrent sur le côté. Ils étaient à quelques kilomètres de la propriété. Hamish sauta du véhicule de tête et courut pour monter derrière Liz.

— Il fait frais dehors. Reuben a besoin de vingt minutes pour s'installer et avoir une vue sur la propriété.

— Où sommes-nous ? demanda Annette en scrutant à travers le pare-brise pendant que Reuben s'éloignait. Ça a l'air désert.

— Il n'y a aucune maison par ici.

— Je meurs d'envie d'aller aux toilettes.

— Mon Dieu, quel âge as-tu, trois ans ? éclata de rire Hamish. Tu faisais arrêter ton père tout le temps pendant les voyages en voiture ?

— Très drôle. On ne faisait pas de voyages en voiture. Mais je vais trouver un endroit discret là-bas, alors ne partez pas sans moi. Annette attrapa son sac et se glissa dans la nuit, disparaissant derrière quelques buissons.

— Pourquoi as-tu demandé à propos de son père ? Pas de sa mère ?

— Parce qu'elle a été élevée par un père célibataire.

Est-ce que je ne sais rien de personne dans l'équipe ?

— Elle l'adorait. Elle a suivi sa carrière et tout.

— Attends, son père était flic ?

— L'était. Mort il y a des années. Hamish la regarda dans le rétroviseur. Liz...

— Je suis désolée, Hamish. Je suis vraiment désolée et je reviendrais en arrière si je le pouvais. Tu es un membre loyal et brillant de cette équipe et j'ai dépassé les bornes.

Il se déplaça pour mieux la voir et elle se tourna pour lui faire face.

— J'accepte tes excuses. Mais je dois te dire que j'allais simplement te demander si tu avais des nouvelles de Pete.

— Oh. Laisse-moi envoyer un message à Candace, elle reçoit des nouvelles de son ami médecin.

Cela lui donna un moment pour se ressaisir. Lâcher ses excuses comme ça n'était pas la façon dont elle voulait aborder le sujet, mais un poids s'était envolé. Hamish souriait.

Candace répondit alors qu'Annette revenait.

— Pile à l'heure. Candace dit que Pete est sous sédation lourde et sera opéré demain pour réparer et plâtrer son bras qui a supporté le plus gros de la collision. Il avait niché sa tête entre ses deux bras quand il est tombé de la moto et si ça lui a sauvé la vie, ça lui a brisé plusieurs os.

Annette se contenta de hocher la tête tandis qu'Hamish retournait à sa place.

— On va s'approcher et s'organiser.

Hamish avait raison. L'air *était* froid et Liz ajouta une veste épaisse par-dessus son équipement de protection et trouva un bonnet noir. La veste avait une capuche, mais avec une oreillette, elle préférait un couvre-chef léger.

Ils approchèrent des grilles d'Heberden House, avançant lentement à chaque fois que la lune était couverte. Chacun portait plusieurs armes et une rapide conversation avant de quitter le BearCat garé plus bas sur la route avait confirmé que chacun était prêt à tirer, mais pour blesser sauf en cas d'absolue nécessité.

— La chaîne a été enlevée. Quelqu'un l'a coupée. La voix d'Hamish résonna dans l'oreillette de Liz. Je dois ouvrir la grille ?

— Non. Reuben, rapport.

— Le RAM est garé dans les anciennes écuries. Le drone est loin derrière en train de faire un cercle autour du bâtiment principal. Toutes les lumières sont éteintes mais j'espère un signe d'activité.

— Peux-tu faire une boucle près de la grille s'il te plaît ? La chaîne a été coupée.

Est-ce que Kyle est dans la cave ou dans l'un des tunnels ? Est-ce de là que Kirsten dirige cette organisation quand elle est en Australie ?

Et si c'était la clé ? Les Baxter en faisaient partie et pour une raison quelconque, ils sont devenus sacrifiables et ont été assassinés ? Et puis la dissimulation a commencé et ne s'est jamais vraiment arrêtée, jusqu'à impliquer des policiers corrompus ?

Liz utilisa son oreillette pour parler en ligne privée à Meg.

— J'ai besoin de quelque chose. Elle leva la main pour arrêter la progression puis fit un autre signe pour que les deux autres se fondent dans les buissons le long de la route. Elle était assez loin pour parler maintenant.

— Je t'écoute.

— Sais-tu qui est le père d'Annette ? Son grade dans la police et son poste avant sa mort ?

— Un flic ? Je suis presque sûre qu'il était fonctionnaire... oh merde. Les policiers sont des fonctionnaires. Donne-moi une seconde.

On entendit le bruit d'une voiture qui approchait et Liz se cacha derrière un arbre alors que les phares balayaient le virage.

Mais la voiture fit un demi-tour lent et une fois ses feux arrière disparus, Liz revint sur la route. Annette et Hamish faisaient un bon travail pour rester invisibles de l'autre côté.

Le drone était à peine visible près de la grille et soudain s'abaissa, presque au niveau de l'herbe.

— On va avoir besoin d'aide, Liz. Il y a un corps derrière le premier arbre. La voix de Reuben résonna dans son oreille. Uniforme de garde de sécurité. Il est mort. Oui, c'est sûr. Blessure par balle au-dessus d'une oreille.

— Bon sang. Il n'y a aucun signe de voiture ici. Ni de partenaire. Demande l'assistance immédiate d'une équipe d'intervention d'incident critique. Hamish, Annette, restez en position.

L'espace d'un instant, Liz aurait aimé que Ben soit là. Ce pauvre garde devait être en ronde normale et a trouvé la chaîne coupée. Il n'a jamais dû voir le tireur. Quelqu'un avait traîné son corps hors de vue, et qui savait où était sa voiture ? Le drone s'était déplacé et planait autour de la façade de la maison.

— Liz, urgent. C'était encore Reuben. Mouvement dans la chambre principale. La fenêtre est entrouverte.

— Compris. Annette et Hamish. Avez-vous entendu Reuben ?

— On examine le corps, Lizzie.

— Attendez, non.

Mais la grille était en train d'être ouverte et deux silhouettes s'y glissèrent.

— Annette et Hamish. Cherchez un abri. Cherchez un abri de toute urgence. Tireur d'élite potentiel. C'est un ordre. Cherchez un abri.

Elle partit à leur poursuite.

— Reuben, éclaire cette fenêtre maintenant. Attire les tirs.

Le drone bougeait, elle pouvait entendre son accélération alors qu'elle atteignait les grilles. Devant elle se trouvaient les ombres de son équipe entre une rangée d'arbres et le mur de pierre. C'était bon. Ils étaient à couvert.

— Mon Dieu, Liz. Le père d'Annette faisait partie de l'équipe qui enquêtait à la fois sur la noyade d'Alain et sur les meurtres des Baxter. La voix de Meg prenait un air de panique. Je crois que c'est elle, la taupe.

Un coup de feu résonna à travers les arbres et à travers le terrain découvert. Devant, l'une des ombres de l'équipe s'effondra comme une pierre.

Hamish était affalé contre le mur et à quelques mètres de là, Annette s'apprêtait à lui tirer dessus pour l'achever.

Liz tira.

La balle toucha l'épaule d'Annette et son arme vola dans l'obscurité tandis qu'elle s'effondrait avec un cri perçant.

Une seconde de silence absolu.

— Agent à terre.

Elle prit les armes d'Annette... celle qu'elle avait perdue et deux autres. Utilisant son pied, Liz poussa Annette sur le dos.

— Si tu bouges, je te tue.

Les yeux d'Hamish s'ouvrirent et se fermèrent. Le sang coulait d'une blessure à son ventre, plus bas que le gilet de protection. Liz enleva sa veste et, s'agenouillant à côté de lui, l'utilisa pour stopper l'écoulement.

— Les secours arrivent, mon pote. Meg, où est l'ambulance ?

— J'ai... compris. Elle veut... être comme lui. Son père.

— Oui. Il semblerait. On va te trouver un lit à côté de Pete. D'accord ?

— Je t'aime... vraiment bien. Lizzi-beth.

Ses yeux se fermèrent et sa tête retomba.

— Non. Hamish, non.

— J'ai dû le tuer. Je suis désolée. Les larmes d'Annette donnaient à Liz l'envie de vomir. Les ordres.

Il n'y avait pas de pouls.

— Des ordres de qui ?

Liz mit Hamish sur le dos pour commencer la réanimation cardio-pulmonaire, allumant brièvement la lampe torche sur le devant de son gilet pour voir que son bas-ventre perdait un flot de sang rouge vif.

— Il n'a plus de pouls. Je pense que la balle a touché une artère. Il y a tellement de sang...

— Vérifie encore, Liz. C'était Candace. Je vais te guider pas à pas.

Alors qu'elle suivait chaque étape, le cœur de Liz se serra. Il était vraiment parti. Elle couvrit sa tête et le haut de son corps avec sa veste.

Un autre coup de feu, celui-ci près de la maison. Le drone explosa en morceaux.

— Dis-moi, Annette. Liz la força à s'asseoir malgré un cri de douleur. Les ordres de qui ?

— Kirsten.

— Mais pourquoi ? Qu'est-ce qui s'est passé durant toutes ces années ?

Une expression vicieuse de haine envahit le visage d'Annette.

— Mon père travaillait pour le tien. Toujours au travail. Risquant sa vie et la mienne. Mort pour ton père. Kirsten m'a demandé de prendre son poste et je ne pouvais pas refuser. Elle est comme une mère, même si elle est généralement absente. Mais je déteste ton père. Je te déteste.

— Moi ?

— L'enfant chérie. Celle qui a pu aller au bal.

Plusieurs coups de feu résonnèrent autour d'elles et la tête d'Annette bascula sur le côté. Liz se jeta à plat ventre. Le tireur n'était pas dans la maison.

— Mon Dieu, Liz ! Meg sembla paniquée.

— Elle est morte aussi. Je cherche un abri.

Il y a un deuxième tireur. Je dois atteindre la maison.

TRENTE-CINQ

— Je viens te chercher.

— Négatif, Reuben. Tu as un second drone alors mets-le en service parce que j'ai besoin d'yeux dans les airs.

Il jura. Il ne jurait jamais. Mais ensuite, un grognement signala son acquiescement. Du moins, elle l'espérait.

L'air était chargé d'horreur et de l'odeur de la mort.

Il n'y avait pas de temps pour le deuil. Pas encore.

Liz trouva un tronc d'arbre épais et s'accroupit derrière pour parler à l'équipe, la voix basse.

— Je suppose que tout le monde a entendu la confession d'Annette. Elle a dit que Kirsten lui avait ordonné de tuer Hamish et maintenant je ne sais pas si elle est ici seule, ou avec Kyle. Ou même pas ici du tout. Est-ce qu'on a une heure d'arrivée estimée pour le CIRT ?

— Quatre-vingt-dix minutes. S'il te plaît, attends-les.

Elle ne répondit pas et éteignit son oreillette. Son cœur battait la chamade et ses nerfs étaient à vif.

Un silence inquiétant était tombé.

Ni oiseaux nocturnes, ni vent dans les arbres, ni trafic au loin.

Juste Liz et les battements de son cœur.

Se redressant avec précaution, elle observa le ciel. Les nuages se dégageaient de temps en temps, déversant la lumière de la lune sur les jardins. Se déplacer au mauvais moment pourrait s'avérer fatal.

Pendant une phase sombre, elle courut entre les arbres et le mur jusqu'à ce qu'elle ne soit plus qu'à une vingtaine de mètres de la maison. Rien n'y bougeait. Pas de lumière. Pas de bruit.

Sauf qu'il y avait à nouveau un drone. Reuben l'avait trop approché et risquait d'attirer des tirs. C'était peut-être son intention, mais sans le drone, elle était complètement seule. Elle utilisa des jumelles à vision nocturne pour scanner les environs. Rien.

Où es-tu, papa ?

Entrer dans le manoir était son seul choix. Attendre les renforts était inutile car Kyle aurait l'avantage et l'utiliserait quand ça l'arrangerait. Elle avait un jeu de clés et pouvait accéder à n'importe quel endroit de la propriété à l'exception des portes à l'intérieur du puits et du passage caché dans l'écurie. Si quelqu'un utilisait le passage, elle ne les trouverait pas seule.

La lune disparut et Liz courut, parcourant la distance en quelques secondes et s'aplatissant contre le côté du bâtiment.

Son téléphone vibra et bourdonna doucement. Elle coupa rapidement le son, lisant le dernier de plusieurs messages. Celui-ci venait de Meg.

Reste en retrait ! Attends les renforts - c'est un ordre de Ben. Confirme.

Bientôt. Je suis en sécurité pour l'instant.

Elle longea le bâtiment vers l'arrière et jeta un coup d'œil alentour. Il y avait un reflet métallique à l'intérieur des anciennes écuries, probablement le véhicule utilisé pour écraser Pete.

Je te vengerai.

Liz entra par la porte donnant sur la buanderie. Elle était déverrouillée. Annette avait dû faire des copies des nouvelles clés pour les donner à ses maîtres. Le couloir était silencieux. Elle vérifia son arme de poing à nouveau.

Sécurisant les pièces au fur et à mesure, Liz alla jusqu'au mur que les hommes avaient détruit et revenait sur ses pas quand la musique commença. Si c'était un souvenir, le moment ne pouvait pas être pire. Elle attendit et rien ne changea, alors elle se faufila jusqu'à un endroit d'où elle pouvait voir le grand hall d'entrée. Dans l'obscurité, deux personnes dansaient.

Elle se replia et envoya un message à Reuben, ne voulant pas parler avec l'oreillette.

Je suis à l'intérieur. Kyle et Kirsten dansent dans le grand hall.

Attends-moi.

Si seulement elle le pouvait.

À la minute où elle s'avança à découvert, la lumière inonda la pièce. Elle cligna rapidement des yeux pour s'adapter à l'éclat soudain tandis que le couple continuait sa valse.

Un homme en smoking noir et une femme en robe de bal, ses cheveux argentés tombant doucement sur ses épaules. Kyle et Kirsten, les yeux l'un dans l'autre comme si tout était normal.

À quoi jouez-vous ?

Alors que la musique s'arrêta, la danse aussi, et Kyle s'inclina devant Kirsten.

— N'est-elle pas toujours la plus belle femme que tu aies jamais vue ? Il se tourna pour sourire à Liz comme s'il accueillait une fille bien-aimée. Tu te souviens d'elle ?

— Elizabeth ne m'appréciait pas quand elle était enfant.

Et maintenant je te déteste simplement pour ce que tu as fait.

— Dans ma vie, j'ai eu la grande joie d'avoir deux femmes parfaites. Kirsten, bien sûr. Et toi, Elizabeth. Ma plus grande réussite.

— Je vous arrête tous les deux pour suspicion de meurtre, tentative de meurtre, enlèvement…

Kyle rejeta la tête en arrière et rit. Il lâcha la main de Kirsten et elle fit quelques pas vers le côté de la pièce.

— Qu'est-ce que tu veux de moi, papa ? À quoi a bien pu servir tout ce jeu ? Tu as tué et blessé et menacé mes collègues. Mes amis. Tu as maltraité ma mère et ma sœur. Tu as enlevé ma nièce. Tout ça pour quoi ?

— Pour ceci. Pour mon empire. Il écarta les bras et pivota lentement en cercle.

Les sourcils de Kirsten se haussèrent et son expression s'assombrit.

On dirait que tu n'es pas d'accord.

— Tout ceci appartient à la succession de Ronald Baxter. Cela ne t'a jamais appartenu.

— Ah, mais tout ce qui est dans la cave est mon trésor.

— Etienne ! Rien de tout cela n'est à toi. La voix de Kirsten était tranchante.

— Quel trésor ? Quel empire, papa ?

— Crois-tu qu'il y a simplement du vin dans les tonneaux en dessous ? C'est plutôt une fortune en lingots d'or, tous soigneusement cachés par les Baxter pendant des décennies.

— Tout ça pour de *l'or* ?

— Quoi de mieux ? D'ailleurs, ils ont perdu foi en la vérité du monde alors je les ai tués. Il se tourna à moitié pour faire un geste vers le mur. Pendant que Kirsten jouait du piano, je leur ai tiré dessus. Pan, pan. Quand il se retourna, il avait un pistolet à la main.

Maintenant nous savons tous ce qui est en jeu.

— Arrêtez de bouger, Kirsten. Liz leva son arme. Je vais vous tirer dessus.

Elle sourit sans humour et sortit lentement un revolver à poignée nacrée d'une poche de sa robe.

— J'ai dit stop. Restez immobile et posez votre arme.

— Tu es tout à fait en sécurité, Elizabeth. Kirsten aime simplement exhiber sa plus petite arme, mais je suis sûr que si tu demandes gentiment, elle te montrera sa collection de fusils de précision.

— Qui a tiré sur Annette ? Elle te détestait, Kyle.

— C'est vrai, mais elle était utile. Non, c'est mon véritable amour qui en a eu assez d'elle. Cependant, j'ai apprécié l'entraînement au tir avec le drone.

Quels monstres vous êtes tous les deux.

— Je vous veux tous les deux face contre terre. Les doigts croisés derrière la tête.

Kyle fit un pas vers elle et Liz pointa son arme sur lui.

— Tout ce que j'ai fait depuis le jour de ta naissance a été pour toi, Elizabeth. Et maintenant c'est ta chance, ta seule chance, de nous rejoindre, Kirsten et moi. De t'asseoir à nos côtés et de profiter des fruits de notre labeur. Je t'ai toujours aimée.

Il y eut un mouvement de Kirsten et Liz pivota dans sa direction. La distance entre la femme et Kyle était trop grande pour les garder tous les deux en joue, mais lui était moins susceptible de la tuer. Kirsten leva son arme vers Liz et son visage était dur.

Je vais mourir. Tout cela n'aura servi à rien.

— Baisse-la, Kirsten. Vous n'avez pas le droit de menacer ma fille.

— Si tu ne peux pas la gérer, chéri, alors je m'en chargerai. Kirsten arma le pistolet et pressa la détente.

La balle qui frôla Liz venait de derrière et toucha Kirsten entre les yeux.

Elle tomba comme un sac de pommes de terre.

— Nooon ! hurla Kyle en levant son arme, pivotant pour trouver l'origine du tir. Il repéra Reuben, accroupi à mi-hauteur de l'escalier, fusil braqué sur lui.

Liz vida son chargeur sur son père.

— Mets-lui des menottes, s'il te plaît, demanda Liz pour la troisième fois.

— Il est vraiment tout à fait mort. Je pense qu'il y a une balle en lui pour chaque personne qu'il a blessée.

Reuben avait calmement pris les choses en main après que Liz se soit figée, son arme vide, les échos des coups de feu s'estompant lentement. Pour deux personnes mortes, il y avait étonnamment peu de sang. Pas comme Pete.

Pas du tout comme Hamish.

— Tu crois qu'ils sont des vampires ?

— Je crois que tu es en état de choc. Mais si tu parles du manque de sang, c'est juste à cause de l'endroit où les balles ont frappé. Est-ce que tu pourrais répondre à ton téléphone parce qu'il y a tellement de conversations dans mon oreillette que j'ai du mal à réfléchir.

Ils étaient assis sur les marches, les bras de Reuben entourant mollement Liz qui ne pouvait pas s'empêcher de trembler. Elle fit ce qu'il disait et mit l'appel sur haut-parleur.

Les deux premières minutes furent une cacophonie de reproches, de questions et de larmes soulagées de Candace et Meg. Puis des nouvelles.

— L'endroit va grouiller d'unités venues de partout d'un moment à l'autre, dit Meg. Ce sera verrouillé hermétiquement jusqu'à ce qu'une nouvelle enquête complète soit menée et ce sera nous... enfin, ce qu'il reste de nous, avec notre équipe sœur. Pour l'instant cependant, j'ai besoin que l'un de vous ouvre complètement les portes. Je vais vous envoyer les coordonnées des intervenants qui prennent le relais pour le moment.

— Je ne quitte pas Kyle.

— Oh... Lizzie, je suis tellement désolée. Je sais qu'il est ton père et je ne peux pas imaginer ce que tu ressens.

Reuben rit.

— Liz pense qu'il va revenir à la vie.

— Mettez-lui des menottes. Aux chevilles aussi, suggéra Candace.

— J'ai déjà proposé ça.

— Faites-le. Mieux vaut avoir l'esprit tranquille. Ensuite, allez tous les deux vous occuper de Hamish.

L'appel terminé, Liz s'appuya contre Reuben qui resserra ses bras.

— J'ai laissé tomber Hamish.

— Pas d'accord. Nous connaissions tous les risques et nous avions quelqu'un qui travaillait activement contre nous dans l'équipe, ainsi que le génie fou de ton père.

Je n'arrive pas à croire que c'est fini. C'est vraiment fini.

C'était l'aube quand Liz rentra enfin chez elle, put prendre une douche et s'habiller avec quelque chose qui n'était pas couvert de sang. Ben était arrivé à Heberden House aux premières heures. Il avait passé du temps avec le corps de Hamish puis avait commencé le long travail de coordination avec d'autres chefs d'équipe pour gérer la situation. Il y avait un grand rassemblement de presse devant les grilles quand elle et Reuben partirent enfin.

Il avait été un roc. Et s'il n'était pas arrivé à la maison à temps, elle serait morte et son père et Kirsten se seraient encore échappés.

Elle se tenait sur son balcon, une tasse de café fumant à la main, et regardait le soleil se lever.

Plus tard, elle irait à l'hôpital. Pete était en chirurgie et elle s'assiérait dans la salle d'attente avec sa mère et pendant un moment, serait simplement la meilleure amie de quelqu'un.

Le pire était derrière elle.

Mais tant de morts. Tant de chagrins et de tragédies. Tout cela à cause de son père, un homme obsédé par l'avidité et de terribles croyances. Avant d'aller à l'hôpital, elle devait retrouver Anna. Elles étaient libres maintenant. Tous étaient libres.

Les premiers rayons de lumière percèrent entre les immeubles de la ville.

ÉPILOGUE

La table de conférence semblait beaucoup trop grande. Trois des leurs n'étaient plus là, dont deux qui ne reviendraient jamais. Dans les semaines qui suivirent cette nuit fatidique, l'équipe avait travaillé sans relâche. Personne ne voulait que la mort d'Hamish soit vaine. Ben avait refusé de prendre une nouvelle affaire jusqu'à ce qu'ils soient prêts à remettre tous les éléments aux autorités compétentes. Ils y étaient presque.

Ce soir, il avait commandé des pizzas, et pour la première fois depuis longtemps, il y avait de la bière et du vin sur la table.

Il avait des nouvelles et n'était pas sûr de la réaction de l'équipe.

— Si nous faisions un petit tour de table pour une mise à jour ? Il fit un geste vers les boîtes. Mangez, tout le monde.

Phoebe se leva soudainement et tout le monde la regarda.

— Ça ne semble pas juste, dit-elle. Je me fiche qu'Annette soit partie, mais Pete et... et Hamish. Elle alla au bar et revint avec deux verres à bière supplémentaires.

Reuben sourit en ouvrant une autre bière et en versant un verre pour Hamish et Pete. Phoebe les plaça là où les hommes s'asseyaient habituellement.

— Quel geste adorable, Phoebe, dit Candace.

Liz contempla les chaises vides. Il faudrait beaucoup de temps avant que l'équipe ne se remette de la mort de ce jeune ex-officier des renseignements, à la fois arrogant et brillant, et personne plus que la détective qui était avec lui lorsqu'il avait rendu son dernier souffle. Candace tendit la main et serra l'épaule de Liz.

Jeff prit son verre de vin et se leva, le tenant en l'air jusqu'à ce que tout le monde l'imite.

— Aux amis tombés.

Tout le monde reprit ces mots en chœur.

— À Hamish. Un homme de trop de mots mais au grand cœur.

C'était Meg et il y eut une série de tintements de verres et de « santé ».

— Et à Pete, ajouta Ben. Absent depuis trop longtemps.

— Absent depuis trop longtemps ? C'est le mieux que tu puisses faire ? Pourquoi pas à Pete, le meilleur policier à avoir jamais porté un badge ?

Tout le monde se retourna pour regarder vers la porte où Pete se tenait avec un large sourire et le bras en écharpe.

— C'est gentil de m'avoir versé une bière.

En un instant, il fut entouré et le bavardage et les rires furent plus comme avant. Seule Liz resta en retrait, mais son visage s'illumina. Ben ne l'avait pas vue sourire depuis ce terrible jour.

Une fois Pete installé à sa place habituelle, il leva son verre en direction de l'endroit où Hamish s'asseyait autrefois.

— Fais-leur voir de quel bois tu te chauffes, où que tu sois, mon pote.

Pendant un moment, on mangea de la pizza et les conversations restèrent décontractées. Pete se vit poser de nombreuses questions, comme quand il reviendrait officiellement.

— J'ai encore du chemin à faire avec mon bras. Une autre opération la semaine prochaine et de la kiné, donc je serai derrière un bureau pendant un moment. En supposant que Ben ait une place pour moi.

— Toujours. Mettons Pete au courant de la situation actuelle ? Meg ?

Liz était soulagée que Pete soit là. L'énergie dans la pièce s'était relevée. Leurs regards se croisèrent plusieurs fois comme s'il vérifiait son bien-être, ce qui était inutile. Elle lui avait rendu visite souvent à l'hôpital et quelques fois depuis qu'il était rentré chez lui, et s'était épanchée un soir où elle avait trop bu à propos de Kyle. Et d'Hamish.

— Une fois que nous avons su qu'Annette était depuis long-temps une informatrice pour Kyle, Kirsten et Marcus, mon travail est devenu plus facile, dit Meg. Elle avait laissé suffisam-ment d'indices sur Hamish pour nous amener à le questionner, tout en travaillant dur pour reconstruire ce qu'elle devait perce-voir comme une légère suspicion après ses premières erreurs. Est-ce que quelqu'un se souvient qu'elle avait besoin de quitter le bâtiment pour organiser la garde d'enfants ? Au moment où Lyndall a été enlevée ?

Il y eut des hochements de tête.

— Elle n'a pas d'enfants.

— Son implication dans la gestion des archives la plaçait dans une position idéale pour modifier et même détruire des preuves, dit Jeff. Son père a aidé à faire dérailler l'enquête sur le meurtre des Baxter et Annette a simplement poursuivi son travail.

Phoebe semblait sur le point de pleurer.

— Mais elle nous traitait comme des amis. Elle disait toujours combien elle tenait à Liz, alors pourquoi aurait-elle fait ça ?

— Nous ne connaîtrons jamais toutes ses motivations, dit Candace. La pression familiale et le fait d'être recrutée par la figure maternelle qu'elle n'a jamais eue constituaient une force puissante.

Enfant prodige. Qui a eu droit au bal.

Liz n'allait pas répéter les dernières choses qu'Annette lui avait dites. Cela ne changerait rien et un jour, avec l'aide de Candace, elle gérerait sa propre culpabilité dans tout cela. Une culpabilité qui ne lui appartenait pas, mais qui persistait. Elle ne pouvait toujours pas lire la lettre de sa mère. Pas tout de suite.

— Plus de cent millions de dollars en lingots d'or ont été récupérés jusqu'à présent dans ces tonneaux de vin. Des cuves, en réalité. Reuben se servit encore de sa pizza. Nous avons remonté la piste jusqu'à Joseph et Ilona qui en ont initialement fait sortir clandestinement une partie de l'Allemagne, puis ont utilisé les connexions qu'ils avaient en Europe pour maintenir un flux lent mais régulier de transactions. Leurs entreprises étaient d'excellentes couvertures. Marcus et Kirsten étaient déjà impliqués dans l'opération européenne et, à un moment donné, tous les quatre, plus Kyle Moorland, étaient membres d'une secte secrète. Elle implosa, d'après ce que j'ai pu découvrir, mais Kyle était obsédé par Kirsten et est donc resté impliqué dans la filière de blanchiment et d'assassinats.

Pete regarda autour de la table.

— Pourquoi les tunnels ? À quoi servaient-ils ?

— Tant le tunnel partant des écuries que celui partant du puits menaient à la cave, et une partie du trésor avait été retirée au cours des derniers mois. Depuis la mort de Marcus, en fait. Les tunnels ne sont pas plus anciens que les rénovations, donc les Baxter voulaient probablement un moyen discret de déplacer l'or.

— Ça semble beaucoup d'efforts, mais en même temps, c'est beaucoup d'or ! Est-ce que nous recevons chacun une prime ? Pete semblait plein d'espoir et tout le monde rit.

Après un autre tour de boissons, Ben demanda s'il pouvait parler. Liz savait que quelque chose le préoccupait et s'attendait à ce qu'il annonce qu'il se retirait. La frayeur avec Ellie et Michael l'avait secoué.

— Notre équipe ne peut pas fonctionner à long terme avec deux personnes en moins, et Pete qui n'est pas opérationnel pendant un certain temps. La semaine prochaine, nous aurons quelques nouvelles recrues. Et une fois qu'elles se seront installées et que nous aurons résolu quelques affaires supplémentaires, je prendrai ma retraite. Ben secoua la tête, les yeux brillants. Je préfère m'ennuyer et être avec ma famille plutôt que de continuer à m'inquiéter pour eux qui sont si loin de moi. Je n'aurais pas pu demander une meilleure équipe et grâce à chacun d'entre vous, et à Hamish, nous avons atteint le premier objectif d'Opération Nobody : résoudre les meurtres des parents de l'Inspecteur Baxter.

— Mais est-ce que cela signifie que l'équipe sera démantelée ? La voix de Phoebe trembla.

— Pas du tout. Ce que cela signifie, c'est que ce groupe spécial et d'élite d'experts pourra se concentrer sur certains des crimes les plus délicats de l'État. Plus d'affaires non résolues pour commencer. Nous avons prouvé à ceux qui nous financent que cela vaut la peine de continuer.

La pièce tomba dans le silence. Ils avaient subi une terrible perte. Des erreurs qui avaient failli coûter plus de vies. De nouvelles personnes allaient arriver. Ben finirait par partir. Un nouveau chef d'équipe à un moment donné.

Liz et Reuben échangèrent un regard.

Quoi qu'il en soit, ce serait un monde sans Kyle.

Elle leva son verre à l'équipe.

Cela méritait d'être fêté.

SÉRIE EN FRANÇAIS

Série Détective Liz Moorland: Spannende Krimiserie

Par peur de pardonner

De peur que les ponts ne brûlent

De peur que les marées ne changent

De peur que personne ne vive

Les mystères de Charlotte Dean: Librairie de petite ville Cosy Mysteries

Crime de Noël à Kingfisher Falls

Meurtre au club de lecture à Kingfisher Falls

Meurtre non élucidé à Kingfisher Falls

Projet de meurtre à Kingfisher Falls

Délit durant les fêtes à Kingfisher Falls

À PROPOS DE L'AUTEUR

Phillipa vit à la périphérie d'une belle ville de l'État rural de Victoria, en Australie. Elle vit également dans les nombreux mondes de son imagination et accumule les histoires à côté de son ordinateur portable.

Elle écrit avec son cœur sur l'amour, les rêves, les secrets, la découverte, la mer, le monde tel qu'elle le connaît... ou tel qu'elle aimerait qu'il soit. Elle aime les fins heureuses, les suspenses palpitants et les personnages qui vous accompagnent longtemps après la dernière page.

Passionnée de musique, d'océan, d'animaux, de nature, de lecture et d'écriture, on la trouve souvent dans son potager en train de réfléchir à une nouvelle histoire.

Phillipa's website is www.phillipaclark.com

LIVRES EN ANGLAIS DE L'AUTEUR

Detective Liz Moorland

Lest We Forgive

Lest Bridges Burn

Lest Tides Turn

Lest Nobody Lives

Connected to this series through several characters is

Last Known Contact

Rivers End Romantic Women's Fiction

The Stationmaster's Cottage

Jasmine Sea

The Secrets of Palmerston House

The Christmas Key

Taming the Wind

Temple River Romantic Women's Fiction

The Cottage at Whisper Lake

The Bookstore at Rivers End

The House at Angel's Beach

The Secrets of Willow Bay

The Lost Girl of Seahaven

Charlotte Dean Mysteries

Christmas Crime in Kingfisher Falls

Book Club Murder in Kingfisher Falls

Cold Case Murder in Kingfisher Falls

Plan to Murder in Kingfisher Falls

Festive Felony in Kingfisher Falls

Bindarra Creek Rural Fiction

A Perfect Danger

Tangled by Tinsel

Doctor Grok's Peculiar Shop Short Story Collection

Simple Words for Troubled Times

(Short non-fiction happiness and comfort book)

———